D0873029

LE SABLIER DES SOLITUDES

DU MÊME AUTEUR

chez le même éditeur

L'obéissance impure, poésie, 2001.
Parle seul, poésie, 2003.
La canicule des pauvres, roman, 2009.

JEAN-SIMON DESROCHERS

Le sablier des solitudes

roman

LES HERBES ROUGES

Les Herbes rouges remercient le Conseil des arts du Canada, ainsi que le ministère du Patrimoine canadien et la Société de développement des entreprises culturelles du Québec, pour leur soutien financier.

Les Herbes rouges bénéficient également du Programme de crédit d'impôt pour l'édition de livres du gouvernement du Québec.

L'auteur remercie le Conseil des arts et des lettres du Québec pour son soutien à la création de ce livre.

Catalogage avant publication de Bibliothèque et Archives nationales du Québec et Bibliothèque et Archives Canada

DesRochers, Jean-Simon, 1976-

Le sablier des solitudes

ISBN 978-2-89419-313-6

I. Titre.

PS8557.E842C36 2008 C843'.6 C2008-942067-5
PS9557.E842C36 2008

Dépôt légal : Bibliothèque et Archives nationales du Québec,
Bibliothèque et Archives Canada, 2011
ISBN : 978-2-89419-313-6

1

Le livre des obsessions normales

Au moment où il allait éteindre la lampe de chevet, il lui sembla discerner quelque chose dans le couloir. Il regarda plus attentivement et, à nouveau, il crut voir une paire d'yeux. De très petits yeux. Il battit des cils et continua à regarder. Il se pencha hors du lit, en quête d'un projectile quelconque. Il s'empara d'une de ses chaussures à deux mains. Il entendit Mary qui ronflait et serra les dents. Puis il resta là, à l'affût du moindre son, du plus petit mouvement.

RAYMOND CARVER,
« Pourquoi l'Alaska ? »

D'abord la tempête

LA TÊTE AUX ARMES

Fiona y est encore, elle y revient toujours, même ici, au loin, très loin de la guerre. Son esprit n'a pas réalisé que les combats sont restés de l'autre côté du globe. Fiona ferme les yeux. Elle y replonge, inquiète, anxieuse, le visage râpé par la poussière, les yeux plissés. Un expert parlerait de syndrome post-traumatique, de traitement, mais les experts ne se chargent pas des soldats qui doivent tuer à nouveau. *C'est des vagabondages, des dérives temporaires, c'est rien d'autre... ça passera... tout finit par passer... de toute manière, j'y retourne bientôt... ça sert à rien de décrocher... faut rester alerte...*

Le feu dans le poêle à combustion lente perd de sa vigueur, l'humidité froide reprend ses droits sur le chalet. Fiona fait craquer ses jointures une à une, plantée au garde-à-vous devant cette première tempête qui blanchit la forêt de son grand-père. Fiona contemple la neige flocon par flocon, désireuse de se convaincre de l'unicité de chacun, avec son délicat motif, ses six bras d'une parfaite symétrie chaotique.

Devant Fiona, une large fenêtre encadre une forêt d'arbres nus où s'enfonce un sentier blanc. *Je devrais sortir mes vieux skis...* Malgré trois essais, la jointure de l'annulaire gauche refuse de craquer. Le doigt est enflé. Son alliance coincée la démange. Fiona relève la tête pour chercher une trouée dans les nuages. Elle voit une masse grise d'apparence lisse. Elle soupire, lasse. Faute d'avoir quelque chose à observer, Fiona baisse les paupières. Et ça recommence.

Devant Fiona, les tirs secs des AK-47 des talibans embusqués en vrac dans le village ; derrière, vers la route, les réponses sourdes des mitrailleuses C6 et des fusils d'assaut C7, les *boys* qui gueulent « *GRENADE* » après chaque lancer de C13. Partout, de la poussière, sous les pas, sous les vêtements, dans le nez, les yeux, les bottes, sous les ongles, la poussière, sans fin. Les mottes de terre sèche transformées en pluie râpeuse par les éclats de mortiers. Les insultes des assaillants mêlées à celles des soldats afghans dans cette langue pachtoune indécodable. Les sons gras et aquatiques des véhicules blindés légers. La sueur poussiéreuse sous la tenue de combat. Le soleil qui éblouit malgré le temps frais et sec. La salive épaisse dans la bouche. « *Bet ya twenty bucks that the local guys are negotiating a better paycheck with the talibans.* » Incapable de bouger, Fiona rigole à cause des blagues de Stokes, un ancien membre du peloton, ancien, puisque dans cette mission Stokes se fait crever la jugulaire d'un tir impeccable. « *81 again! Fuck, they're gettin' better... gotta get movin'.* » Le caporal-chef Simmons est formel, il faut bouger. À cause d'une erreur de communications, le capitaine a étiré les flancs jusqu'à positionner ses éclaireurs au sein d'un feu croisé. Par chance, il y avait ces trous déjà creusés au pied d'un rocher, reliques potentielles de la première guerre des talibans ou des moudjahidines contre l'URSS. De bons trous, assez profonds pour s'y terrer, assez pentus pour en sortir sans glisser. Presque confortables. Ne manquait qu'une chose : que les tirs de mortiers se précisent. « *Come on, move, move!* » Le dernier obus de 81 mm est tombé très près. L'explosion a soufflé l'audition des quatre éclaireurs. Fiona attend que l'acouphène cesse pour relever la tête. Elle repère une odeur inhabituelle dans la poussière levée par l'explosion.

De la merde à demi séchée. Le tir a touché un amas de crottin de cheval. Simmons en a plein le visage, Stokes en a presque avalé. « *KEEP MOVIN'.* » Simmons jette un œil à l'ennemi en gueulant « *FUCK! COVER, COVER!* » Comme le caporal-chef met un pied devant, une balle transperce sa nuque, coupe l'épine dorsale. Simmons devient un spasme, une cambrure sèche qui s'affale, inerte, face contre terre, dans la poussière qu'il n'avalera pas. « *Fuckin' hell... SNIPER ON THE MOVE!* » Stokes prend le commandement du peloton d'éclaireurs. Ils doivent bouger, pas le temps d'attendre l'appui des mitraillettes C6, du canon de 25 mm ou des Harrier britanniques. Ce sera une loterie. *C'est la marde.* De leurs trous, les éclaireurs ont près de cent mètres à parcourir avant la prochaine planque, là où le reste du bataillon s'est positionné. Cent mètres en pente montante à 16° d'angle. Stokes, Blouin et Fiona connaissent la procédure : rotation et relais de couverture aux vingt mètres. Fiona prend le premier tour. Elle croit savoir quelle direction arroser pour garder le tireur d'élite en respect. Quant aux autres tirs, elle devra se fier à sa veste pare-balles ainsi qu'à l'imprécision des vieux AK-47 talibans. « *GO GO GO!* » Fiona compte les secondes et mitraille l'unique position de tir qu'elle aurait utilisée. *Un... deux... trois... quatre... cinq... décroche...* Blouin a pris le relais à vingt mètres, l'arme au poing, en position accroupie, avec un tir en rafales de cinq balles. Les C6 de la ligne tardent à arroser la bonne direction. Aucun tir de 25 mm pour calmer la ligne ennemie. Les bottes de Fiona glissent sur la pierraille de la pente, son souffle goûte la terre et le crottin. Elle rejoint Blouin qui devra décrocher à son tour dans quelques secondes. Stokes se met en position, vingt mètres plus loin. Toujours pas d'assistance mitraillette et rien dans le ciel sinon le soleil glacial. Fiona regarde à sa gauche en serrant les dents. Un bruit de viande déchiré. Blouin s'écroule. Tir à la gorge, lui aussi. Mais Blouin n'est pas mort, pas encore.

Il plaque une main contre sa trachée qui pisse le sang. Fiona passe illico le bras libre de Blouin autour de son cou, traîne son camarade vers le haut de la pente. Stokes crie *« FUCKERS! »* et vide son chargeur à un rythme saccadé. Fiona entend les balles faire ricochet. Et finalement ceci, ce son puissant, ce souffle qui déchirent l'air. *Yes!* Un véhicule blindé léger s'est réveillé et balance des tirs de 25 mm sur l'hypothétique position du tireur d'élite alors que deux C6 arrosent la ligne de front adverse. Fiona entend un cri humide et sourd venant de Blouin, elle se doute qu'il a reçu une autre balle. *Tabarnak...* Fiona lève les yeux. Elle voit Stokes occupé à recharger son fusil d'assaut sous la protection approximative de la ligne canadienne. Elle jette un coup d'œil à Blouin, vaseux, gémissant, couvert de sang. *Il va pas bien, pas bien pantoute...* Dans l'ordre, Fiona entend d'abord son souffle, le crissement des gravillons qui roulent sous ses pieds, les ricochets, les obus de mortiers ennemis qui tombent en sifflant, le canon de 25 mm qui pilonne les positions rebelles, Stokes qui gueule en tirant. *Shit...* Blouin vient de perdre conscience. Elle le sent. Il pèse de tout son poids, presque le double du sien. Pour éviter de tomber ventre contre terre, Fiona bloque ses genoux, bascule Blouin sur son dos en criant comme une haltérophile. Elle relève la tête. Juste à temps pour voir Stokes prendre un tir en pleine gorge. Le sang chaud de Blouin coule sur sa nuque, s'insinue sous l'uniforme. Des coulisses tièdes tranchent la couche de poussière qui recouvre son dos. *Trop lourd...* Fiona ne peut plus avancer. Elle serre les dents, prête à lâcher Blouin, à se lever pour faire face à la mort de la bonne manière, l'arme au poing. *C'est fini... ça y est...* Non. Ce n'est pas fini. D'autres tirs, des claquements sourds et nombreux. La ligne canadienne répond enfin. Elle balance sa puissance de feu sur les points critiques de la ligne ennemie. Sept soldats sortis de nulle part viennent encadrer Fiona, Blouin et Stokes pour les évacuer. *« Fio, how's Simmons ?* » Fiona gueule que le caporal-chef est mort. *Il peut pas être vivant...* Un colosse évacue Blouin et deux autres s'occupent de Stokes, pris de convulsions. Il reste quatre soldats autour de Fiona qui retraite d'un pas rapide derrière un mur de terre.

De ce côté de la bataille, les détonations du canon de 25 mm rendent les soldats un peu sourds. À défaut de bien entendre, Fiona peut respirer, retirer le crottin qui lui colle au visage, essuyer le sang sur sa nuque. Comme des réservistes escortent Blouin et Stokes vers le poste de commandement temporaire, une communication radio annonce une percée dans le flanc gauche et un appui aérien dans la prochaine minute. Fiona ne dit rien. Les soldats qui ont permis son évacuation ne parlent pas davantage. Les visages sont fermés, froids, étanches. La prétendue percée dans le flanc gauche est presque silencieuse. Quelques grenades, trois ou quatre rafales de C6 et plus rien.

Now what ?

We wait.

Fiona regarde une recrue implorer l'arrivée des Harrier en murmurant une prière. Fiona jette un œil à sa gauche. Devant. Sur sa droite.

TAKE COVER !

Fiona a crié d'une voix stridente. L'ennemi a bougé sans se faire voir et les a surpris par le flanc. Fiona ne pense pas. Elle réagit comme si elle était invisible. Première en tête de ligne, elle lance une C13 en criant « *GRENADE* ». Elle fait un déplacement latéral pour couvrir la retraite improvisée du bataillon derrière le véhicule blindé léger. En temps normal, deux tireurs devraient l'appuyer, mais dans la confusion, personne n'assure la couverture de sa prochaine recharge. Fiona appuie sur la détente de son C7A1, projette une volée de dix balles. Deux d'entre elles sont assassines, atteignant le front de l'un, le foie de l'autre. À son tour, Fiona reçoit une, deux, trois balles dans le gilet en kevlar, près de l'estomac. Chaque impact la fait reculer d'un pas. Fiona bande ses muscles, appuie de nouveau sur la détente. Quatorze balles cette fois, trois dans la cuisse, une dans la hanche et une au cœur d'un très jeune taliban, sept autres dans la poussière, deux dans les poumons d'un rebelle armé d'un lance-roquette. Selon le manuel du bon soldat, Fiona aurait dû se mettre à couvert après avoir été touchée, mais dans la situation, elle préfère tirer une troisième rafale tant qu'une C6 ne viendra pas assurer la position des siens. Elle entend des voix amicales la rappeler à l'arrière. *OK, je décroche...* En recul face aux talibans, Fiona sent une balle toucher la peau de sa cuisse gauche. Elle n'émet aucun son et tire en balayant l'air pour garder la voie dégagée. Derrière, le véhicule blindé léger a fait pivoter sa tourelle. Son canon fait feu sur l'ennemi, accompagné de tirs épars d'une mitrailleuse. Fiona a compté huit talibans encore debout, peut-être trois autres planqués à l'arrière. Le contact radio confirme l'arrivée de deux Harrier dans quelques secondes. Fiona entend le sifflement de leurs réacteurs. Elle devine la panique du côté ennemi. Un missile nettoierait la zone en deux secondes si le bataillon n'était pas si près du point d'impact. Le sergent Toews fait signe à Fiona de rester en retrait derrière le véhicule blindé léger pendant le prochain assaut. Elle n'est pas en état. Sa cuisse la démange. Une tache de sang cerne la déchirure à son pantalon malgré l'empoussièrement de la plaie. Les Harrier préparent leur second passage. Cette fois, ils tirent des volées de 25 mm. Deux talibans mal abrités se font transpercer comme de la mie de pain, les autres se planquent pour échapper aux Harrier, mais pour mieux s'exposer aux *boys* du bataillon. Et les *boys* ne se gênent pas. Chaque soldat disponible transperce les chairs ennemies avec un net plaisir. C6, C7A1, C9A1. L'air devient une pluie horizontale et métallique. Certains corps reçoivent plus d'une dizaine de projectiles. Le bataillon a subi des pertes lors de cette patrouille. La pitié n'est pas de mise. Les règles d'engagement sont claires. De l'arrière, Fiona se permet d'appuyer l'attaque. Elle s'est avancée de quinze pas, s'est accroupie, a tiré une volée de trois balles dans le dos d'un taliban débusqué par les Harrier.

CEASE FIRE !

La voix du sergent fait taire les canons de la compagnie. La zone se couvre aussitôt d'un épais silence. Seul un bourdonnement persiste dans les crânes. Fiona fait claquer ses mâchoires pour débloquer ses oreilles sans arriver à réduire l'acouphène apparu après les premiers éclats de mortiers. Après une patrouille, la situation s'est officiellement stabilisée, les armes peuvent refroidir. Au décompte, Fiona avait vu juste. Treize talibans avaient tenté de les flanquer. Treize cadavres chauds dans la terre sèche. Le silence des armes fait sortir quelques villageois de leurs cachettes, les mains levées très haut. Plus personne ne devrait mourir dans les prochaines minutes. Les corps se détendent, les douleurs augmentent. La tache de sang à la jambe de Fiona attire l'attention d'un camarade.

Fuck, Fio, you're all right ?

Just a fucking scratch, Mitch.

Le sergent Toews retraite vers Fiona, les yeux sur sa blessure. « *Fuckin' good work soldier. Now go get that leg fixed.* » Fiona garde son C7A1 en position de patrouille et répond de la seule manière qu'un soldat puisse répondre :

Yes sergeant, thank you sergeant.

Fiona marche en direction du poste de commandement temporaire. Elle songe à Blouin et à Stokes qui y sont déjà. Elle ne s'attend pas à des miracles. D'après ce qu'elle avait vu, Stokes n'avait aucune chance de s'en tirer avec ses convulsions. *L'adrénaline, l'état de choc, le cœur qui bat à 130 bpm, rien de bon quand un homme pisse le sang par une de ses artères principales...* Selon ce qu'elle comprend du corps humain, Blouin, lui, pourrait s'en sortir.

Peut-être... Fiona se déplace avec un groupe de trois autres soldats amochés. Une balle au bras, un éclat de mortier au mollet, surdose de sable sous les paupières. Le chemin du poste de commandement devrait être sûr. Devrait, car dans cette province, la mort peut venir d'un adolescent à vélo, d'une mine artisanale, d'une grenade qui surgit de nulle part, d'un taliban embusqué qui tire, puis se fond dans le décor. Mais sur cette route aujourd'hui, il n'y a personne. La bataille a chassé les rares passants du chemin de Panjwayi. Le PC temporaire, placé en bordure de la ville, est gardé par deux chars Leopard et trois Coyote déglingués. Fiona lève les yeux sur cette maison de terre sèche réquisitionnée par l'International Security Assistant Force. Des murs de terre, des planchers de terre, des tables pliantes, des éléments de base côté médecine, des réserves d'eau, de plasma, de rations sèches. Rien de fameux pour stabiliser un soldat dans le pétrin. *Rien qui donnerait envie de pas aller vers la lumière...*

Fiona approche du PC et remarque un corps recouvert d'un drap sur le côté de la maison. Elle reconnaît les bottes de pointure 14. *Stokes...* À l'intérieur, un médecin tente d'arrêter l'hémorragie de Blouin en faisant pression sur la plaie. L'imposante flaque rouge sur la table et le sol terreux fait douter Fiona du succès de sa manœuvre. *Blouin... il va crever aussi...* Fiona observe son camarade de peloton lutter pour sa vie. Elle le voit tel qu'il est à ce moment précis. Une masse de chair inerte, livide, occupée à perdre le sang qui lui reste. Une lutte immobile, vaine. Aucune émotion ne surgit, aucun dégoût devant l'hémoglobine qui abonde, aucun serrement de gorge. Une seule phrase flotte dans sa tête, une idée si froide qu'elle ose à peine la toucher. *Mieux vaut lui que moi...*

Fiona lève les paupières et frissonne. La neige tombe toujours avec sa gracieuse lenteur, comme suspendue au milieu du paysage. Il y a peu à regarder. Ciel gris sur horizon d'arbres nus, sol blanc. Fiona doit se convaincre qu'elle ne voit pas les corps dans la poussière, ni ce garçon estropié qui s'amuse dans un égout à ciel ouvert, ni ces filles en burka qui glissent comme des ombres dans les rues, ni ces hommes barbus aux regards saturés par une génération de guerre, ni ces jeunes analphabètes excités par la colère des imams. Fiona, les yeux ouverts, voit de la neige. Que de la neige.

La nouvelle de cette permission l'avait étonnée. C'est à peine si elle avait eu le temps de ramasser ses effets personnels avant de s'envoler pour l'Allemagne. C'était une journée froide. Kandahar ne puait presque plus. Il y avait encore des enfants qui traînaient un peu partout dans la ville. Des garçons mal équipés pour vaincre le froid sec et cassant, des mendiants miniatures aux mains gelées, toujours tendues. Fiona regardait par la vitre du quatre-quatre, à l'affût des mouvements suspects : un jeune intégriste qui l'insulte ; trois types en messe basse au coin d'une maison en ruine ; un cycliste qui roule vite ; un homme ridé qui fourre la main dans un sac de jute ; un marchand qui les regarde avec une couleur de meurtre dans les yeux. *« Keep goin'. »*

Sur le tarmac de l'aéroport, le vieux Boeing 767 réservé au transport des troupes n'avait rien d'une vision rassurante. Hormis l'allure générale de ce jet décoloré livré en 1975, des rumeurs couraient selon lesquelles les talibans venaient d'acquérir des missiles sol-air iraniens d'une étonnante efficacité. *Qu'est-ce que je peux y faire ?*

Le vieux Boeing quitta la piste sans plaintes ni terreur. Fiona s'endormit sitôt ses oreilles débloquées. Elle n'a gardé aucun souvenir particulier de l'escale à la base de Ramstein, pas plus que du bond transatlantique jusqu'à Trenton. *Des nuages blancs, les boys qui parlaient de Panjwayi en me regardant du coin de l'œil...* En contrepartie, Fiona se souvient des courbatures à l'arrivée, de ses jambes lourdes, de la plaie douloureuse, de la base calme et ordonnée, des drapeaux en berne, de son pick-up F-150 recouvert d'une épaisse couche de poussière grasse, de la chanson qui jouait dans le lecteur CD à la mise en marche (*«Another One Bites the Dust»* de Queen). Le refrain lui avait rappelé un truc raconté par Blouin, une semaine avant sa mort. *« "Another One Bites the Dust" joué à l'envers, ça donne : it's fun to smoke marijuana. »* Fiona se souvient de la Transcanadienne grise bordée de champs boueux, du ciel couleur d'automne malgré l'évidence d'un 22 décembre et du mot «NOËL» sur chaque panneau publicitaire. Fiona n'avait pas eu le temps d'avertir sa famille de son arrivée, pas plus que son mari, coincé en Haïti avec la mission de l'ONU. Elle avait cette impression d'être suspendue entre deux mondes. Ni l'armée ni la famille. *Je suis libre ? Alors pourquoi ça me fait rien ?* Les mains sur le volant, Fiona songea qu'elle n'avait presque rien dépensé de sa solde pendant ses mois de guerre. *Pourquoi pas...* Elle décida de rouler jusqu'à Montréal, de prendre une chambre d'hôtel pour explorer le centre-ville. *Libre...* Fiona visita les boutiques, se paya des guenilles de luxe, mangea fin, trinqua digne, dansa sur les musiques à la mode. Jouer la fille normale de vingt-neuf ans parmi les habitants du pays qu'elle défendait. Elle y arrivait presque.

Fuck, t'arrives d'Afghanistan pour de vrai !

Tsé, la guerre, c'est pas que j'suis pour ça, c'est juste ma job.

Fucké en hostie ton affaire.

Le 24 au soir, plantée devant *Le téléjournal 18 h* diffusé sur l'écran plasma de sa chambre, mue par une insurmontable envie de voir sa famille, Fiona remit sa clé magnétique et braqua les roues de son F-150 en direction de Richmond. Comme chaque année, les siens s'étaient réunis chez le patriarche pour fêter Noël. En passant devant la fenêtre qui donne sur la salle à manger, Fiona remarqua un couvert libre sur la table pliante. Dans l'assiette trônait sa photo en tenue de service. Cette scène de famille la fit sourire, premier rictus depuis le combat.

Son arrivée constitua un événement. Le bulletin de 22 h parlait d'une autre embuscade mortelle à Panjwayi en dressant la liste des victimes. Quand Fiona cria « Joyeux Noël ! » aux têtes anxieuses tournées vers l'écran, sa marraine en perdit pratiquement conscience. Après les exclamations (nombreuses), les baisers (secs), les accolades (pudiques), les bons vœux (sincères), ses frères, sœurs, oncles, tantes, parents demandèrent comment elle avait fait pour aboutir parmi eux. Son grand-père, stoïque, ne demanda rien et laissa ses yeux luisants exprimer une fierté sans borne. C'est à lui que Fiona adressa sa réponse. « J'ai gagné un tirage pour une permission spéciale. »

Son grand-père. C'était pour lui qu'elle avait roulé dans l'obscurité pendant quatre heures. Ce vieillard comprenait les effets du meurtre en uniforme, les corps brisés, cassés, tués au nom d'un pays, d'une alliance, d'un principe. Ce grand-père de qui elle a hérité ses yeux bleus de husky, cette sévère ligne de sourcils, ses mollets de highlander et ce caractère taciturne. Ce que Fiona savait du patriarche, c'est qu'il s'était porté volontaire à dix-neuf ans après qu'Hitler avait pris la Pologne. Engagé dans l'infanterie légère, blessé à Dieppe en 1942 (certains disaient qu'il s'était fait rouler sur les jambes par un Kübelwagen, d'autres parlaient d'une baïonnette dans l'estomac), blessé à nouveau deux mois après le débarquement de Normandie en 1944, rentré au pays en 1946 après avoir construit des ponts aux Pays-Bas. Le patriarche s'était acheté une excellente terre à son retour. Il avait marié son amour de jeunesse, lui avait fait six enfants. La guerre, la sienne, celle des plages mitraillées, des villages français en ruine, des orteils gelés, des douches à l'eau parfois tiède après des semaines de combats, des rations dégoûtantes avalées avec l'appétit du désespoir, du whisky des combattants qui faisait de chaque soldat un homme sans peur, des panzers qui prenaient trois tirs de bazooka pour crever, des *Krauts* et de leur manie de ne pas se rendre, des canons de mitrailleuse qui chauffaient les bunkers, des amis tués trois fois sous les pilonnages d'artillerie, de l'uniforme en laine pressée, trop chaud l'été, trop froid l'hiver, trop humide pendant les demi-saisons, des collabos achevés à la pioche par les paysans, des adolescents qui défendaient les restes du Reich ; de cette guerre-là, le grand-père de Fiona ne parlait pas. Il n'avait rien fait d'extraordinaire qu'il disait. « J'ai fait ce qui fallait faire dans ce temps là, c'est tout. »

Fiona traversa l'essentiel du réveillon en silence, comme elle en avait l'habitude. Aucun cadeau ne l'attendait sous l'arbre, ils avaient été envoyés à Kandahar, il y a sept jours. Fiona était heureuse de revoir les siens. Leurs voix n'avaient plus la même résonance, leurs stupides jeux de mimes devenaient plus drôles qu'auparavant, même le poil du chien semblait plus doux sous sa paume. Fiona ne pouvait s'empêcher de jeter des regards sporadiques aux fenêtres, à la recherche de mouvements hostiles, du danger normal. Il n'y avait rien sinon les décorations de Noël, les lumières, les bonshommes de neige gonflables, les étoiles au-dessus des porches. Pourtant, elle n'arrivait pas à se débarrasser de cette intuition d'un danger imminent, d'un besoin de bouger, de s'armer, d'établir une défense efficace. *S'ils attaquent, ce sera par la fenêtre du salon...* La fête terminée, les derniers invités partis cuver leur vin sous d'autres toits, son grand-père posa une main tremblante sur son épaule, lui offrit de rester au chalet le temps de sa permission. Fiona ne sut pourquoi, mais devant les yeux bleus et brillants de cet homme, sous cette main calleuse prise d'un léger parkinson, elle eut la gorge si solidement nouée qu'elle mordilla ses lèvres et répondit d'un bref mouvement de tête. Son grand-père resserra sa prise, prononça ces deux mots : « Je sais. » Fiona sursauta au bruit d'un claquement venu du sous-sol. L'adrénaline inondait déjà son corps lorsqu'elle découvrit que le bruit venait de la fournaise. Son grand-père répéta : « Je sais, je sais. »

LES LOISIRS ET LEUR MINISTRE

Jacques ignore pourquoi le café est si bon ce matin. Ni trop amer ni trop sucré, texture ample et veloutée. Jacques en est à sa troisième tasse. *Faudrait pas ambitionner... des plans pour que j'aie des palpitations le reste de l'avant-midi...* Jacques pose sa tasse sur un sous-verre de marbre, dernier présent du Comité olympique canadien. Il glisse un index sur la surface polie de son bureau d'acajou, regarde s'évanouir la trace laissée par le doigt. Jacques hésite sur le journal qu'il consultera lorsque son attachée de presse viendra pour le briefing d'avant-midi. Jacques saisit son exemplaire du *Citizen* d'une main et, de l'autre, il active l'option mains libres sur son téléphone à ligne terrestre. Avec le majeur, il compose son numéro de boîte vocale, entre son mot de passe. *Rien... c'est pas normal...* Sa mère ne lui a pas retourné ses vœux de bonne année. *Peut-être qu'ils lui ont pas fait le message... non, pas au prix qu'ils coûtent... je comprends pas...* Jacques commence à craindre qu'un malheur ne se soit produit, malgré la procédure d'urgence de la maison de retraite. *Ils sont supposés appeler s'il y a un problème... ils peuvent pas faire ce genre de chose... ce serait matière à procès...* Un bruit de klaxon venu de la rue interrompt ses pensées. *À moins qu'elle ait encore eu une crise de démence... maudit alzheimer... peut-être qu'elle m'a oublié pour de bon, cette fois...* Jacques lève le menton en expirant par les narines, l'œil absent. « Maman... » *Pense à d'autres choses.*

Dehors, la neige tombe avec vigueur. Le morceau de ville encadré par l'unique et large fenêtre du bureau attire son regard. Des immeubles de quatre à cinq étages. Des murs de briques brunes, de pierres grises. Quelques arbres nus aux branches enneigées. Jacques repose son exemplaire du *Citizen* sur la pile de journaux. Le téléphone ne sonne pas. Aucun courriel non lu sur son BlackBerry. *Temps des fêtes... détestable période, comme un dimanche qui finit pas...* Ses yeux glissent vers la porte close en bois massif. *Encore cinq minutes avant l'heure... c'est long.* Jacques balaye la pièce du regard une énième fois. Son attachée de presse est arrivée dans le bureau attenant. Il sait qu'elle a retiré ses bottes, les a déposées sur le plateau à chaussures à l'entrée, a chaussé des talons aiguilles noirs, retiré son manteau de laine, replacé la jarretelle d'un de ses bas noirs, translucides, ornés de dentelle d'imitation à la mi-cuisse. Elle a défroissé la jupe gris charbon de son tailleur, placé une mèche de ses cheveux blonds derrière son oreille, dégagé sa nuque d'une blancheur de crème, posé son livre de John Saul en format de poche sur son bureau, consulté son BlackBerry, s'est assise devant le clavier d'ordinateur, a croisé les jambes, mouillé ses lèvres en tournoyant des hanches sur sa chaise pivotante. Jacques connaît ces moindres détails, car il les a observés par l'œil magique de sa porte. Mais alors qu'il masse les muscles de son cou, pour mieux oublier sa mère, il songe au soutien-gorge qui emprisonne les seins de son attachée de presse, à la délicieuse pointe de ses talons aiguilles, se disant qu'il aimerait les sucer. *Pas tout de suite.* Il a un peu de travail, une querelle linguistique dans le hockey junior manitobain. Rien de terrible. Il devra tenir un point de presse en après-midi, ce qu'il aime bien, surtout lorsque les caméras présentent son meilleur profil. Côté crises et scandales, Jacques a de la chance avec ce portefeuille fédéral de seconde zone. Rien d'exigeant comme les vrais ministères : les Finances, la Justice, la Défense, les Affaires étrangères, les Travaux publics, la Santé. « De vrais bordels pour l'instant », qu'il aime répéter. Officiellement, Jacques Samson, ministre d'État au Sport et aux Loisirs, dirige deux ensembles administratifs nouvellement fusionnés. En premier, le côté sport : essentiellement, un petit budget géré par la même brigade de hauts fonctionnaires depuis des années. Sur le plan ministériel, Jacques n'a rien à faire sinon trancher lors des cas ayant un impact sur l'opinion publique : la violence au hockey, les entraîneurs pédophiles, les athlètes olympiques revanchards, etc. En second, l'aspect loisirs, plus flou, où Jacques lui-même peine à définir les paramètres de sa fonction. Selon sa compréhension, les loisirs sont des dépenses d'argent et d'énergie moralement tolérées, socialement encouragées, non gérées par des ministères concurrents. À son entrée en fonction, il pensait hériter de certains pouvoirs sur des loisirs comme la pêche sportive (ministère des Pêches et Océans), la chasse (ministère de l'Environnement), la loterie (ministères provinciaux), les arts (ministère du Patrimoine canadien et des Langues officielles). Après analyse des loisirs tombant sous sa juridiction, Jacques se déclara secrètement ministre des clubs de tricot, des promenades dans le parc et des pique-niques sans alcool.

C'était une question à propos des loisirs qui avait déterminé l'embauche de Tamara. Sans trop reluquer ses longues jambes nues et lisses, il lui avait demandé d'improviser une définition gouvernementale des loisirs. *Si elle peut s'en sortir avec ça, elle pourra faire du spin avec n'importe quoi...* La blonde à la fine taille utilisa une seconde de réflexion avant de déclarer avec une étonnante assurance : « Les loisirs, c'est ce qui ne produit rien de concret sans faire de mal à personne. » L'efficacité de cette explication avait séduit Jacques. *Un peu beaucoup d'ailleurs...*

Il en fit une obsession. *Si sa définition est bonne, on pourrait mesurer l'intensité véridique d'un loisir par la puissance de son improductivité... plus une action est inutile, plus le loisir est pur...* Jacques songea à placer la danse au summum du loisir. *On bouge, on dépense de l'énergie, on augmente notre production de gaz carbonique et on ne produit rien. Non... la danse contribue à l'expression et à l'identité d'un groupe... pas bon...* Ce besoin de définir le loisir ne le quittait pas. Un soir d'octobre, croyant avoir relégué cette question dans la pile des dossiers à déchiqueter, jouant son rôle de ministre derrière le banc des Canadiens au Centre Bell, Jacques eut une illumination. Il venait de mettre le doigt sur le loisir pur. *C'est ça... ça ne peut être que ça...* Cette trouvaille inespérée, c'était le sexe non reproducteur, la dépravation complice, le fétichisme, les corps stériles qui se dépensent sans compter et brûlent leur énergie en angoisses instantanées, en mouvements, en éjaculats, en chorégraphies secrètes, en mises en scène. *L'art du rien par l'obscène... fantastique, je suis le ministre des perversions...* Jacques jeta aussitôt un regard triomphant sur Tamara et ne put s'empêcher de s'imaginer couché à ses pieds, obéissant au moindre de ses ordres. Jacques sentit aussitôt une intense chaleur gagner ses cellules. Comme si sa pensée avait migré hors de son crâne. Les Canadiens venaient de marquer un but. Jacques se leva pour applaudir. Il remarqua l'étonnante rigidité de son sexe dissimulé par les pans de son veston. Sa première érection depuis des mois, mais surtout, la première sans stimulation directe depuis des années.

Le soir venu, couché seul dans son condo du centreville, Jacques dressa l'inventaire de sa sexualité passée. Il avait couché avec une cinquantaine de femmes, s'était marié deux fois, avait divorcé dans les trois ans pour chacune. Ses relations sexuelles avaient été classiques ou romantiques ; quelques histoires d'un soir sans saveur particulière, quelques amantes redondantes, des femmes mariées pour la plupart. Des cambrures, des fesses, des poitrines, des vulves, toutes un peu similaires. De nombreuses périodes solitaires également, des phases de travail intense, de désintérêt pour la chose. Au final, Jacques détermina qu'il n'avait jamais eu le désir d'être soumis. *Plutôt l'inverse, en fait...* Il aimait tenir les guides, dicter le rythme. *J'aimais contrôler... Pourquoi je parle au passé ?*

Le contrôle, Jacques l'avait eu avec ses femmes, maîtresses et amantes. Il l'avait eu en tant que procureur de la Couronne pour de lourds dossiers criminels – peines exemplaires, cas de jurisprudence, restrictions de droits civils des condamnés libérés. *Le pouvoir, le contrôle...* C'était ce que lui avait proposé un vieil ami qui briguait la tête du parti, il y a trois ans.

Tu veux devenir chef, t'es sérieux ?

Pourquoi pas, Jacques ? Si j'ai assez d'appuis, on sait jamais.

T'as les fonds ?

Pas pire.

Dix dollars que tu gagnes pas.

Tenu, mais tu fais campagne pour moi.

C'est vrai, c'est moi le spécialiste des causes perdantes.

Un an plus tard, Jacques remettait dix dollars à son ami. Une autre année et une élection après, il devenait ministre. « Tu sais, je crois que c'est le ministère le moins exigeant de tout le lot... Tu pourras m'aider à faire le ménage qu'y faut sans éveiller de soupçons. Et après, je te donne l'Environnement. » Cette stratégie de nettoyage du parti en offrant les ministères casse-gueule à ses adversaires, ils l'avaient élaborée ensemble, un soir où la victoire s'envisageait. « Ça réunifiera le parti, t'auras l'air d'un vrai chef. Et un scandale à la fois, ils s'élimineront d'eux-mêmes. » Dans la version originale du plan, Jacques recevait la Justice une fois la purge achevée, mais en ce début de siècle, l'Environnement offrait plus de visibilité positive. À la constitution du cabinet, les journalistes avaient été étonnés que Jacques Samson ne figure pas parmi les ministres de premier plan. Ce qu'ils ignoraient, c'était que Jacques parlait au premier ministre deux fois par semaine et coordonnait un groupe de travail secret pour définir des politiques exportables de contrôle des gaz à effet de serre. Samson avait hérité d'un ministère sans danger en échange d'une influence réelle auprès du premier ministre. Un pouvoir confortable, un contrôle à distance.

Jacques regarde sa montre qui indique 9 h 59. Son attachée de presse doit ouvrir la porte dans les secondes qui suivent. Il resserre sa cravate, prend un exemplaire du *Devoir* d'un geste brusque. La une évoque la possibilité d'un scandale pharmaceutique au ministère de la Santé. *Comme prévu... à la date près... il va pas tenir une semaine... il aurait mieux fait de se rallier quand il pouvait...*

Monsieur le Ministre, bonjour.

Bonjour Tamara.

Jacques ne lève pas les yeux du journal. Il sait qu'elle a enlevé son veston, s'est dirigée derrière le dossier d'une des chaises face au bureau. *La gauche... son parfum vient de la gauche...*

Vous étiez au courant pour le problème avec le ministre Paxton ?

Le ministère de la Santé est malade depuis longtemps, Tamara.

Je vois... Alors, on prend des entrevues s'il y en a ?

Non, ils vont aller voir Lapinière pour des commentaires.

Les yeux de Jacques Samson sont toujours rivés sur une colonne de texte. En écoutant les talons de Tamara cogner contre le plancher de chêne, il ressent la pointe d'une fébrilité qu'il aura bientôt du mal à dissimuler. *J'expédie le prochain point...*

Donc il nous reste la question de la querelle linguistique.

Déjà réglé. Comité parlementaire sur le sujet, je téléphone au président de la ligue à 11 h, tu envoies un communiqué juste avant les nouvelles du midi. Prochaine question ?

Il n'y a pas de prochaine question. Jacques le sait très bien. Il écoute claquer les pointes des talons de Tamara vers la porte, entend tourner le loquet. Les talons reviennent dans sa direction, contournent le bureau, s'arrêtent devant. D'abord, il y a la main aux ongles courts qui fait tomber le journal au sol. Ensuite, il y a ce visage dur et joueur. « Quand une dame nous parle, on la regarde. C'est la politesse, Monsieur. » Il y a cette émotion qui déchire la poitrine de Jacques, ce besoin immédiat de mettre une main sur son propre entrejambe. Ses yeux n'ont pas bougé. Désormais, ils fixent une jupe grise, au niveau du pubis. « Mais je ne suis pas poli, moi, madame. » À cette réplique, Jacques se demande quelle direction Tamara prendra. *Elle va me mettre à genoux... elle va passer au tiroir pour prendre une cravache, un martinet, des cordes, un bâillon... elle va me laisser mariner dans mon jus... elle va enlever sa blouse...* L'attente se prolonge. *Elle la joue salope... elle fait rien...* Jacques attend comme un catholique dans la file du confessionnal, dans une expectative fébrile, peuplée de remords, de culpabilités excitantes. Il mouille ses lèvres, constate qu'il respire avec une rare intensité. Son cœur bat la chamade. Peut-être le café, peut-être pas. Tamara reste devant lui, silencieuse, souveraine. Jacques a l'impression qu'elle approche. *À moins que ce soit moi qui avance...* Jacques sent une odeur nouvelle qui émane du corps de Tamara. Un parfum doux, fort, sucré. Un effluve de sexe humide. Jacques augmente l'intensité de sa respiration. Cette odeur l'inonde. Ses pupilles se dilatent, sa mémoire lui envoie des dizaines d'images de la vulve de Tamara, la position de ses lèvres, la dimension de son clitoris. Jacques avance la tête de quelques millimètres, Tamara recule pour maintenir la distance de son choix.

Maintenant, Monsieur le Ministre, vous allez me regarder dans les yeux.

Oui, Tamara.

Et vous la fermez. ET REGARDEZ MES YEUX. C'est mieux... Ce matin, Monsieur le Ministre, j'étais avec quelqu'un dans mon lit. Une fille. Étudiante en commerce. Vingt et un ans. Des cheveux noirs, coupés au carré, un visage mélancolique, de grands yeux gris, de petites lèvres pâles, un nez court au bout arrondi, des épaules délicates, des seins minuscules, un ventre plat, ferme ; une taille fine comme la mienne, un nombril percé, décoré d'un petit diamant ; des fesses discrètes, des poils courts, très doux, une vulve pâle, tout en finesse, un intérieur de cuisse meilleur que la soie, des jambes maigres, des pieds fins, minuscules. Je sais que vous la voyez – regardez-moi dans les yeux, LES YEUX. Je l'ai réveillée en caressant sa nuque avec votre cravate pourpre, j'ai caressé ses mamelons, ils se sont dressés tout de suite. J'ai descendu la cravate sur son ventre, j'ai caressé ses aines, je l'ai nouée à sa cuisse gauche et j'ai léché sa vulve déjà mouillée. Votre cravate me servait à éponger le trop-plein qui me coulait au menton. Elle a joui, très fort. Elle poussait sur ma tête, mais moi, je restais à lécher, à planter deux doigts dans son vagin, ceux-là, les plus longs. Après, j'ai dénoué la cravate de sa cuisse, je me la suis mise au cou, je lui ai demandé de frotter sa vulve mouillée sur mes cheveux, mon visage, ma poitrine, mon ventre, mes jambes, mon sexe. On s'est frottées en ciseaux pendant presque dix minutes, des petits mouvements, très légers, tout mouillés. J'ai joui plusieurs fois, elle aussi. À la fin, j'ai essuyé sa fente et la mienne avec votre cravate, Monsieur le Ministre. Et je devine que cette cravate, vous voulez la récupérer. Eh bien, allez-y. Sans vos mains.

Tamara fait tomber sa jupe. Son entrejambe se trouve à peine dissimulé par une cravate humide retenue à sa taille par un nœud Windsor. Jacques frémit devant cette générosité soudaine, déjà soûlé par le récit de Tamara. *L'odeur... mon Dieu... l'odeur...* Jacques approche son nez de la cravate en tâchant de contrôler son souffle frémissant. La soie de la cravate est un concentré de parfums excitants, une réserve de phéromones. Sans réfléchir, Jacques approche une main pour presser l'étoffe contre son visage.

NON !

Tamara lui assène une petite tape sur l'avant-bras et repose les mains sur ses hanches. Jacques colle son nez sur la cravate, hume à pleins poumons. Il remonte tranquillement vers le nœud, se fige momentanément. *Pour défaire le nœud... je vais toucher la peau de son ventre avec mon nez... merveilleux, c'est merveilleux...* Jacques serre le nœud entre ses dents en frottant le bout de son nez sur le ventre de Tamara. Au grand plaisir du ministre, le nœud résiste à ses assauts. La peau révèle de nouvelles nuances, un parfum adouci, plus fruité. Le nœud se desserre, la cravate tombe jusqu'aux hanches. Le nœud pend maintenant à l'orée de la vulve de Tamara.

Pour Jacques, une révolution hormonale menace sa capacité d'obéissance. Son esprit produit des images vives : il se jette sur elle et aspire son clitoris / la couche sur son bureau / la pilonne jusqu'à la faire crier de plaisir / lui arrache sa blouse / regarde sa queue entrer et sortir / se retire sec / décharge un foutre épais sur le soutien-gorge noir, le ventre, l'entrejambe. Mais Jacques ne doit pas se laisser aller, il doit rester obéissant, soumis, laisser monter ce désir. *Mais je peux tricher...*

Jacques devine qu'en tirant sur une faiblesse du nœud, la cravate tombera sur le plancher de chêne. Tamara ne peut remarquer ce détail. Jacques avance sa bouche sur le nœud et le mont de Vénus, tire la langue pour ramener le nœud à sa bouche. Sa langue effleure le sexe de Tamara qui tressaille doucement sous la délicatesse de l'assaut. Son sexe est mouillé, délicieux. Jacques penche la tête pour mieux défaire le nœud. Il voit des lèvres en fleurs couvertes d'une fine rosée. *Il faut qu'elle me demande de la lécher... il le faut...* Le nœud est suffisamment défait, la cravate peut tomber. Jacques attend quelques secondes, aspire une dernière fois le précieux liquide qu'elle contient. *Voilà.* La cravate est au sol et Tamara n'a plus rien pour dissimuler son entrejambe.

Regardez mes yeux. Mes yeux, Monsieur le Ministre. Bien. Maintenant, je veux que vous gardiez votre tête relevée. Comme ça. Fermez vos yeux. Ouvrez la bouche.

Jacques obéit comme un chien savant. *Elle va pas me pisser dessus... qu'est-ce qu'elle fait?* Jacques entend quelques frottements humides. Il sent que Tamara s'éloigne légèrement de lui. *Non...*

J'ai dit bouche ouverte.

Jacques ouvre à nouveau la bouche et reçoit deux doigts mouillés contre sa langue. Son premier réflexe est de les sucer.

J'ai dit bouche ouverte.

Jacques entend à nouveau le bruissement humide. D'autres doigts atterrissent sur sa langue. *Elle s'essuie sur ma langue... mon Dieu... elle est prodigieuse...* Jacques sait que Tamara s'en tiendra à cet échange pour aujourd'hui. La saveur des doigts intensifie l'érection qui soulève son pantalon depuis le début. Jacques commence à crisper ses muscles fessiers pour contracter sa prostate fatiguée. Il a quatre doigts dans la bouche. Jacques ouvre les yeux, referme ses lèvres sur les doigts de Tamara pour les sucer sans ménagement. Il fixe le sexe devant lui, avance une main pour le caresser. Tamara ne recule pas. Sa main touche la vulve chaude, glissante, ouverte. *Oh mon Dieu... mon Dieu...* Jacques se convulse en vagues frémissantes, les spasmes de sa prostate font battre son sexe. « Oh mon Dieu ! » Jacques jouit lentement, mouillant son caleçon d'un foutre épais. Comme il vibre en harmonie avec les ultimes soubresauts de sa prostate, le souffle court, Jacques regarde le visage de Tamara qui affiche un sourire vainqueur. Il se convainc de nouveau que la fierté est la jouissance des puissants. *Merci Tamara... merci.*

IQTIBÂS (ALLUMER SON FEU AU FOYER D'UN AUTRE)

Jamel regrette que le Canada ne soit pas au sud. Malgré ce début janvier, il estime que l'hiver est déjà long. Cette période des fêtes où il n'a rien à fêter lui pèse sur le moral. Il a repris son boulot de livreur, le temps des vacances, histoire de bonifier ses finances. Il y a eu le 31 décembre dans ce bar de la rue Wellington avec des types de l'université. Il avait bu. De la bière. Pas mal de bière. Ce n'était pas la première fois, loin de là, mais depuis son arrivée au pays, Jamel avait ralenti sa consommation. Et depuis l'apparition de Nour, il était presque retourné au régime sec. Nour. Sa belle Nour au visage de lune qui a profité du congé pour visiter ses grands-parents. *La famille justement...* Devant un café fumant, Jamel pense aux siens, en rade dans une banlieue française. *Papa doit encore bosser pour les parcs, maman doit encore être à la maison... frérot doit être à la fac maintenant...* Il y a quatre ans, Jamel avait posé sa candidature à un programme de bourse pour étudier à l'étranger, non que les universités parisiennes lui aient causé des problèmes, c'était le virage religieux de sa famille qui l'avait écœuré. *Tout ça à cause des chiites et de leur foutu 11 septembre...* Quelque part en 2002, père, mère et frère s'étaient reconvertis à l'islam. « Une nation forte et sans frontières », disait son père, « Un peu de sens dans cet univers de fou », rajoutait sa mère, « Putain, frérot, c'est nos racines », concluait le cadet. Une nation, un sens et des racines dont Jamel ne voulait rien connaître. Au terme du concours, son dossier scolaire exceptionnel lui ouvrait un large éventail de possibilités. La Belgique, la Suisse, le Luxembourg, le Canada. Afin de mettre un maximum de distance entre sa famille et lui – *Un océan, c'est pas mal, un océan...* –, il avait choisi le Canada ; plus précisément Sherbrooke, une ville sans mosquée, à l'époque, car maintenant, avec l'intensification de la fierté islamique, les musulmans de la région ont ouvert une petite mosquée dans un ancien magasin de chaussures. Comble d'ironie, cette nouvelle mosquée se trouve en face du café où Jamel a pris l'habitude de travailler à ses recherches. *Saleté d'ironie... elle est sans frontières, celle-là...* Mais l'apparition de cette mosquée n'était qu'un détail en comparaison avec celle de Nour.

Pourquoi Jamel avait eu cette idée de craquer pour une fille au hidjab, il ne savait pas. Pourquoi il avait accepté son discours coranique sur la virginité avant le mariage, ça aussi il l'ignorait. *Elle a de ces yeux...* Jamel avait remarqué Nour dans un cours sur les quanta où il agissait à titre d'assistant au professeur. Elle comprenait sans délai ni apparence d'effort. Un cerveau mathématique rare, précieux. Son hidjab avait tenu Jamel à distance pendant plusieurs semaines, mais lorsqu'il perdit une soirée complète à colliger des informations sur cette fille en piratant l'intranet de l'université, Jamel décida de lui parler. Avant de l'aborder, Jamel avait ces informations en tête :

Nom : Nour Benkrid, née à Oran, Algérie, le 12 octobre 1989

Père : Massoud Benkrid

Mère : Sabah Benkrid

Confession : musulmane (sunnite)

Condition médicale : diabète type 1

Champs : baccalauréat en physique appliquée, baccalauréat en génie génétique

Moyenne générale : 4.32 / 4.40 (A+)

Citoyenne canadienne depuis 2000
Adresse physique : 1222, rue King Ouest, app. 3, Sherbrooke (Québec), J1H 1S2
Téléphone : (819) 155-8770
Adresse courriel : nour85@gmail.com

Jamel avait planifié d'aborder Nour à la fin du cours suivant. Il devinerait son lieu d'origine en prétextant reconnaître son accent, parlerait d'Oran, ville sur laquelle il avait accumulé quelques mégaoctets d'informations. Il décida d'éviter la question religieuse. Jamel voulait faire connaissance, sans s'impliquer.

Rien ne se déroula comme tel. Le cours terminé, c'était Nour qui l'avait approché pour lui demander l'heure. Elle enchaîna avec une question sur les meilleurs endroits de l'université pour prier en paix. Jamel préféra se taire. Pour rompre le malaise, Nour lui confia, joueuse, qu'elle avait un endroit à elle depuis le début de son bac.

Ah ouais, c'est où ?

Ben, c'est mon secret. Allez, j'y vais.

Elle fit un clin d'œil qui perturba Jamel jusqu'à la rencontre suivante, trois jours plus tard, par hasard, dans le café de la rue King.

Alors, beau mec, les lambda, ça marche comme tu veux ?

Comment tu sais que je travaille les lambda ?

Allah est puissant.

Non, sans blague.

J'ai regardé par-dessus ton épaule… Je peux m'asseoir avec toi ?

Jamel ne comprenait pas. Dans sa conception du monde, une fille au hidjab restait dans son coin, silencieuse, interdite. C'était le cas des filles de sa cité, du moins. Celle-là riait de bon cœur, à gorge déployée, dévorait tout des yeux, saluait ses connaissances – des catholiques non pratiquants pour la plupart. Elle laissait paraître de fines traces de maquillage, de l'ombre à paupières qui ajoutait à la splendeur de ses yeux. *Non, je la comprends pas, cette femme...*

Ces événements, c'était l'automne passé. Maintenant, Jamel comprend mieux : Nour est Nour. Une bonne musulmane canadienne. Prière cinq fois le jour, pèlerinage à La Mecque fait en solitaire à dix-neuf ans, pas d'alcool, pas de sexe avant le mariage, pas de porc, une foi inébranlable en la parole du prophète. Sourates préférées : *An-Nisa'* (les femmes), *Al-Jathya* (l'agenouillé), *At-Tin* (le figuier). «Je tente de les lire chaque jour, même si je les connais par cœur. C'est le centre de mon univers. C'est l'axe qui me permet de mesurer le possible.» Nour compte faire carrière si son mari le lui permet. Mais comme elle aime le répéter, sourire aux lèvres, «il suffit de trouver un homme qui mérite mon amour et pour ça, il doit respecter ma nature». Et cette nature est fort simple à cerner : Nour est un génie. Quotient intellectuel évalué à 192 selon son dernier test. Trente points de plus que la meilleure performance de Jamel. Pour lui, Nour est une machine logique imparable, un ordinateur de chair. *Franchement sexy comme supercalculateur, je dois dire...*

Jamel prend des notes sur son Dell portable. Des nombres. Rien de sérieux. *C'est congé...* Il note le 23. Pour les vingt-trois fois où lui et Nour se sont embrassés sur la bouche. Le 65. Nombre de soirées dans l'appartement de Nour ou chez lui, dans sa minuscule chambre du campus. Le 3. Pour les trois nuits ensemble, dans un même lit, habillés, pressés l'un contre l'autre, rêveurs. La première nuit parce que la voiture de Jamel avait refusé de démarrer. La deuxième, à cause d'une intense fatigue de fin de session. La dernière, la seule qui ne fut pas accidentelle, juste avant son départ pour Oran. Par extension, cette nuit mène Jamel au chiffre 1,82. Les seules fois où il a vu les cheveux de Nour, de longs cheveux noirs et brillants comme le charbon. Le 1,82, c'était pour cette période d'une heure et quarante-neuf minutes qu'il avait passée à les caresser, à les sentir. Jamel regarde au-dessus de l'écran du Dell et voit trois fidèles entrer dans la mosquée. Il n'y a personne d'autre dans les rues. Trop de neige pour sortir. Jamel retourne à son écran, ajoute le chiffre 102 ; le nombre de fois où Nour a inclus le mot amour dans une phrase parlant de lui ou d'eux. *Est-ce qu'il y a un nous pour l'instant ? Elle a pas le droit de m'aimer officiellement avant d'avoir déclaré son amour devant Allah... quelle idiotie... partir si loin de chez moi pour me retrouver avec les mêmes problèmes... c'est pas sérieux...* Jamel calcule la somme de ses nombres. Il arrive à 194,82. Il en fait son nombre de couple, se frotte les mains sur son jeans, commande un nouvel expresso. Ses yeux reviennent au chiffre. *Elle est bonne, celle-là...* Jamel a décelé un signe de cohésion. *Un autre...* Pour vérifier son intuition, il divise son nombre de couple par deux, fait la racine carrée à deux reprises et arrive, comme il le croyait, presque à π. Jamel reste figé quelques secondes devant l'écran du Dell. *Mais non, idiot, c'est le hasard... j'aurais pu compiler autre chose, choisir autre chose que 1,82 pour ses cheveux... c'est arbitraire...* Jamel remercie la serveuse d'avoir concocté un café bien tassé et replonge dans ses pensées. *À moins que ce soit mon inconscient qui ait pris le dessus... comme si j'avais besoin de croire en une forme de perfection entre elle et moi. Besoin de croire... bordel, on dirait mon père... et de toute manière, le hasard, ça n'existe pas... c'est seulement le réel qui surclasse notre capacité logique...* Jamel rabat l'écran sur le clavier, range le Dell dans son sac à dos. Il voit deux autres fidèles ouvrir la porte de la mosquée. Deux femmes cette fois. Le vent s'est mis de la partie. Il neige en diagonale. *Foutu temps...* Jamel doit se rendre au travail. Il espère que sa vieille Honda Civic tiendra la route. *Peut-être je me ferai un peu plus de pourboires avec ce temps...* Jamel se lève de table, ajuste son col roulé, met son foulard, enfile son manteau, passe à la caisse, paie ses cafés. « Merci Jamel, à demain, sois prudent avec tes pizzas. » Jamel jette un nouveau regard à l'extérieur. Un œil attristé par cette blancheur, alourdi par la pâle lumière du jour. Jamel ferme son manteau un bouton à la fois, enfonce les mains dans ses gants, se coiffe d'une épaisse tuque. Le voilà dehors. Le froid n'est pas si intense, - 6 °C, mais avec l'humidité et le vent de face, Jamel a l'impression de marcher dans un congélateur. Sa voiture n'est pas loin, à cent mètres à peine. Avec les douze centimètres de neige accumulée au sol, Jamel croit franchir le triple de la distance. Sa Honda en est couverte. Il devra balayer la neige, mais d'abord faire chauffer le moteur et l'habitacle. *Et tant pis pour les gaz à effet de serre... c'est mieux que se taper une pneumonie...* Après trois tours de clé, la Honda rouspète, crachote et démarre. Jamel sort un balai à neige caché sous le siège, dégage sa voiture de la couche blanche qui la noie dans le paysage.

Allah akbar, mon frère.

Jamel n'a pas entendu la salutation du passant qui se dirigeait, dos au vent, vers la mosquée pour la *salat adh-dhouhr.* L'homme ne s'est pas offusqué de son silence. Même si Jamel avait entendu, il aurait répondu un truc du genre « Ouais, c'est ça » ou encore *« Allah is bad »* ou même « Désolé, j'parle pas arabe. » Il aurait peut-être perdu patience et se serait lancé dans une argumentation stérile. « Comment tu peux présumer que je suis musulman, hein ? Ma peau... ma sale gueule de Beur ? Et si j'étais pas musulman ? Et si j'étais Juif séfarade ou chrétien ou juste un type qui s'en bat les couilles de votre merde ? Hein, je serais quoi, moi ? Un traître... un imbécile... de la chair à démon ? » Le fidèle aurait probablement résumé la situation avec dépouillement : « Puisse Allah te venir en aide, mon frère. » Mais personne ne déclenche de débat sur un trottoir en pleine tempête de neige. *Foutue merde blanche...*

Jamel déteste conduire l'hiver. Malgré ses trois hivers au Canada, dont deux avec une voiture, Jamel n'a pu s'adapter complètement à ces conditions particulières. Cette année, il a été contraint à chausser sa Honda de pneus d'hiver d'occasion. *Aucune différence si tu veux mon avis... c'est pareil que de conduire sur du beurre...* Les routes sont peu achalandées ce midi, Jamel opte pour une vitesse plus lente qu'à l'habitude.

Sur la banquette arrière traîne un exemplaire du Coran en version française. Jamel en a fini la lecture hier soir. Sa première lecture complète. *Rien de fantastique... je vois pas ce qu'il a, ce bouquin...* Sans savoir ce qu'il devait espérer, Jamel s'attendait à mieux. *Si une personne comme Nour peut mettre toute sa foi dans ce livre, il doit bien avoir quelque chose de fort à proposer...* Jamel n'a rien trouvé qu'il puisse qualifier de fort. Il a cherché, pesé le pour et le contre, a tenté de repérer un second niveau dont il pourrait s'inspirer. *Le vide...* Jamel a perdu de longues heures de sommeil, pris avec l'évidence qu'il ne pouvait adhérer à ce texte. Il était resté étendu sur le dos, le visage clos, le regard pensif. La même expression qu'il affiche lorsqu'il travaille sur des applications quantiques réduites en lambda. Le restaurant n'est plus très loin. Prochain coin de rue. Aucune voiture dans le stationnement sinon celle du propriétaire. *Va être longue, cette journée...*

Salut belle gueule... Toujours pas rasé ? Tu peux conduire tranquille aujourd'hui. Pas de garantie de livraison trente minutes... Pis le Coran, ça dit quoi ?

Non, mais... Michel, tu pourrais me laisser entrer, m'offrir un café, j'sais pas...

Le café, il est là. Pis, le Coran ?

Pfff... C'est qu'un foutu code moral... un genre de compendium de certitudes usées... du prêt-à-penser... Fais ci, fais ça et tu seras heureux une fois mort... Et leur sourate, c'était laquelle encore... Ah oui, la numéro 100, les coursiers... un véritable argument pour recruter des martyrs explosifs...

Pourtant, quand ils en parlent, ils disent tous que c'est une religion de paix...

Tu me crois pas... attends.

Jamel retourne à l'extérieur. Un centimètre blanc recouvre déjà sa voiture. En ouvrant la portière, une plaquette de neige tombe sur les sièges déjà rongés par l'humidité. Il saisit son exemplaire du Coran, referme la porte, retourne à l'intérieur.

Michel, écoute-moi ça : «Par les coursiers rapides et haletants ! Ceux qui font jaillir des étincelles ; ceux qui surgissent à l'aube ; ceux qui font voler la poussière ; ceux qui pénètrent au centre de la troupe ennemie ! Oui, l'homme est ingrat envers son Seigneur : il est témoin de tout cela, mais son amour des richesses est plus fort. Ne sait-il donc pas qu'au moment où le contenu des tombes sera bouleversé et celui des cœurs exposé en pleine lumière, ce Jour-là, leur Seigneur sera parfaitement informé de tout ce qui les concerne.» C'est fou comme truc... tout juste s'il donne pas une heure précise pour se faire exploser au milieu de la foule !

Ben, franchement Jamel, moi j'trouve que c'est plus une condamnation qu'une incitation. Passe-moi ça... Là, tu vois : «L'homme est ingrat envers son Seigneur»... C'est ingrat... C'est ça qu'il veut dire, ton chapitre, me semble ?

Jamel ne dit rien. Il dépose son manteau sur une banquette du restaurant, se sert un café derrière le comptoir. *Il a peut-être raison... peut-être qu'on a raison tous les deux... ça dépend de qui interprète... ingrat... drôle de mot quand on y pense...* Jamel verse un sucre et un lait dans un café pâle. Michel s'approche en lissant les poils de sa moustache.

Juste comme ça, tu vas faire quoi avec ta fille au foulard ?

Son nom, c'est Nour, OK, Nour. Ça veut dire « lumière ».

OK, les nerfs… Tu vas faire quoi avec Nour ?

Là encore, Jamel ne répond pas. Jamel ignore ce qu'il fera. *Quand un problème est sans solution, on ne spécule pas, on bûche dessus…* Le téléphone des commandes oblige Michel à retraiter dans la cuisine, laissant Jamel seul dans l'étroite salle à manger du restaurant. Nour l'aime, il en est certain. Mais Nour veut un mari musulman. Jamel sait qu'une argumentation sur la foi sera impossible. Il l'a appris en lisant le Coran. Un musulman ne peut remettre la parole de son prophète en question. Questionner sa foi, c'est désobéir. *Si seulement j'avais trouvé plus de bon que de mauvais dans ce foutu livre… je pourrais adhérer à ma manière… ça réglerait le cas de ma famille et ça donnerait le sceau d'approbation que Nour a besoin… Et combien de temps je pourrais tenir à me la jouer muslim… Déjà que je me fais pousser la barbe pour lui faire une surprise à son retour…*

Eille belle gueule, tu vas avoir une livraison à faire à l'université. J'irais déblayer mon char si j'étais toi.

Ça va, ça va, j'y vais.

LA DUCHESSE COUGUAR

Son haleine empeste le lendemain difficile. Elle n'aurait pas dû boire tant de martini. Nadine est revenue dans son condo très tôt ce matin. Une heure avant le lever du soleil. Elle a passé la soirée d'hier dans un bar de Montréal à profiter des verres payés par le troupeau d'hommes en manque. À minuit, elle avait quatre prétendants à ses trousses. Un type branché un peu maigre, un militaire culturiste au regard triste, un mal rasé aux finances douteuses et un conseiller en placement aux lèvres charnues. Vers 1 h, elle est sortie bras dessus, bras dessous avec le conseiller, qui prétendait habiter à deux pas. Nadine a peu de souvenirs du condo ou de l'appartement. Des murs, des meubles IKEA, un ordinateur, une immense télé, un lit grand format, des draps froissés. Elle se souvient mal de la baise. *C'était pas si mal, il me semble...* Sitôt l'homme endormi, comme toujours, Nadine s'était levée, avait enfilé vêtements, bottes, manteau, puis avait chipé un objet, un verre imprimé «Hawaï» scellé à la cire, rempli de sable volcanique. Nadine avait marché sous la neige dans les rues blanches de la ville pour retrouver sa New Beetle. Une fois la voiture déneigée, elle avait pris le pont, roulé jusque chez elle, s'était couchée sans tarder.

Nadine s'arrête devant le miroir de sa chambre. Ses cheveux devront être lavés, une matière blanchâtre lui fixe une couette en bordure de l'oreille. *Ah oui, c'est vrai, il a fait ça...* Compte tenu des excès ordinaires de la veille, elle n'a pas si mauvaise mine. *Un peu cernée, un peu enflée, rien de terrible...* Elle retire ses vêtements et file sous la douche, endroit de son condo où, en temps normal, elle chante des airs à la mode, Nadine étant de nature à éviter ce qui n'a aucun succès. Ce matin, elle se contente toutefois du bruit de l'eau contre sa peau, du gel douche aux agrumes, du shampoing aux herbes, du revitalisant à trente-cinq dollars la bouteille. *Mal à la tête...* Le système de ventilation n'est pas activé. La salle de bains se gorge d'une épaisse brume. La douche terminée, elle s'épongera, déposera sa serviette sur la barre qui retient le rideau, enduira sa peau d'une crème de jour, retournera dans sa chambre en courant sur la pointe des pieds, pestant contre la fraîcheur de son condo bon marché. Elle enfilera un string noir, un jeans ajusté, un soutien-gorge sans armature, un chandail moulant. Ainsi vêtue, elle ira fouiller les poches de son manteau d'hiver pour récupérer l'objet subtilisé chez l'homme de la veille.

Dans le salon du condo quatre pièces de Nadine, il y a son mur. Son mur parce que c'est ici qu'elle accroche ses photos, mentions et récompenses. Les images des concours Miss Fit Canada, Fitness America, Tonus USA côtoient celles de son portfolio. Une quinzaine de cadres. Des poses où elle dévoile ses formes fermes. La perfection symétrique du dos, la ligne impeccable d'une jambe, la peau collée aux muscles fins et ciselés sans être surdéveloppés. Entre les cadres sont accrochées quelques médailles et plaques de participation, ainsi qu'une boîte cadenassée contenant une cassette VHS. Au bas de ce même mur, six tablettes en inox supportent des objets de toute sorte. Un agenda 2003, une cuillère d'argent, une figurine G.I. Joe, un pointeur laser, un collier de surfeur, une paire de lunettes rondes aux verres bleutés, un cube Rubik, une salière de restaurant, un condom extra large dans son emballage, un bouton de manchette nacré, une alliance en or 10 carats, une plume d'oie, un CD de Portishead, une Bible de chambre d'hôtel, un bracelet à vœux rompu par l'usure, une feuille de plante en plastique, une épinglette du Parti conservateur, un pic de guitare, une souris d'ordinateur, un rasoir à quatre lames vibrant, une crème de nuit pour homme, une carte miniature du centre-ville de Montréal, un élastique contenant plusieurs longs cheveux ambrés entremêlés, une couche jetable propre, un képi français, un tournevis à têtes interchangeables, une clé USB 512 mégaoctets, une carte magnétique d'une compagnie pharmaceutique, un visa de séjour expiré, un réveille-matin à thermomètre intégré, un tube de K-Y.

Nadine est devant ce mur, debout. Elle dépose sa dernière acquisition entre le rasoir et la Bible à couverture brune. Elle ne sourit pas en positionnant l'objet. Son geste est sérieux, solennel. Nadine hoche la tête et accepte l'emplacement du verre de sable scellé à la cire. *Il est bien à cet endroit...* La quatrième tablette. *La note de passage...* Le conseiller de la veille n'a pas été un si mauvais coup. La quatrième tablette supporte six objets. La cinquième n'en supporte que trois. La sixième, deux. Plus précisément, la paire de lunettes rondes et la couche jetable. Les lunettes appartenaient à un type avec qui elle avait prolongé son aventure sur une période de trois semaines. L'histoire s'était terminée après qu'il eut signé un contrat avec une équipe de hockey suisse. *De toute manière, c'était une histoire de cul... du très bon cul, mais juste du cul...* La couche jetable, elle, provenait de la maison d'un homme dont la femme était décédée d'un accident de la route deux mois après la naissance de leur fils. *Un homme fantastique... un gars merveilleux... si seulement il avait pas eu d'enfant...* Cette aventure n'avait duré que trois jours. Soixante-douze heures pendant lesquelles Nadine avait eu la nette impression d'avoir trouvé l'homme de sa vie. *J'ai été conne avec lui... je me souviens encore de son odeur... comme si c'était hier... j'ai vraiment été conne...* Le quatrième jour, elle s'était réveillée avant l'aurore, le souffle court, le cœur en vrille. Elle ne pouvait avoir trouvé son homme, sa chasse commençait à peine. Ce n'était pas possible. Nadine détailla le visage du type endormi, le trouva joli sans le croire splendide, bien dessiné sans être gracile ; elle regarda son corps imparfait, ses mains douces aux ongles mal taillés, ses quelques cheveux blancs aux tempes. Non, elle ne pouvait devenir amoureuse d'un homme comme lui, elle valait plus, méritait mieux. Ce matin-là, elle en était persuadée. Avec le recul des années, cet idéal s'avère particulièrement difficile à trouver. La surcharge des trois tablettes du bas en témoigne avec éloquence. Mais elle préfère ne pas penser à ce genre de chose.

Nadine se demande si elle aura le temps de passer au gym avant d'aller au travail. La neige de la nuit s'est prolongée jusqu'au jour. Elle devra déblayer sa voiture à nouveau. *Dix minutes de perdues, si c'est pas plus...* Elle n'a pas encore écouté les messages sur sa boîte vocale. Elle ne sait pas qu'un de ses bons clients arrivera au salon de massage d'ici quatre-vingt-dix minutes. Nadine doit manger, même si la faim n'est pas au rendez-vous. Elle sortira du boulot à 23 h et ce déjeuner sera l'unique repas complet de sa journée. *Bon, mieux vaut m'ouvrir l'appétit... bouger un peu...* Toujours debout devant son mur, Nadine opte pour quelques étirements et dix salutations au soleil. Elle ne verse aucune goutte de sueur. Pour suer, elle a besoin de beaucoup plus. Une heure d'elliptique, dix kilomètres de jogging en été, une baise de deux heures. Certainement pas un maigre dix minutes de mouvements progressifs. Elle achève ses dernières postures, se redresse en joignant ses mains à plat, le temps de vingt profondes respirations. Si quelqu'un l'observait, il aurait l'impression que Nadine prie en silence devant un autel d'offrandes dédié au culte de sa propre personne.

Nadine expire une dernière fois et ouvre les yeux. Son regard tombe sur la couche jetable. Avec la spontanéité du réflexe, elle repense à l'odeur du type aux soixante-douze heures, un parfum riche, profond, de ceux qui prennent au ventre, sans ménagement, comme une folie.

Téléphone. Un extrait de la chanson numéro 1 de la semaine.

Quoi Luisa? ... ... Oui... ... ... Non... ... ... J'suis supposée rentrer à 15 h... ... ... Non... ... ... T'es pas sérieuse... ... ... Tu fais exprès ou t'es juste incompétente... ... ... Non... ... ... Non... ... ... OK... ... ... J'vas être là... ... ... Ouin, c'est ça, *hasta turista.*

Nadine vient d'apprendre la nouvelle pour le rendez-vous avec son client. Un de ceux qu'elle ne peut pas rater. Il y a une évidente question d'argent. Ce client paie beaucoup pour pas grand-chose (généralement une branlette, stimulation prostatique avec éjaculation sur les seins ou les chevilles, selon l'humeur). Mais au-delà des considérations pécuniaires, il y a la crainte que Luisa la remplace. Luisa qui pourrait offrir beaucoup plus sans que le client le demande. *Dès qu'elle voit cent piasses, elle devient folle... et pas question qu'elle me coupe encore l'herbe sous le pied, l'importée...*

Nadine doit faire vite. D'abord, il y aura les cheveux. Un chignon de geisha tenu avec des baguettes et deux épaisses couettes rectilignes tombant le long de ses joues jusqu'aux épaules. *Classique et distingué...* Ensuite, touche d'anti-cernes et d'ombre à paupières, soupçon de mascara, trait de crayon autour des lèvres, fine application de gloss au pinceau à poils fins. Pour finir, coller sa mouche au-dessus de la bouche, à la Marilyn. Voilà, Nadine est prête. *J'espère qu'il vente pas trop, j'ai pas envie d'avoir à refaire mes cheveux...*

Manteau, bottes, foulard et gants sont enfilés en vitesse. Sa crainte est vite confirmée. Le vent souffle et il neige toujours. De gros flocons étrangement légers portés de rafale en rafale. La New Beetle rose de Nadine est recouverte par une couche de trente centimètres. Elle devra pelleter pour sortir la voiture de son stationnement.

TABARNAK D'HOSTIE DE CÂLISSE D'HIVER DU SACRAMANT!

Personne ne l'entend jurer. Le vent souffle trop fort. Nadine ouvre le coffre de sa voiture, tente d'oublier les amas neigeux qui s'infiltrent. Elle saisit sa pelle et son balai, referme le coffre. Nadine commence par creuser une large tranchée à l'arrière du véhicule ainsi qu'une seconde, plus étroite, jusqu'à sa portière. *Un peu d'exercice supplémentaire... voir le positif... le crisse de positif...* Elle plante sa pelle sur le tas de neige déblayée, saisit son balai, libère sa voiture de la chape blanche. Une fois à l'intérieur, elle met les clés sur le contact et sursaute devant le niveau de décibels crachés par les haut-parleurs. De la musique techno, à volume très fort, le moyen qu'elle avait utilisé pour rester éveillée, la nuit dernière. Nadine grimace en diminuant le son. Au dégueulasse naturel de son haleine de lendemain de veille s'ajoute une acidité accrue. *J'ai pas déjeuné...* Trop tard pour retourner au condo, elle devra ingurgiter une bouffe rapide dans un service à l'auto sur la route du salon de massage. Un choix entre McDonald's et Burger King. Nadine regarde l'heure sur la radio : 12 h 32. *Ils font plus de déjeuners à cette heure-là...* Nadine s'engage sur la route, roule quelques secondes, arrive à un feu rouge. Elle freine en retard et sa New Beetle glisse au-delà de la ligne d'arrêt. Rien de grave vu la faible affluence routière en ce midi de tempête blanche. Nadine ne remarque rien, elle conduit comme un automate. Elle fait cet aller-retour douze fois la semaine, connaît l'emplacement des nids de poules, passages d'écoliers, pièges à cons utilisés par les policiers, commerces, églises, appartements, maisons laides ou jolies (souvent laides). Qu'il neige, pleuve, tornade, inonde, Nadine sait qu'elle pourrait faire cette route les yeux fermés. Nadine en est convaincue, car elle sait jouir d'une supériorité naturelle à l'égard des autres. Il ne s'agit pas d'une question de culture (Nadine n'a lu qu'un livre et ne sort jamais des créneaux culturels populaires), de connaissances (aucun diplôme sinon son attestation lui permettant de signer des reçus à ses clients ; aucun intérêt général, aucune curiosité) ni d'aptitudes particulières (elle cuisine mal, conduit mal, parle mal, n'écoute personne, ne pense qu'à elle, ne sait compter sans calculatrice, ne peut prononcer plus de trois phrases sans employer les mots je, me, moi). La supériorité fondamentale de Nadine Riel émane d'une vérité autre, absolue, impalpable. Une vérité hypnotique.

Nadine n'en parle jamais, par crainte de passer pour folle, mais elle sait être l'authentique réincarnation de Yolande de Polastron, duchesse de Polignac, meilleure amie de la reine Marie-Antoinette. Nadine expérimente cette existence pour apprendre la vie des gens sans envergure qui ont réclamé la tête de sa reine. Cette populace qui fut la cause de son exil, de son cancer foudroyant, de cette inscription : « Morte de douleur le 9 décembre 1793 », gravée sur une pierre tombale, à Vienne. Nadine doit apprendre la banalité du peuple, sa soumission naturelle au plus puissant. *Et tant que j'aurai pas compris, je peux pas mourir...* Cette vérité profonde, essentielle à l'étanchéité de sa philosophie, Nadine la détient depuis le début de sa vingtaine. À l'époque, une ancienne amie lui avait présenté un hypnotiseur qui prétendait fouiller les vies antérieures. Au début,

Nadine avait pris sa copine pour une attardée, mais devant son insistance quasi obsessive, elle avait pris rendez-vous.

À la première rencontre, l'hypnotiseur brossa un profil de sa personne en une quinzaine de minutes. En scrutant ses yeux, il avait cerné presque l'ensemble de son caractère. « Pour savoir comment fouiller », avait-il souligné. À la fin de l'entretien, il hypnotisa Nadine pour une dizaine de minutes. À son réveil, il lui montra l'enregistrement vidéo. C'est ainsi qu'elle apprit de sa propre bouche qu'elle en était à sa septième vie, qu'elle avait choisi cette époque, car elle désirait vivre le plus longtemps possible. Encore sous le choc de telles révélations, Nadine paya d'avance les deux rencontres nécessaires aux fouilles de son passé antérieur.

L'hypnotiseur devait recommencer à partir du début, « remonter au début de votre âme ». Nadine s'était attendue à la procédure inverse et cacha mal sa déception, mais se prêta à l'exercice. Immobilisant sa voiture à un coin de rue particulièrement glissant, Nadine se dit qu'elle devrait regarder à nouveau la cassette de ses deux rencontres, question de se rafraîchir la mémoire.

Sur cette vidéo, elle voit son visage en gros plan et s'étonne toujours d'avoir une voix aussi nasillarde. La première se déroule ainsi :

Hypno : Alors Nadine, vous allez reculer jusqu'au plus profond de votre âme, jusqu'au tout début, avant ce corps, avant tous les corps qui ont été les vôtres. Je veux que vous retrouviez votre tout premier contact avec l'univers… Nadine ?

Nadine : Oui ?

Hypno : Où êtes-vous ?

Nadine (avec un visage neutre, vidé de toute émotion) : Dans l'eau.

Hypno : Pouvez-vous bouger ?

Nadine : Oui et non.

Hypno : Pourquoi ça ?

Nadine : Je suis comme attachée à quelque chose.

Hypno : Comme des racines ?

Nadine : Oui, comme des racines.

Deux minutes silencieuses s'écoulent où Nadine bouge doucement son visage, comme si elle flottait au gré des courants.

Hypno : Comment vous sentez-vous ?

Nadine : Calme.

Hypno : Très bien, maintenant, je veux que vous avanciez jusqu'au prochain contact avec l'univers… Un contact différent du précédent… Voyez-vous quelque chose ?

Nadine : Oui. De la lumière. Beaucoup de lumière blanche.

Hypno : Très bien… pouvez-vous bouger ?

Nadine (dont les traits se crispent) : C'est difficile, j'ai l'impression d'être fragile, j'ai peur, j'ai vraiment peur, j'ai peur, j'ai peur.

Hypno : De quoi avez-vous peur ?

Nadine (toujours les traits crispés, presque grimaçants) : De tout.

Hypno : Et s'il n'y a plus de lumière, vous avez encore peur ?

Nadine : Non, pas s'il fait chaud.

Hypno : Restez dans le noir chaud quelques instants.

Deux minutes passent où Nadine tète sa langue comme un nouveau-né ensommeillé cherchant le réconfort.

Hypno : Vous avez toujours peur ?

Nadine : Un peu, mais c'est normal.

Hypno : D'accord, très bien Nadine. Je veux maintenant que vous passiez à votre prochain contact.

Nadine : Oui.

Hypno : Que ressentez-vous ?

Nadine : Je vois des herbes, elles sont moyennement hautes, j'avance dedans.

Hypno : Pouvez-vous courir ?

Nadine : Peut-être… on dirait que j'ai quatre pattes… et j'ai faim… j'ai très faim…

Hypno : Votre nez, est-ce qu'il sent quelque chose ?

Nadine : Les herbes, leur odeur… Il y a une autre odeur, plus forte… je crois que c'est une odeur de viande, oui, je crois que c'est de la viande… j'aime cette odeur-là…

Hypno : Très bien, promenez-vous et dites-moi si vous voyez d'autres choses.

Nadine ne dit pas un mot et rugit comme un enfant qui s'amuse à ronronner. Elle fait ce bruit pendant près de deux minutes avant de se faire ramener à la réalité.

L'hypnotiseur lui avait expliqué qu'à sa première matérialisation, Nadine avait été une plante aquatique. Il ne pouvait préciser ni le lieu ni l'époque. Pour la seconde matérialisation, il était certain qu'elle avait été un petit mammifère, un rongeur. « Une taupe peut-être, ça expliquerait votre faible vue et vos mouvements de bouche. » Quant à la troisième, l'hypnotiseur avait été catégorique, un félin, « peut-être un tigre ou un couguar ». Sans savoir pourquoi, Nadine estimait ces propositions d'une indéfectible logique. Elles semblaient claires, évidentes. *J'ai toujours aimé me baigner, je déteste quand il y a trop de lumière et j'adore chasser la viande fraîche…*

Nadine arrive à l'interphone du service à l'auto du McDonald's de son quartier. Elle commande une salade au poulet en soupirant. *J'vais encore roter ça toute la journée…* Nadine prend ensuite son sac de victuailles, le dépose sur le siège passager. Elle mangera une fois arrivée au salon de massage. En chemin, elle continuera de penser à la vidéo. Elle réfléchira à sa quatrième vie, celle d'un esclave pygmée dans les rues de la Rome impériale. Cette vie où elle avait amusé les foules de patriciens sur les scènes extérieures, toujours sous un soleil de plomb. *Un peu comme quand ma mère me trimbalait dans ses concours de Mini-Miss...* Elle tentera de lier le destin de cette vie à celui de la suivante, celle d'une femme écossaise perdue en pleine époque médiévale dans les Highlands, une vie passée à prendre soin de ses parents, de sa hutte, de sa ferme, de ses rares moutons. Nadine se rappellera avoir dégusté un plat de haggis dans un salon culinaire il y a quelques années. La description du plat l'avait presque fait vomir, mais curieusement, la saveur avait ravivé un impalpable souvenir. En arrivant au salon de massage, Nadine repensera à sa vie de duchesse, à la haine et à l'envie qu'elle suscitait, à ses somptueuses robes, à ses bijoux, à sa fuite vers la mort. *Il faudrait que j'aille voir ma tombe, un jour... C'est où Vienne ?*

Pas un instant Nadine n'oserait croire que l'hypnotiseur ait pu lui suggérer ses réponses, que sa vie aquatique avait l'aspect d'une croissance intra-utérine, que cette peur de la lumière pouvait être assimilable au choc de sa naissance, tout comme ces herbes qui pouvaient être celles du champ dans lequel elle marchait à quatre pattes, à l'âge de quinze mois. Nadine ne pourrait remettre en question l'unique certitude qui donne un sens à sa vie. En déposant ses affaires sur la table des employés, Nadine regardera Luisa, engoncée dans ses vêtements sans style. Malgré sa coiffure défaite, son jeans mouillé jusqu'aux genoux et son haleine perceptible dans un rayon de trois mètres, Nadine parviendra à produire une expression d'un total mépris digne du plus pur distillat de snobisme. *Pauvre minable... tu ne vaux pas un seul de mes ongles d'orteils... si tu savais.*

DRESSED FOR SUCCESS

Lydia regarde la neige tourbillonner sur sa rue. Les flocons tournoient en courtes trombes, de minuscules tornades blanches poussées à travers d'épaisses bandes grisâtres. *Encore une journée de perdue... On doit rien voir sur les autoroutes... Maudit hiver, comment je peux travailler avec ça ?* Comme elle l'avait anticipé en regardant le bulletin météo, ses trois clients de la journée ont annulé leurs rendez-vous. Lydia n'a aucune raison valable de quitter sa maison. Tête penchée, elle masse ses tempes du bout de ses doigts manucurés. *C'est pas vrai, c'est pas vrai, c'est pas vrai.* Lydia doit trouver une excuse crédible pour sortir. Elle marque le rythme de son temps de réflexion avec le déclencheur d'un stylo à pointe rétractable. Les cliquetis de plastique couvrent les rares bruits de son MacBook ouvert comme une fenêtre sur un monde meilleur. *Pas question de perdre la journée ici, no way.*

En quelques clics, Lydia ouvre le document qui servirait à vendre sa maison, en cas de besoin. Elle relit le texte à voix basse. Une voix sèche et gutturale. «Aucun voisin à proximité, plafonds de trois mètres, planchers de chêne teint en bourgogne, quatre grandes chambres, deux bureaux, quatre salles de bains complètes, deux salons équipés de foyers au gaz ; solarium, spa, sauna, lit de bronzage ; cuisine aux armoires d'érable avec comptoirs de granit, garage double, immense terrain semi-boisé garni d'une piscine creusée, cabanon, roseraie et arbres fruitiers. Magnifique vue sur la rivière. » Lydia tapote le rebord de l'ordinateur, pensive. *Ça peut aller.*

Au cœur de ce tableau immobilier suintant le succès, aucune raison matérielle de fuir cet environnement ne saurait faire surface. Dans l'un des salons, Yuri, son garçon de huit ans officiellement sien depuis six années (adopté en Russie), joue à reproduire la Station spatiale internationale avec les blocs Lego reçus à Noël. Dans le bureau familial, Macha, sa fille de sept ans et officiellement sienne depuis cinq ans (adoptée en Ukraine), s'amuse sur un site Internet de jeux pour enfant sous la supervision de son père, Justin (évaluateur municipal en congé sabbatique depuis bientôt trois ans, mari de Lydia depuis sept ans, son conjoint depuis dix ans). Théoriquement, pour Lydia Champoux-Foisy, ces trois personnes lui sont les plus chères. Yuri est un garçon taciturne au regard mélancolique ; Macha ne demande qu'à être aimée, cajolée, câlinée ; Justin joue à merveille son rôle de père féministe en s'occupant de la maison, coordonnant le travail de la femme de ménage et confectionnant une kyrielle de plats savoureux, peu caloriques, appréciés de manière unanime. Théoriquement, Lydia devrait non seulement reléguer l'annulation de ses rendez-vous dans l'oubli total, mais se réjouir de cette journée additionnelle parmi les siens. Mais pour ce type de bonheur, elle n'a aucun talent. *Faut que je sorte d'ici...*

Lydia appuie le front contre la fenêtre de son bureau personnel. Elle regarde son souffle embuer la vitre. La neige tombe avec plus de conviction qu'il y a dix minutes. D'une oreille, elle entend Yuri imiter des sons de fusée, de l'autre, les cliquetis du stylo. Lydia ne veut pas admettre qu'elle étouffe. Elle préfère penser que ce temps des fêtes est comme un mal de dos, qu'avec un peu de patience, les problèmes disparaîtront d'eux-mêmes. *À chaque année, c'est pire...* Incapable d'admettre que ses enfants lui sont de plus en plus étrangers, que son mari perd son charme au même rythme que ses cheveux, que ce domaine de rêve ressemble à une cage dorée et que sa dépendance au Paxil ne fait qu'empirer ; Lydia se convainc qu'elle devrait battre son record de ventes, gagner un sixième trophée provincial, suivre une nouvelle formation à Toronto, acheter des terrains en zone blanche situés en bordure d'une autoroute. Une solution par le travail, forcément.

Lydia soupire, s'éloigne de la fenêtre, retourne devant l'écran de son MacBook. En trois clics, elle se retrouve devant la page web de sa banque. Un de ses ports d'attache.

Compte principal : 12 039 $. *Ça peut aller...*

Compte conjoint : 2 484 $. *Il a encore pigé pour s'acheter ses caisses de vin...*

Placements : 395 842 $. *Faut que j'appelle mon conseiller...*

REER : 223 984 $. *Ma dernière cotisation est pas encore passée...*

Hypothèque : 280 837 $. *Lentement, mais sûrement...*

Carte de crédit platine : 8 832 $. *Maudit temps des fêtes... au moins Yuri joue avec ses nouveaux Lego, toujours ça de gagné... mille piasses de Lego... il était mieux de jouer avec...*

Côté finances, Lydia ne s'inquiète pas. En cas de débâcle, elle vend la maison et encaisse près d'un demi-million. Une crise majeure ? Elle aura toujours ses épargnes-retraites et sa compagnie à numéro. Un crash économique total ? Elle possède quelques diamants dans un coffret de sûreté. Même si elle ne vend rien pendant les six prochains mois, elle a de quoi tenir sans difficulté. Mais un tel scénario est hors de question. *Je vendrai, je vends toujours...*

Maman, maman, j'ai fait quinze mille points à Mr. Snooze !

C'est Macha, elle se tient dans l'embrasure de la porte avec un sourire grand comme le salon.

Bravo Macha… Mais qu'est-ce que maman t'a dit ?

Pas déranger.

Et pourquoi ?

Parce que maman travaille fort.

C'est ça. Et ferme la porte, s'il te plaît mon ange.

Lydia a besoin d'un comprimé de Paxil, tout de suite, maintenant. Ses yeux sont gorgés d'eau. Et Lydia ne pleure pas, même seule. Question de colonne vertébrale, comme disait sa mère. Il y a un flacon de pilules dans le tiroir principal du bureau. Lydia fait sauter le bouchon, sort un comprimé, le place sous sa langue, laisse l'âcre saveur du médicament envahir sa bouche. Lydia sait à quel point cette manie trahit sa dépendance, ce plaisir ressenti au contact du comprimé contre ses muqueuses, ce bien-être profond de savoir la substance chimique en route vers le cerveau. *Fuck la culpabilité, j'ai le droit de me faire plaisir…* Lorsque Lydia lève les paupières, sûre d'avoir l'œil sec et le cerveau replacé, elle ouvre son navigateur Web et file sur le site du MLS. Dans le champ des recherches, elle tape « Condo 1 chambre » et « Montréal ». Une liste de 1 329 possibilités s'affiche aussitôt. *Un condo juste à moi…* Cela fait un moment que Lydia y songe. Un petit espace discret où elle aurait un lit et une table à partager avec Peter. Cette idée, elle la cultive depuis novembre, depuis cette soirée dans un motel de l'Est de l'île où la police avait démantelé un réseau de prostitution juvénile. Ils avaient été contraints de rester enfermés jusqu'à minuit pour éviter de se faire capter par les caméras de télévision. Lydia était rentrée à 1 h du matin. Justin lui avait joué la scène du cocu outré jusqu'au lever du soleil. *Ça, plus jamais…*

Lydia clique sur l'image d'un condo qui promet. Le nom de l'agente chargée de sa vente lui fait froncer un sourcil. *Jolène Champlain... Jolène Champlain... Non, c'est pas vrai... elle peut pas avoir grossi à ce point-là...* Lydia recule sa chaise de cuir capitonné jusqu'à sa bibliothèque, fait courir ses doigts sur les tranches d'une dizaine de livres, saisit son album de finissants, soulève la couverture de cuirette bon marché, retrouve l'unique page cornée. *Non, pas de doute, c'est les mêmes yeux...* Lydia compare les traits d'une reine de beauté de seize ans avec ceux d'une poufiasse mal coiffée, mal maquillée, mal vêtue en fin de mauvaise trentaine. Lydia lit le descriptif qui accompagne l'image de l'album : « Notre Jolène nationale sera mannequin ou une actrice célèbre. Avec un visage comme le sien, nous savons tous qu'elle aura le monde à ses pieds. » Lydia ne peut réprimer un rictus de pure méchanceté. Ses yeux glissent sur la photo suivante, celle d'une fille aux cheveux raides et cassés, pourvue d'un nez croche, d'une peau couverte d'acné, d'yeux ternes, vides, globuleux. Sa photo. La meilleure de ses cinq années d'école secondaire. L'acné commençait à se résorber cet automne-là. Elle ressemblait plus à une pizza qu'à un champ de fraises. *Quelle horreur... je pouvais bien être malheureuse...*

Horrible, laide, repoussante, Lydia l'était. Un visage d'une hideur intégrale. La plupart des gens, même à l'adolescence, ont au minimum un détail de joli ou de mignon sur leur visage. Le nez, la courbe des paupières, la ligne des lèvres, une manière de sourire, la couleur des yeux, les cheveux ; les dents, à la rigueur. Lydia, elle, n'avait rien. Et ce rien trônait au sommet d'un corps massif, aux épaules larges, pourvu de seins comme des raisins secs, de hanches saillantes, de jambes croches, de genoux tournés en dedans et de pieds larges. Non seulement Lydia était-elle laide, mais sa taille imposante rendait vaines les tentatives de camouflage. Objectivement, elle n'était pas la plus hideuse de l'école, quelques autres parvenaient à la supplanter dans ce domaine, mais puisque ces filles étaient soit de petite taille, soit premières de classe, Lydia la géante aux résultats inférieurs à la moyenne les occultait toutes. En cinq ans, aucun garçon de l'école ne l'avait abordée, personne n'était venu manger à ses côtés, personne ne l'avait saluée dans les couloirs, et bien sûr, personne ne l'avait accompagnée au bal des finissants. Déjà, à cette époque, Lydia évitait les tentations suicidaires et la dépression systématique grâce au Zoloft. L'année où la photo de finissants fut prise, elle avait renoncé à créer des liens avec ses pairs. Elle n'avait qu'une intention : devenir riche, faire ajuster plusieurs parties de son corps et l'ensemble de son visage par un excellent plasticien ; devenir encore plus riche avec ses nouveaux attributs et passer le reste de sa vie à mépriser les imbéciles qui l'avaient rejetée. Afin de réaliser ce projet juvénile, Lydia avait déterminé que l'immobilier était le moyen simple et rapide. Dans son cas, ce plan avait fonctionné au-delà de ses espérances. Pour Jolène Champlain, la réalité avait opté pour une autre version. *Jolène la pétasse en chef, Mademoiselle reine-des-chiantes... C'est beau l'ironie...* L'effet du Paxil additionné à cette découverte rehausse le moral de Lydia à un niveau acceptable. Elle se sent presque en forme. *Faudrait que je lui téléphone à la Jolène... juste pour la faire chier... malgré qu'elle doit savoir qui je suis... tout le monde me connaît dans le milieu...*

Le MacBook émet un tintement cristallin. *Tiens, un courriel... peut-être un client...* Lydia glisse la fenêtre de sa boîte de réception à l'avant de son bureau. *Peter...* Le message ne contient aucun texte, que des photos. Une première qui représente une plage de sable blond bordé de palmiers. Des touristes sont allongés sur des chaises, au loin. Une seconde sur laquelle un homme tient une bouteille de rhum d'une main et un arc dans l'autre. *Tout bronzé... espèce de chanceux...* La troisième est prise d'un balcon d'hôtel à partir duquel on voit une plage s'étendre à l'infini. Un t-shirt noir avec un texte imprimé sèche sur la rampe du balcon : *« Wish U were here. » Moi aussi Peter...* Un autre courriel vient d'apparaître dans la boîte de réception. Un autre client qui annule une visite. Pour demain, celle-là. Lydia soupire et rabat l'écran de son ordinateur. *Maudit hiver... si seulement le climat peut se réchauffer pour de bon...*

Lydia roule avec la chaise de bureau et regarde le plafond. Elle pourrait rejoindre son fils, jouer avec lui – *non, il va faire exprès pour me faire sentir nulle* ; retrouver sa fille et son mari dans le bureau familial – *c'est ça et Justin va en profiter pour aller gosser sur sa maudite Mazda...* Lydia pourrait aussi profiter de son spa, de son sauna – *mais non, monsieur va encore m'accuser de pas l'inclure dans mes moments de détente... Si seulement je pouvais décoller, me trouver une raison... n'importe quoi...* Lydia regarde à nouveau son ordinateur. *Ah oui... bien sûr...* Elle ouvre Skype et fait un appel sur son cellulaire. *Comme ça il pourra pas se douter de rien...* Son iPhone sonne, *« Love Will Tear Us Apart »* de Joy Division.

Lydia Champoux-Foisy, je vous écoute... ... ... Oui... ... ... D'accord... ... ... Je ne vois pas de problème... ... ... Oui... ... ... Dans quarante-cinq minutes ? C'est possible... ... ... Oui... ... ... Monsieur Lebel, c'est noté... ... ... Oui, j'ai déjà votre numéro, à tout de suite.

CHÉRIE ?

QUOI JUSTIN ?

TU VAS PAS SORTIR POUR VRAI ?

J'AI UN CLIENT POUR LA MAISON DE LA RUE VICTORIA, J'PEUX PAS MANQUER ÇA.

Justin paraît dans l'embrasure du bureau familial où Macha continue une partie de Mr. Snooze. Lydia a entendu le plancher craquer à cet emplacement. Elle ne souhaite pas croiser le regard de son mari. Par chance, son bureau personnel est situé près de l'accès au garage. Elle pourra filer avec son attaché-case sous le bras, enfiler le manteau qui dort sur la patère, mettre ses bottes, sauter dans l'Infiniti FX45, foutre le camp vers un ailleurs à déterminer. Justin la verra de dos, le temps qu'elle s'habille, mais elle, ne verra rien.

Tu pourrais venir nous embrasser avant de partir.

Pas le temps, Justin. La neige…

Lydia referme rapidement la porte d'accès au garage, fait cinq pas, ouvre sa portière, hume l'odeur de cigarette, allume le moteur, ouvre la porte du garage avec sa télécommande, regarde un instant le rectangle blanc du dehors, appuie sur le frein, place sa transmission sur *drive* et s'enfonce dans le paysage de neige. La route n'a pas été déblayée, elle devra s'en remettre aux quatre roues motrices de son FX45 pour gommer les hésitations. Elle compte rouler jusqu'à un stationnement public, immobiliser sa voiture, s'allumer une Benson & Hedges pour méditer sur une destination. À sa dernière bouffée de fumée grise, son iPhone sonnera. Ce sera un client pour un chalet d'hiver hors de prix qui lui demandera un rendez-vous pour le 5, ce vendredi. Lydia sera tout sourire en notant les coordonnées de cet acheteur potentiel. Elle laissera tourner le moteur et fera jouer un vieil album de Depeche Mode. Elle regardera son tableau de bord, son attaché-case déposé sur le siège passager, le paquet de cigarettes noir et doré à côté du frein à main, le chrome des éléments décoratifs, l'éclairage satiné des indicateurs, le thermostat réglé à 15 °C, le cendrier ouvert qu'elle doit vider depuis trois jours. Lydia ne l'admettra pas directement, mais il n'y a que derrière le volant de cette voiture qu'elle a l'impression d'être chez elle. Ces menus événements se dérouleront dans la prochaine heure. Pour le moment, Lydia sélectionne les quatre roues motrices et cherche la meilleure manière de sortir de son entrée. Elle ne voit pas son fils qui l'observe de la fenêtre du salon, station spatiale en main, le visage sévère, pas plus qu'elle ne voit son mari avec Macha dans les bras qui lui envoie la main à partir du garage. Dans cette maison si grande, Lydia ne voit plus rien.

SAM ET LES HANS

La première fois avait été rapide. Trop excité, trop heureux de retrouver Sophie, si belle, si douce, si mouillée. Sam s'était senti bête d'avoir rempli la capote en trente secondes. Sophie ne s'en était pas formalisée et avait allumé une cigarette sans prendre la peine de s'habiller. La deuxième tentative, sitôt le mégot écrasé, fut meilleure. En bon repentant, Sam fit courir sa langue sur l'épiderme de Sophie. Il commença par lécher la nuque, le cou, les oreilles. Il glissa vers les épaules, le bras droit, s'attarda sur l'intérieur du coude. Sam descendit l'avant-bras en suivant la ligne des nerfs, suça chacun des doigts alors que Sophie le regardait avec une amoureuse gourmandise. Sam remonta le long du bras, attaqua de nouveau le cou, glissa sur le bras gauche. Pour une raison qu'il ne put expliquer sur le moment, la peau du bras gauche de Sophie semblait plus sensible à ses attentions labiales. Lorsqu'il termina de sucer les cinq autres doigts de Sophie, Sam se trouvait au niveau des hanches. Il humait le parfum légèrement caoutchouteux de sa vulve. Sam préféra ignorer l'urgent besoin d'y enfouir son visage. Il lécha la hanche, le creux de l'aine, l'intérieur de la cuisse, souffla trois fois en direction du clitoris – Sophie se cambra et tournoya des hanches en inspirant entre ses dents. Sam préféra descendre, lécher la cuisse, l'arrière du genou gauche, le mollet, laper le tendon d'Achille, lécher la voûte plantaire, sucer chaque orteil, du petit au plus gros, sucer les deux gros orteils simultanément, ce qui fit presque jouir Sophie ; laisser le pied gauche, sucer les orteils du pied droit, la voûte, le talon, le tendon d'Achille, l'arrière du genou droit, l'intérieur de la cuisse, le creux de l'aine. Sam vit que le sexe de Sophie luisait tant il était humide. Les messages olfactifs qu'il lançait l'obligeaient à déployer des efforts surhumains pour ne pas la prendre. Sam remonta le ventre qu'il mouilla par une succession de coups de langue. Il atteignit la poitrine, fit courir ses lèvres sous le galbe des seins, mouilla les aréoles, lécha et avala les mamelons, les mordilla tendrement, saliva abondamment, souffla sur les pointes dressées, suça deux doigts, pinça la mamelle gauche en goûtant la droite, pressa et malaxa le sein à pleine main, écouta Sophie s'animer sous ce cumul de caresses, s'assura de la mener à la jouissance par addition de chatouillements, de mouvements et de salive. « C'est tellement bon... continue... continue... » Sophie se remettait à peine de cet improbable orgasme lorsque Sam descendit sa bouche sur le clitoris découvert qu'il suça sans réserve. Il inséra majeur et annulaire en elle, courba les doigts pour flatter le point suprême. Sophie répondit aussitôt avec une bouche ronde aux lèvres injectées de sang. Sam la fit jouir en un rien de temps et nota l'abondante quantité de liquide qui s'écoulait du vagin jusqu'à l'anus. Sophie avait un visage qui réclamait qu'il la prenne tout de suite, avec puissance et profondeur. Sam lui lança un sourire joueur, empoigna ses chevilles pour relever l'entrejambe. D'une langue longue et agile, il lécha et suça grandes et petites lèvres, embrassa le périnée, osa lécher son anus luisant. Sam n'avait jamais fait ce genre de chose, mais devant cet œil solitaire, cette peau aussi rose qu'un sexe, il ne put résister.

Sam... Qu'est-ce que... arrête surtout pas...

Sam n'arrêta pas. Il lécha le cul de Sophie comme s'il avait été un second sexe. Sophie glissa son index sur son clitoris. Sam inséra trois doigts dans le vagin. Sophie émettait un chant doux et tendre. Ses joues passaient du rose au rouge sous les influx d'endorphines. Sam remonta lécher le clitoris lorsqu'elle retira son index. Il mordilla tendrement, caressa le cul de Sophie de son majeur mouillé en gardant l'index enfoui en elle.

Fais-le, fais-le...

Sam aspira à nouveau le clitoris, puis enfonça son majeur dans le cul de Sophie qui recommença à jouir de plus belle. Sam bandait dur. Plus long qu'à la normale. Il mena Sophie à un autre orgasme – très vocal, celui-là –, remonta la tête vers celle de Sophie, la regarda droit dans les yeux.

Je veux te sentir comme il faut.

Sam... c'est dangereux...

Nos tests sont négatifs, je veux vraiment te sentir...

Fuck off, viens, viens...

Le cœur de Sam ne fit qu'un tour. Après six mois, il allait connaître la douceur véritable de cette femme. Il sentit une immense chaleur l'envahir, presque un vertige. Il regarda Sophie avec une passion enfiévrée, totale. Sophie, haletante, resta couchée sur le dos et retint le visage de Sam entre ses mains.

Embrasse-moi, embrasse-moi.

Sam colla ses lèvres contre celles de Sophie et rapprocha ses hanches des siennes. Il sentit la chaleur humide de la vulve au bout de son gland mouillé. Il touchait une grande lèvre, la gauche. Sophie cessa de l'embrasser, ficha ses yeux noirs au fond des siens. Nez à nez, pupilles dans les pupilles, Sam bougea ses hanches sur la droite pour glisser en elle. Leurs yeux luttèrent contre la tentation des paupières closes. Sam voyait le visage de Sophie qui frémissait de plaisir, un plaisir d'une profondeur nouvelle, un trop-plein d'émotion. Sophie jouissait au moindre mouvement et, maintenant que Sam y songe, couché seul sur ce sofa qui sent le sexe, il jouissait lui aussi. Leurs yeux ne faisaient qu'un, leurs corps ne faisaient qu'un. Sam avait la conviction de voir et de toucher l'âme de son amoureuse. Il remuait les hanches avec délicatesse, avec des mouvements succincts, précis. Il voulait toucher chaque partie, honorer chaque millimètre de peau glissante. Sophie appuyait sur ses hanches comme si elle voulait anticiper leur oscillation. Leurs lèvres se frottaient, bouches ouvertes, langues sorties, leurs mamelons dressés dessinaient de souples tracés sur leurs poitrines. Sophie appuyait sur ses fesses, elle le voulait au fond, toujours plus au fond. Sam sentait le col utérin enserrer son gland, dilater son urètre gorgé de liquide.

Combien de temps dura l'échange ? Sam n'en a aucune idée. *Une minute, dix minutes, trois heures ? Aucune importance... ce souvenir va être éternel...* Fatalement vint l'étape où Sam ne put résister au cumul de douceurs, il sentit ses jambes se tendre, son pénis vibrer avec de puissants spasmes. « Jouis en moi, jouis en moi... » Sam explosa en criant, tout comme Sophie qui se cambra à l'enfoncement de la décharge. Sam s'écroula, moite, tremblant, le corps éthéré.

Non, reste... reste en moi...

Sophie avait un sourire d'une totale bonté. Les yeux ouverts, lumineux. Elle appuyait sur les fesses de Sam.

Mon amour, tu pleures ?

Toi aussi, tu pleures... Je t'aime...

Je t'aime.

Sam resta en elle près de cinq minutes, l'oreille gauche posée contre son cœur. Lorsqu'il remarqua la ténacité de son érection, il se redressa sans sortir d'elle, posa les mollets de Sophie sur ses épaules et recommença sur un rythme plus rapide, quasi pornographique.

Ces délectables sensations, c'était hier, tard dans la nuit. Présentement étendu sur le sofa d'un appartement de Granby, Sam se remémore les moindres détails de sa nuit, reniflant l'odeur du sexe et du cul de Sophie sur ses doigts. Sam a cette conviction d'avoir trouvé sa femme, celle avec qui il voudra faire équipe, devenir vieux et ridé ; celle avec qui avoir des enfants, des enfants heureux et libres ; celle qu'il réveillera d'un baiser à la nuque chaque matin, celle avec qui la fidélité sera évidente. *Bien sûr que c'est elle... je le sais depuis le début que c'est elle... même avant de lui parler, je le savais sans le savoir...* Sam se questionne sur les tâches qu'il pourrait accomplir pour aider sa copine partie travailler à l'hôpital. Il y a la vaisselle du repas d'hier qu'il fera avant de partir, le plancher qu'il pourrait balayer, le lit qui mérite d'être fait, la litière du chat demande un nettoyage en règle. *Je ferai tout ça tranquillement...* Sam se sent bien dans ce petit appartement, il s'y sent libre, cent fois plus qu'à l'intérieur de la maison familiale où l'ambiance est lourde depuis l'été dernier. *Depuis Sophie...*

La famille de Sam habite Brossard, second Quartier chinois de la province. Comme bien des natifs de Hong-Kong, il habite une grande maison pleine de murs où sont compartimentés sa mère (Wu Xiaoli), son père (Alex), sa sœur (Sally), sa grand-mère (Wang Liang), son grand-père (Wang Fong). Et depuis l'été, sa grand-mère déraille presque au quotidien, entraînant l'ensemble dans la tourmente. *Elle aurait mieux fait de rester là-bas, la vieille peau...*

En ordre chronologique, Sam, sa sœur et ses parents sont arrivés à Vancouver à l'automne 1990. Son père devait développer les relations commerciales avec des entreprises pharmaceutiques canadiennes. Sam avait quatre ans, deux de moins que sa sœur, qui tolérait mal ce déracinement. En 1992, son père fut recruté par les laboratoires Merck pour travailler sur le développement des marchés asiatiques. Une inversion logique. De Vancouver, ils atterrirent à Brossard dans une maison financée par la compagnie (la même qu'aujourd'hui). En 1996, comme la rétrocession de Hong-Kong approchait, le père de Sam fit venir ses parents au Canada et en bon fils, il offrit de prendre soin d'eux pour le reste de leurs jours. Cette nouvelle avait alors emballé Sam, même s'il se souvenait mal de ses grands-parents. *J'étais jeune...*

Le chat de Sophie tire Sam de sa rêverie, il a fait tomber un cadre d'une étagère. *À moins que ce soit les voisins qui recommencent à taper dans le mur...* Dans le cadre tombé, une photo de lui avec Sophie, prise en octobre dernier, lors de son souper d'anniversaire entre amis. Sam ne peut s'empêcher de regarder les traits de sa copine, ses yeux parfaitement dessinés, son visage de poupée, son nez minuscule, ses petites ridules au coin des yeux. *Je peux pas croire que ses géniteurs aient pu abandonner une personne avec des yeux comme les siens...* Sam ignore que Sophie est une beauté typique du Jiangxi, la province d'origine de sa grand-mère. En cette femme, il ne reste de la Chine que ses traits et ce corps sculptural. Sophie ne parle ni mandarin ni cantonais. Elle déteste le communisme à la Beijing autant que le capitalisme made in USA, elle se fiche du mariage et des traditions établies, fume sans retenue, adore le vin blanc, n'hésite jamais à dénoncer ce qu'elle estime être « con, stupide, imbécile, barbare ou juste cave ».

À la base, avec un tel pedigree, Sophie ne pouvait obtenir l'approbation familiale. « C'est une enfant jetée, une orpheline de fermiers, une inculte, une putain fantôme, une femme sans manières, une traînée qui ne respecte rien, une sous-espèce, une indigne... Sam ! Tu fais exprès ou quoi ? Notre famille mérite mieux. » Ce discours, c'était sa mère qui le lui avait livré sous la tutelle de la grand-mère. La vieille femme avait conclu le sermon avec un visage d'une sévérité sans faille : « Un homme n'épouse jamais une femme plus vieille que lui, jamais. » En plus des nombreuses différences culturelles, il y avait cet élément particulier, probablement le pire d'entre tous : Sophie est de cinq ans son aînée. L'équivalent d'un crime moral digne du bannissement selon les siens et leurs traditions.

Les siens. Ils ne sont pas dans cet appartement en ce moment. Ils n'étaient pas présents la nuit dernière lorsqu'ils firent l'amour en pleurant, sans condom, peau humide sur peau douce, main creuse sur épaule courbe. *Ils comprennent rien... ils connaissent rien...*

Depuis le sermon maternel programmé mot à mot par la grand-mère, Sam a décidé d'emmerder sa famille à la moindre occasion. Il a cessé de parler le cantonais et l'anglais, passe le plus clair de son temps à l'extérieur de la maison, rentre tard le soir, lorsque tout le monde dort. Sous ce toit, seule sa sœur peut communiquer avec lui. Plus âgée, plus stratégique, Sally reste d'une formidable neutralité dans ce conflit. Bien qu'elle trouve cette chamaille d'un ridicule profond, elle pense que sa grand-mère aurait mieux fait de mourir de sa seconde crise cardiaque, il y a trois ans, que Sam se comporte comme un adolescent attardé, que sa mère ne devrait pas se taire comme elle le fait, que son père et son grand-père sont couards de tolérer tant de caprices venant d'une vieille folle. La sœur de Sam ne dit rien et cultive l'inexpressivité de son visage comme d'autres tirent de lourds rideaux devant leurs fenêtres. Quand Sam rentre tard, il rejoint Sally dans leur bureau commun, au sous-sol. Elle fait souvent mine de travailler les détails de ses travaux universitaires. Elle garde une fenêtre pleine de chiffres dans un coin d'écran, prête à refaire surface au moindre moment. Sam, lui, sait qu'elle est surtout occupée par son blogue, Facebook et Twitter. « Pourquoi tu n'es pas comme Ziyi ? (Véritable nom de Sally ; la grand-mère refuse d'employer leurs noms occidentaux.) Elle étudie tout le temps ! Tu crois que c'est pour te permettre de rater ta vie que ton père travaille aussi fort ? »

Sally, justement, elle fait sonner le Motorola de Sam (*« Ready To Start »,* Arcade Fire). Il laisse sonner quelques secondes pour juger s'il gardera cette sonnerie active.

Oui ?

La vieille a vomi cette nuit. Elle dit que c'est toi qui la rends malade.

Elle va mourir ?

J'pense pas.

Dommage. Tu m'appelles pas juste pour me dire ça ?

Non… faudrait que tu reviennes dormir une nuit à la maison…

Pourquoi ?

La vieille commence à convaincre papa d'arrêter de payer ta Yaris et tes études, elle dit que son fils n'a pas à payer pour un étranger.

Et papa, il dit quoi ?

Tu le connais.

Fuck…

Alors, on se voit à soir Sam ?

C'est ça, à soir…

Sam referme son cellulaire avec une lourdeur nouvelle dans le regard, une fatigue humide qui vitrifie chaque œil. L'acidité qui dormait dans son estomac remonte les parois de son œsophage, ses poumons ne se soulèvent plus avec la même aisance. Il voulait rester une autre nuit avec Sophie. *Vieille salope…* Sam s'alourdit ces derniers temps. Seule Sophie lui permet de flotter un peu, de se sentir libre, doucement libre. Il ouvre son cellulaire à nouveau.

Je peux parler à Sophie ? Elle est pas sur l'étage… Bon… juste lui dire de téléphoner à Sam… oui, c'est ça…

Sam referme son cellulaire d'une main. Il tourne la tête vers la fenêtre pour examiner l'évolution de la météo. Encore de la neige. Trombes blanches sur rafales grises. Amas. Accumulations. Blizzards. Sam pense à sa planche à neige qui dort dans le garde-robe de l'entrée. Il aurait fait un saut à Bromont demain matin. Descendre quelques pentes dans la poudreuse légère comme les nuages, voir sa planche creuser un sillon serpentin à chaque mouvement de hanches, s'arrêter en bordure de piste, goûter la saveur sucrée des plus récents flocons. Il serait rentré autour de 15 h, juste à temps pour accueillir Sophie, vidée par son quart de jour à la pouponnière. Non, demain matin, Sam sera chez lui, à Brossard, coincé parmi les membres de sa famille.

Sam observe la montagne de neige qui recouvre sa Yaris et grimace. À ses pieds, le chat de Sophie s'est mis à lécher une de ses pattes, Sam entend sa minuscule langue rugueuse lisser les poils. Il pense à ce trait typique des félins, cette langue de papier de verre, aux tigres qui peuvent lacérer un visage d'enfant en le léchant, à sa grand-mère née une année du Tigre. *Un tigre avec une langue de serpent...*

Sa montre numérique sonne l'heure. Sam doit partir s'il espère croiser son père juste avant qu'il entre dans la maison. Si on lui coupe les vivres, Sam aura de sérieux problèmes. Pour l'université, il saurait se débrouiller, trouver une chambre, des prêts, mais pour la voiture, ce serait dramatique, car entre Montréal et l'appartement de Sophie, il y a cent kilomètres. *Il y a peut-être des autobus... peut-être pas aussi...* Sam doit trouver un moyen infaillible de convaincre son père de ne pas lui couper les vivres. *Mais pour ça, faut que je lui parle seul à seul... tant que la vieille est dans les parages, il va ramper comme un ver... je peux pas croire qu'il oserait me faire ça... non, il osera pas...*

Le chat continue de lécher sa patte. Sophie ne rappelle pas. Sam doit partir. Avec cette neige, il sera quitte pour un minimum de deux heures de route. *Peut-être deux et demie…* Sam regarde une dernière fois son cellulaire dans l'espoir que Sophie le fera sonner. Il ne veut pas partir. Il ne veut jamais partir.

LIVE FREE OR DIE

À trois cent onze mètres d'altitude, à l'embranchement des rivières Dead et Androscoggin, il y a Berlin. Pas la capitale allemande, loin de là. Cette Berlin – ses habitants disent Burrl-inn – n'a rien d'une capitale. « *The City that Trees Built.* » C'est le dicton de l'endroit, écrit en lettres bleues sur les pancartes des Lions Clubs, plantées aux quatre points d'entrée de la ville.

À Berlin, il y a 10 122 habitants. Hier, c'était 10 124, mais deux jeunes fumeurs de marijuana ont eu l'idée de tester la nouvelle couche de glace sur la rivière Dead. D'ici à la fin de la journée, le chiffre montera peut-être à 10 123. Il suffit que Midge Larose se décide à expulser le bébé qui lui travaille l'utérus depuis la veille. Il y a aussi Colleen Applegate qui ressent les premières contractions hâtives de ses troisièmes jumeaux. D'ici à demain, Berlin passera à 10 125. Il y aura une photo des nouveaux jumeaux Applegate dans le prochain *Berlin Reporter,* rubrique des informations communautaires. Pour les lecteurs du journal local, il est facile de reconnaître qu'en cette partie du New Hampshire, il n'y a plus grand-chose à rapporter. Les plus vieux ressassent de temps à autre que leur petite ville n'a rien à voir avec la grande Berlin des moulins à bois et des usines de chloroforme. « *The old days.* » Il y a cinq mois, la fermeture définitive de la dernière usine de papier a mis fin aux ultimes traces des temps prospères. Par chance, il reste le Community Technical College qui attire un peu de nouveau monde, autrement, Berlin aurait l'allure d'une ville en voie d'effacement. Depuis la fermeture par Fraser Papers du Berlin Pulp Mill, certains misent sur le tourisme écolo pour relancer la ville. À part quelques vieux hippies et leurs enfants, personne n'y croit. Lors de la dernière assemblée municipale, Wayne Andersen, dans sa suédoise blondeur, avait ramené l'idée de reconstruire le Nansen, un tremplin pour le saut à ski que ses grands-parents avaient fait construire à la belle époque, avant la grande dépression. La réponse était venue du gros Westley, celui qui tient le Warehouse sur Main Street. « *Yeah, and if we don't have snow anymore, you know, with that climate thing... I think it's too risky.* » Cette réunion avait eu lieu avant les fêtes et pas un misérable grain de neige ne s'était accroché au paysage. Sonja Grieg, l'une des plus vieilles citoyennes à se présenter aux assemblées, confirmait qu'elle n'avait jamais vu autant d'hivers tardifs ces dernières années. Elle avait aussi rappelé que si des casse-cou voulaient sauter à ski, « *they just have to go to Placid* ».

Avec la confirmation officielle de la démolition du Pulp Mill et un temps des fêtes dans la boue froide, la déprime se portait sans gêne à Berlin. De rares lumières de Noël tentaient d'égayer la grisaille, mais avec le prix de l'électricité et la fin anticipée des allocations de chômage des anciens ouvriers, il n'y avait que le bureau de poste, la mairie et quelques magasins de Main Street qui avaient osé arborer des décorations. Même devant les maisons habitées par les familles pour qui la fermeture du Pulp Mill ne changeait rien, par solidaire tristesse, il n'y avait aucune lumière, aucune étoile, aucun père Noël gonflable.

Dad, why don't we put some lights outside this year?

We don't wanna insult anyone, son. Now go help your mother, she's fixin' supper.

Ce père à la voix grave et roucoulante, c'est Finch Clayton. Un des rares citoyens de Berlin qui avait anticipé le déclin de Fraser Papers. Il avait lu dans le *Time Magazine* que les Brésiliens avaient trouvé un moyen de faire de la pulpe bon marché avec de l'eucalyptus. Soucieux, Finch compara la durée de croissance d'un arbre destiné à produire de la pâte à papier à celle d'un eucalyptus. *That can't be good...* Finch songeait déjà à changer de travail à cette époque. L'article du *Time* lui offrit la raison de bouger. *Gotta act...* Ce n'était pas nouveau, Finch avait quitté Huntsville et son emploi de gardien de prison de manière aussi subite. *And what I did once, I can do twice... And if I make a move, at least, I'll still have a home, this time...* Finch avait souvent fait parler de lui à Berlin. Il était arrivé dans les années de récession, alors que la vallée de l'Androscoggin se vidait peu à peu. Petit gaillard trapu aux mains épaisses, à la barbe taillée, à la peau blanche, au ventre rond, Finch aurait pu se fondre dans la masse s'il n'avait pas eu cette propension à parler si fort. Ce côté tapageur avait ralenti son intégration. Mais après quinze ans, Finch et son increvable accent texan font partie de la communauté, bien qu'il lui arrive encore de faire jaser des adolescents dans les couloirs du *high school*. À Huntsville, Finch avait été gardien dans l'aile des condamnés à mort, et bien qu'il n'en avait parlé qu'une fois, presque toute la ville savait qu'il avait craqué après avoir vu un exécuté se réveiller à la troisième injection.

I never saw a man go through such pain... never...

C'était ce qu'il avait dit, un soir de bière triste avec un collègue de la Fraser. « *I can't kill to make a livin'.* » Comment Finch avait fait pour aboutir à Berlin, seul lui le savait. Il répétait, à la blague, que c'était la devise de l'État qui l'avait convaincu. « *Live free or die, that's me.* » Avec le temps, une majorité avait fini par le croire.

Cet hiver, Finch célébrera son cinquième *Independence Day,* comme il dit. Cinq ans derrière le volant de son camion Freightliner Classic XL à servir ses clients sans autre patron que sa bonne conscience. Le 15 février, le Classic, baptisé Joyce Forever, aura une nouvelle calandre chromée. C'est le cadeau qu'il s'offre. Ça et la gratte accrochée au-devant de son pick-up GMC, histoire d'occuper Leroy, son fils aîné. Finch avait cru bon faire installer la gratte dès novembre. À chaque menace d'averse blanche, Finch s'était tenu aux aguets, prêt à sauter derrière le volant du pick-up pour instruire Leroy sur le déblayage des entrées du voisinage. À chaque occasion, Finch était retourné dormir en ronchonnant « *Not even an inch / Damn rain again / What can I do against freezing rain / God, I never should have bought that plow.* » Se plaindre du temps, Finch aimait bien. Son épouse, Joyce, n'entendait plus ce genre de commentaire, comme s'ils faisaient partie de la respiration de son mari.

Hier soir, alors qu'il se servait dans le plat de poulet frit, Finch annonça fièrement que la météo prévoyait une tempête de neige pour le lendemain. « *They say 100 % chance.* » Pour marquer le coup, il offrit une canette de bière Busch à Leroy, passablement heureux devant la perspective de conduire le GMC.

Ce matin, en bon camionneur, Finch s'est levé de lui-même, sans réveiller sa femme. Il a revêtu son jeans et son col roulé, s'est assuré à l'oreille que la cafetière programmable s'était mise à l'œuvre, est allé dans la chambre de Leroy, a fait craquer les lattes du plancher, a secoué son fils par l'épaule pour le tirer du lit.

Dad... come on... it's 4 a.m...

Let's go buddy, early birds always get the best worms.

À 4 h 30, Finch sortait fièrement le pick-up avec Leroy à son côté. Finch expliqua que la gratte devait être manipulée comme s'il s'agissait d'une extension naturelle du pick-up, qu'il devait laisser quelques pouces de dégagement s'il voulait rouler sans abîmer les surfaces, qu'il devait se méfier des plaques de glace et des boîtes à lettres. Finch commença sa démonstration en dégageant l'entrée de leur voisine, incapable d'effacer son sourire en déplaçant ces masses de neige sans le moindre effort. Il repoussa la neige au fond de la cour, diminua l'intensité des phares pour éviter d'éclairer la chambre de madame Grieg, gara le pick-up dans la rue. *« So, Leroy, ready to try it out ? »* Leroy réprima un bâillement, avala trois grandes gorgées de café, fit signe que oui. Finch lui demanda de se pratiquer dans la rue pour commencer. Leroy appuya discrètement sur l'accélérateur, comme s'il prenait le volant pour la première fois. Le pick-up répondit en douceur et repoussa la neige en bordure de la rue.

That's fuckin' awesome ! Oh... jeez, sorry dad.

Son, what happens in the pick-up stays in the pick-up.

Finch envoya un clin d'œil à Leroy et lui promit un déjeuner chez Zia Mia, sur Mason Street. *« But now, let's plow some snow. »*

Joyce Clayton vit revenir son mari et son fils aîné à l'heure du dîner. Leroy affirma avec fierté qu'il avait lui-même dégagé quarante-six entrées sur les quarante-sept de la liste. La neige tombait toujours sur Berlin. Finch rappela à Leroy qu'il devait recommencer d'ici la fin de l'après-midi. Joyce sourit à son mari en servant des assiettes remplies de spaghettis sauce bolognaise. Son expression ne mentait pas, celle d'une mère heureuse de voir son fils devenir un homme. Devant leurs assiettes fumantes, Shaun et Lily-Ann ne purent s'empêcher de demander à partir de quel moment ils pourraient eux aussi conduire le pick-up pour nettoyer les entrées. Finch ressentit une douce chaleur dans sa poitrine devant tant d'enthousiasme. Les emplois à

Berlin étaient rarissimes, surtout pour les jeunes. Et Finch, qui avait commencé à travailler dès ses douze ans, ne tenait pas à voir ses enfants s'avachir. L'argent dépensé pour la gratte du pick-up, c'était leur fonds de vacances pour l'hiver. Avec ses quarante-sept contrats, Finch allait rembourser l'investissement dès le printemps. Côté famille, Leroy aurait un salaire et les plus jeunes développeraient le goût du travail, à leur tour. *« Don't worry Joyce, it's much better than Disneyworld. »* Joyce avait été seule à souffrir de cette renonciation au soleil du Sud. Cette escapade hivernale, elle s'y était habituée, avec le temps. Mais après ce dîner du 3 janvier, elle donna raison à son mari.

Finch tâte un paquet de papier de toilette d'une marque que produisait une usine de Berlin il y a une décennie. Il regarde sa femme et la trouve jolie. Il regarde les cernes qu'elle n'a jamais perdus depuis ce travail de nuit à Huntsville, bien avant l'arrivée de Leroy ; ses cheveux remontés en vitesse, cachés sous un châle ; ses lèvres charnues, son nez un peu plus large que la moyenne. Il regarde ses hanches, solides, ses fesses fières, dures, ses jambes fortes, sa peau plus brune que noire avec le soleil hivernal. Finch n'est pas homme à se vanter d'avoir raison, particulièrement devant la femme qu'il aime. Il regarde Joyce dans les yeux avec douceur, tâchant d'ignorer la violence de l'éclairage au mercure de l'épicerie. Il y voit les traces des années difficiles à Berlin, les *nigger,* adressés tant à elle qu'aux enfants, les soirées à la consoler dans ses bras, à regretter d'avoir quitté le Texas pour cette *« damn white small town »*. Toujours dans les yeux de Joyce, Finch revoit les premiers étudiants assis au piano droit du salon, les *« You're the best m'am Clayton »*, les *« Thank you so much for your patience with this little brat »*, les *« I apologize if I misjudged you, madam »* et finalement les *« You should run for mayor Joyce, you're the best city counselor we've had in decades.* »

Finch laisse le paquet de papier de toilette sur l'étagère et caresse le visage de sa femme du creux de la paume.

I love you too, baby.

Finch pousse le panier jusqu'au bout de la rangée. La jeune prof d'anglais de Leroy l'interpelle. Elle dépose un pot de café dans son panier en le remerciant d'avoir déblayé son entrée aussi rapidement. Alors que Joyce claque des doigts, découvrant avoir oublié de prendre un chou dans l'allée des légumes, la prof de Leroy demande, souriante, comment vont les affaires dans le transport. Finch rigole grassement pour couvrir le rouge qui lui monte aux joues. Il formule une réponse vague et bruyante, signifiant qu'il ne s'en tire pas mal. *Just push your cart, say goodbye and keep going...* Finch fait mine de mettre un pied devant quand la professeure de Leroy pose une seconde question, à savoir s'il travaille même lorsqu'il fait tempête, comme aujourd'hui. Il jette un œil, espérant voir Joyce arriver avec un chou dans les mains. *Come on honey, hurry up...* Finch n'aime pas se retrouver seul à seul avec quelqu'un du sexe opposé, particulièrement quand cette personne est agréable à regarder. Il a peur de glisser un œil en direction des seins ou des fesses sans s'en apercevoir. Il a également peur qu'on lui fasse du charme, car il ne sait jamais comment réagir dans pareilles situations. Côté social, Finch préfère les foules, son groupe de copains avec qui il regarde le football, les comptoirs bouffe des relais routiers ou les centres commerciaux, à la rigueur.

You know, I'm just like a mailman... Neither rain, nor sleet, nor snow...

Leroy told me the name of your truck... Is it a tribute to James Joyce ?

Maintenant, Finch est carrément gêné. *James Joyce, James Joyce... who's that guy now ? Damn teachers...*

always smarter than everyone... she should know Joyce is the name of my wife... everybody knows that in Berlin... Finch ne répond pas. Il sent la montée irrésistible d'un malaise entre lui et la jeune professeure, qui sourit toujours. Il aimerait avoir répondu quelque chose d'intelligent, une boutade, une blague, mais il est trop tard pour rattraper la conversation. Ses yeux s'orientent vers un présentoir à bouteilles de ketchup au milieu de l'allée des caisses. Il ne se souvient pas s'ils ont besoin de ketchup.

Well... it was nice seeing you outside of those official meetings. Be careful if you go out, they say the storm is going to hit us pretty bad.

Yup... Don't worry, I'll keep it straight...

Finch pousse le panier dans la rangée des produits pour animaux, baisse la fermeture éclair de son manteau jusqu'au bas. Il a le visage chaud et l'impression que ses oreilles feront griller ses cheveux. *Damn cholesterol...* Joyce revient vers lui avec un énorme chou entre les mains. Elle demande ce que la prof de Leroy avait à dire sans mentionner son teint presque violacé. Joyce connaît la gêne naturelle de son mari. Elle-même avait été contrainte autrefois de prendre les devants pour qu'il se décide à l'embrasser. Avec sa finesse d'esprit, Joyce avait perçu cette timidité comme une excellente assurance fidélité. Jusqu'à ce jour, elle ne s'était pas trompée.

Can you believe this, only a buck for all this cabbage!

Yup, I'll make my secret cole slaw recipe tonight... it's gonna be just perfect when I'll be back.

Who's the client tomorrow?

Same old... That window company in Connecticut.

Joyce hoche la tête devant des sacs de nourriture à gerboise. *She's got her bad feeling face... but she won't tell...* Joyce sort la liste de sa poche et raye les éléments présents dans le panier. Finch songe à Leroy qui nettoie les entrées depuis déjà plusieurs heures. Il se demande s'il sera en mesure de faire le travail si la tempête se prolonge jusqu'à demain. Il songe à Pete, un ancien collègue de la Fraser qui pourrait l'aider, au cas où.

Jeez, we're forgetting the bread for your road sandwiches, baby...

Sure, I'll get it.

En retournant dans l'allée des pains, Finch se dit qu'il devra se lever tôt pour dégager le Joyce Forever. L'hiver dernier, un *state trooper* lui avait collé une solide contravention pour quatre pouces de neige sur sa remorque. Devant les pains tranchés enfermés dans leur sac plastique, Finch note l'absence de sa marque préférée. Vaguement déçu, il tourne la tête en direction des vitrines. Le vent s'est levé. Les bourrasques déplacent des masses neigeuses dans la vallée. Il songe au repas que Joyce fera ce soir. Il souhaite que le menu soit composé de côtelettes de porc, de pois verts en conserve et de pommes de terre pilées. Finch a envie de tremper des bouchées de porc dans une compote de pommes froide, d'avaler chaque parcelle de viande sans laisser le gras. Il pense à Leroy qui sera crevé après une journée pareille et qui, lui aussi, adore les côtelettes de porc. Finch redirige son attention sur le choix d'un pain. Un pain blanc, sans grains ni farine brune. Un pain comme il aime. *Sweet, soft as cloud and white like fresh snow...* Finch entend le klaxon du pick-up – le même que General Lee dans la série télé *The Dukes of Hazzard.* Il relève la tête juste à temps pour voir passer Leroy devant l'épicerie. Il reste immobile, la main posée sur un pain tranché, le regard ailleurs, un délicat sourire aux lèvres.

S'IL VOUS PLAÎT,
FOUTEZ-MOI LA PAIX

Non m'man. Non, j'peux pas. J'ai un rendez-vous d'affaires. Est-ce que tu comprends ? Affaires. Comme dans mêle-toi de tes affaires... ... ... La fête des Rois ! Depuis quand on fête ça, la fête des Rois ? ... ... Mon oncle Gérald ? *J'm'en sacre-tu pas de Gérald... vieux crosseur de gérant de caisse populaire...* Ben oui, il va mourir. On va toutes mourir un jour maman... ... ... Écoute... ... ... Écoute là, j'ai quelqu'un qui sonne... ... ... Oui... c'est ça... Non m'man, non, j'ai pas besoin d'argent... Salut, bye. *Famille de...*

Véronique ferme son cellulaire et menace de le lancer au fond de son salon bordélique. Retenant son geste, consciente de son incapacité à remplacer l'appareil, elle le pose sur sa table à café en pin non verni. *Noël, le jour de l'An... Maintenant la fête des Rois... Deux sur trois, c'est déjà mieux que rien...* Véronique a sa dose de réunions familiales. Dindes sèches, tourtières indigestes, canneberges en gelée qui gardent la forme de la boîte de conserve, ragoûts de boulettes trop gras, trop salés, vin rouge/blanc imbuvable, gros gin puant, filleuls débiles, cousines neurasthéniques, conversations sur le hockey, les politiciens, le prix de l'essence, le dernier modèle de voiture sport made in Japan, made in America, made in Germany ; la routine moche annualisée, standardisée. *Pus capable...* Si les fêtes sont pénibles pour plusieurs, pour Véronique, elles signifient la répétition des mêmes commentaires affligeants, distribués de bouche en bouche par des pense-petit sans écoute, aux corps pauvres et aux imaginaires exsangues, en éternel manque de valorisation. Ces «commentaires de merde», comme elle dit, Véronique en fait un top 5.

5 : Non mais, sérieusement, qu'est-ce que tu fais dans la vie?

4 : Tu t'es vraiment endettée pour apprendre ça?

3 : On sait bien, toi, tu comprends pas ça les vrais problèmes, t'es juste une artiste.

2 : Pis, c'est quand est-ce que tu vas te trouver une vraie job?

1 : Moi aussi, tsé, je peux rien faire de ma vie pis dire que j'suis artiste.

Le # 1 de cette année, il est venu de son frère Paul, un type chauve à la peau grise toujours vêtu d'atroces polos à rayures et de pantalons à plis. Ce même Paul qui était venu dans sa chambre à dix-sept ans, les yeux gorgés d'eau, après avoir été refusé dans l'ensemble des programmes de musique de la province. Ce même faux-cul qui lui avait fait jurer de ne jamais révéler son homosexualité à la famille. *C'est lui qui a commencé...*

Un rappel du contexte s'impose.

Bungalow. Six cent soixante-dix-huit lumières de Noël multicolores clignotent sur la façade. Un bonhomme de neige gonflable sur la pelouse verte balance au gré d'un vent anormalement tiède. À l'intérieur du bungalow : une table, dix-huit chaises pliantes. Sur les chaises, une famille élargie : parents, frères, sœurs, conjoints, enfants, etc. Il y a dix bouteilles de vin vides, une dernière aux trois quarts pleine, une autre sur le point d'être ouverte par une belle-sœur trop souriante pour être à jeun. Les assiettes sont à demi vides, car personne n'est arrivé à finir les plats. Sujet de la conversation : l'aide sociale. Véronique ne dit rien. Véronique n'a rien à dire à ces gens. Comme chaque année, son beau-frère Robert anime le débat. Certains convives prônent l'abolition de l'aide sociale, prétextant «qu'ils ont juste à lever leur gros cul de paresseux, pis travailler comme tout le monde, tabarnak» (la même belle-sœur occupée à déboucher une bouteille de vin bon marché). D'autres nuancent l'argumentaire en suggérant que «tout le monde a droit à une deuxième chance; tsé, on sait jamais dans quelle marde on peut tomber» (Jules, l'aîné, représentant syndical). Le vin aidant, le débat se personnalise. «Moé, j'connais personne sur l'aide sociale, ça fait qu'ils peuvent ben tout couper, j'm'en câlisse» (Raymond, père de Véronique, ouvrier retraité alcoolique). À ce commentaire, Paul sursaute.

Comme ça papa, si tu connaissais quelqu'un qui en touche, ça te ferait moins chier.

J'le sais-tu moé, crisse?

Véronique se souvient d'une envie subite de quitter la table. Elle avait besoin de fumer une cigarette. *Pourquoi je suis pas partie ? Je devrais toujours me fier à mes feelings...*

Tsé p'pa, la p'tite artiste, pendant l'hiver, elle en reçoit de l'aide sociale.

Véronique sentit dix-sept paires d'yeux glisser vers elle. Des regards accusateurs, ivres pour la plupart. Elle ne voyait qu'une seule option pour se défendre. Banaliser l'argument et contre-attaquer. Il était hors de question qu'elle entre dans ce débat sans nicotine. Elle sortit son paquet de Native sous le regard outré des convives (elle disait avoir arrêté), en tira un tube blanc avec une royale délicatesse, posa le paquet sur la table, approcha l'une des chandelles, alluma sa cigarette.

Si vous saviez à quel point c'est normal l'aide social pour les artistes au Québec.

Véronique, câlisse... Moi aussi, tsé, je peux rien faire de ma vie pis dire que j'suis artiste.

Les yeux de Véronique se plantèrent dans ceux de Paul. Ce frère qui lui avait acheté un petit tableau l'an dernier pour obtenir une déduction fiscale; Paul rempli de faiblesses à exploiter; Paul qui anticipa trop tard la réplique assassine, celle qui ruinerait ses prochains Noëls. *Tu l'auras voulu, trou d'cul...*

Tsé, Paul, mon chou, je préfère être une artiste sur l'aide sociale qu'un fonctionnaire fif qui se fait enculer dans les saunas du village gay chaque vendredi.

Véronique sort un joint de son paquet de Native. Juste avant d'embraser l'embout resserré, elle s'esclaffe en revoyant la tête de Paul. Une frayeur figée qui ressemblait à celle de ce planteur, tombé sur l'ours noir du lac Opémisca, l'été dernier. *Comme si je travaillais pas... petit trou d'cul... il devrait pas boire, ça le rend trop cave... la famille le lâchera pas... ça fera changement... le temps que ma carrière décolle comme il faut...*

Côté travail, Véronique n'a rien à se reprocher. Chaque mois de juin, elle roule jusqu'à Chibougamau pour reboiser. Là-haut, avec son ancienneté et son ardeur au boulot, on l'appelle le « vieux truck ». Au début, ce surnom lui sapait le moral. Désormais, elle en retire une certaine fierté. « Au moins, moi, je roule. » Le reboisement, Véronique y travaille sans relâche, sous le soleil de plomb, sous la pluie, dans les temps d'orage; parmi les maringouins, les brûlots, les mouches à chevreuil, les frappe-à-bord, les guêpes, les bourdons. Elle reboise un terrain dix plants à la minute, douze les grands jours. Chaque année, Véronique figure parmi les trois premiers planteurs. *Question d'expérience...*

Ce job, elle le fait depuis six étés et sa famille le sait. Elle travaille sans arrêt durant les mois chauds pour se payer une liberté, l'hiver venu. Et quand, sous la neige, elle n'a aucun revenu, elle touche parfois des prestations pour préserver sa réserve d'argent comptant. Mais ce détail, la famille n'avait pas à le connaître. *Comme si je faisais rien...* L'hiver, Véronique s'enferme dans le garage attenant à son minuscule bungalow pour travailler à sa production. Des tableaux de grand format à l'acrylique. *Des tableaux de femme libre...* Avec son fils accidentel, né sans père et trop tôt, ses études universitaires à temps partiel étirées sur six ans d'aide sociale, ses quatre années comme emballeuse de viande, ses deux autres comme coiffeuse, cet horrible cinq ans comme employée de caisse populaire sous les ordres de l'oncle Gérald, sa liberté de créer, Véronique estime l'avoir méritée. À trente-neuf ans, elle peut affirmer avoir tenu son pari. Mais cet hiver, avec la grisaille qui s'acharne et cette nouvelle neige qui blanchit enfin le paysage, Véronique n'arrive pas à se sentir bien. Elle boit, sniffe, fume et rage en solitaire ; elle transforme l'agréable en ordinaire, l'ordinaire en stupidité, la stupidité en matière à meurtre. Au-delà de l'hiver moche qui lui offre un alibi, Véronique grogne essentiellement après le milieu de l'art. *Comme j'suis pas un homme, j'peux pas séduire les galeristes gay qui contrôlent le marché ; pas lesbienne, pas féministe, donc out pour les réseaux de gouines ; pas de maîtrise ni de bourses, donc toujours en dessous de la pile pour les centres d'artistes...* En cinq années de pratique, Véronique a eu un papier dans une revue au tirage confidentiel ; autrement, il y eut une biennale brésilienne, quelques expositions solos, çà et là. *C'est le passé...* Au présent, il y a cette pile d'enveloppes non ouvertes contenant ses dossiers refusés, cette exposition perdue au profit d'un artiste mexicain et, rare lumière à l'horizon, un type de Toronto qu'elle doit rencontrer vendredi, dans un restaurant de Montréal.

Cherchez l'erreur... Ce dernier l'avait contactée après avoir visité son site Internet, avant Noël. Il avait accroché à ses œuvres récentes. Des suicides en grands formats. Plusieurs types de suicides : collectifs, individuels, violents, médicamenteux, sordides, touchants. Il avait particulièrement aimé cette idée de figer l'ultime moment où la vie quitte les corps. Il écrivait y percevoir « *the perfect irony of hope in the ultimate act of despair* ». Côté commerce, il prétendait avoir des acheteurs pour ce genre de tableaux, même si en ce moment, Véronique n'en croit rien. *C'est pas encore arrivé, donc ça n'existe pas...*

Véronique pince son joint entre ses lèvres, se lève, croise un miroir dans le couloir qui mène à la cuisine. Elle ne voit pas ses cheveux mêlés, ses cernes creux, sa peau rêche, constellée de fines taches rouges, résultat de sa dernière application d'acrylique au vaporisateur. Véronique élabore une idée de tableau en fumant : son frère, se faisant hara-kiri au couteau de chef, s'éventrant des tripes au cœur. Elle voit un fond bien torché, gras, néanmoins familier. Un coin de chambre verte. *Non, pas un coin, ça fait Francis Bacon... plutôt un lit aux draps de satin... oui... bonne idée, je pourrais me taper un trip de texture satinée, avec les ombres et les chatoiements... mieux comme approche... mélanger les époques, confondre les genres... montrer un corps qui se vide de lui-même... des tripes chaudes sur le satin blanc... il vaut bien ça...*

Dans la cuisine aux comptoirs remplis d'assiettes souillées, de verres sales, de tasses à café tachées, de boîtes à pizza, à poulet, à mets chinois, Véronique enfile une épaisse veste de chasse qu'elle boutonne jusqu'au col, passe la porte arrière, traverse en vingt pas rapides le sol gelé d'un couloir semblable à une étroite serre de plastique ; elle ouvre la porte rouge à l'autre bout, frissonne des épaules en pénétrant dans un garage converti en atelier, secoue ses pieds même s'ils sont secs, regarde les six tableaux commencés avant Noël. *Juste quelques retouches... faut pas que j'en fasse trop, savoir quand arrêter...* L'atelier est plus propre et rangé que sa maison. Moins de poussière. *Ça peut faire rater un glacis comme rien...* Moins de traîneries. *J'ai pas envie de chercher mes pinceaux quand je suis dans l'action...* Cet atelier, c'est le centre de l'univers pour Véronique. *La raison de se faire chier avec tant de choses...* Dans un coin, un hamac fixé à même la structure. Dans un autre, une vieille cuisinière et un frigo miniature. Si elle le pouvait, c'est ici qu'elle habiterait, histoire de garder en vie la possibilité de peindre à chaque instant, de vivre avec ses images en construction, de se couper du monde, pour de bon. *Si seulement il faisait pas aussi froid ici dedans...* Véronique jette son joint dans une boîte de conserve convertie en cendrier et tire une Native de son paquet. Ce matin, elle a réglé le cas d'un tableau. *Manquait juste une touche de bleu...* Depuis quelques jours, elle songe à peindre une immolation, curieuse de savoir comment elle pourrait rendre justice à la lumineuse vitalité des flammes sur un corps. Jamais elle n'a vu d'œuvres peintes capables de saisir le feu sans le ridiculiser. Avec l'appui du THC, Véronique tourne et retourne cette question dans son esprit pour en déceler chaque maillon faible. *Le satin, c'est plus facile parce que ça renvoie la lumière... le feu est lumière... comment on peint de la lumière qui n'est pas une lueur ?* Véronique prend un livre sur Le Caravage qui traîne sur une tablette. *Des lueurs, des traînées de chaleur... le feu est plus crédible quand il éclaire des objets ternes et opaques. De quelle couleur est la lumière du feu ?* Véronique relève la tête. Elle regarde la toile dont le fond approche le plus de la finition, celle où une femme décorée d'une pierre à la cheville exprimera, d'un visage blême, la douleur liquide d'une noyade. *Je vais la faire avec une robe blanche à pois noirs... ça va être écœurant...* Véronique plisse le front, analyse le sol de béton gris et fissuré. *Fuck... j'ai rien de propre à me mettre pour rencontrer mister Toronto...* Elle fait claquer le livre en le refermant.

Ben oui ! Le cadeau de matante Aline...

Véronique porte la main à son portefeuille d'homme, enfoui dans la poche de son pantalon. «Certificat-cadeau, valeur 100 $, magasin de St-Bruno seulement.» *Je devrais être capable de trouver quelque chose de correct avec ça... Saint-Bruno... maudite matante Aline... pas capable de trouver un magasin proche de Granby...* Véronique découvre que la cendre au bout de sa cigarette forme un long tube écaillé. Elle approche sa main pour éviter de la laisser tomber. *Juste à temps... Bon, au travail...*

En soirée, Véronique entendra un bulletin météo radiodiffusé annonçant un apaisement de la tempête pour le lendemain. *J'irai magasiner demain...* Travaillant sur le fond du tableau au policier SWAT, le fusil dans la bouche, le canon de l'arme dirigé vers le haut, Véronique pensera aux vêtements qu'elle pourra se payer avec ce chèque-cadeau. *J'espère que c'est pas un maudit magasin de snobs... des plans pour que tout coûte le double...* Un pinceau large accroché à une ganse de son pantalon, Véronique continuera son tableau avec un vaporisateur et un chiffon, curieuse de voir l'effet de ses dernières superpositions de couleur. Pour mieux évaluer les résultats de ses expérimentations, elle sortira une bouteille de rhum d'une armoire. Au milieu de l'atelier, elle pensera au suicide imaginé de son frère, elle visualisera parfaitement le tableau. *Je vais me coucher tard... cool.*

CANADA INN

Il faudra sortir ce vendredi. *Encore une fuite en avant...* Depuis l'été dernier, André s'est engagé sur un terrain vaseux où il tâche d'éviter l'enlisement. Son problème ? Milly. La fille de sa femme. Sa femme toujours en congrès, en formation, en heures supplémentaires à l'hôpital. *Je vais pas bien... pas bien du tout...* Vendredi, André ira visiter un chalet.

Depuis cette soirée où il avait eu la mauvaise idée de boire en compagnie de Milly, André n'arrive plus à effacer les visions de ce corps jeune et lisse, frais comme une eau de printemps. Milly. Il la voit en embrassant sa femme, en se branlant sous la douche, en consultant des sites pornos, en baisant avec ces jeunes putains qu'il consomme au rythme d'une par mois, quand la pression devient insupportable. Pour mieux se protéger contre lui-même, André a évité de rester seul avec Milly. La montée de cette incurable obsession bousille la relation avec sa femme, même si André estime n'avoir rien changé de son attitude. Leurs conversations, leurs sorties, leurs activités de couple sont similaires, seul le sexe s'efface de l'écran radar. Sur ce point, André a cessé d'aller vers sa femme. Et elle, toujours fatiguée, tendue, peu encline aux initiatives sensuelles, laisse sombrer leur relation dans la lancinante banalité d'une cohabitation amicale. Au plus récent décompte : trois relations sexuelles en six mois, avec la complicité d'excellents bourgognes à chaque occasion.

J'y arrive plus... sa peau, ses petites vergetures, ses varices... j'y peux rien... je vois juste ce qui m'écœure sur elle...

Pourquoi vous restez avec elle ?

Parce qu'on est marié... parce que dans un mariage, y'a des hauts et des bas...

Oui, mais les putains ?

Quoi les putains ?

Vous voyez toujours des putains, n'est-ce pas ?

Oui, Fanny... J'ai besoin de baiser, moi.

Vous croyez pas que chaque putain vous éloigne un peu plus de votre femme ?

Peut-être... Écoutez, je dois raccrocher, mon rendez-vous arrive. Merci encore d'être là... À bientôt.

Quand vous voulez, André. Au revoir.

Ce rendez-vous qu'André croit entendre arriver est un bruit de voiture qui se gare à proximité de sa chambre de motel. Plus précisément, il perçoit le bruit des pneus qui compriment la neige fraîche. *Elle serait en avance...* Plutôt que de faire les cent pas dans la petite chambre du Canada Inn louée pour trois heures, André avait appelé Fanny, sa confidente trouvée au hasard d'une ligne d'écoute suite à sa crise de désir, lors de la grande canicule. Après six mois d'échanges avec Fanny, André n'a toujours pas visité sa confidente. Il a retracé son adresse, l'a guettée après avoir garé sa voiture devant le misérable immeuble où elle habite. Il l'a observée à quelques reprises. Elle, n'a rien vu. La dernière fois qu'André avait suivi cette femme, il avait tenté de prouver qu'elle n'était pas aveugle, mais malvoyante. Pour éprouver sa théorie, il l'avait pratiquement heurtée à une intersection. Fanny n'avait réagi qu'au klaxon avec une expression de terreur totale. *C'était clair...*

La cécité de sa confidente dérangeait André, sans qu'il comprenne pourquoi. En bon ingénieur, il avait associé l'intelligence aux diplômes et à la capacité de les rentabiliser. Une aveugle ne pouvait développer ses connaissances, pas assez pour produire une intelligence supérieure. Cette femme qui lisait en lui comme d'autres consultent un journal démolissait cette croyance. Un doute additionnel dans une masse croissante d'incertitudes. Pour l'homme qu'André s'était entraîné à devenir, cela n'annonçait rien de bon.

Une silhouette sombre glisse derrière la fenêtre voilée d'un rideau blanc jaunâtre. André se raidit sur le lit, prêt à entendre cogner à sa porte. *Pas elle. Il y a de l'action par ici... je pensais pas qu'il y avait autant de gens comme moi...*

Des gens comme lui, André en a trouvé des milliers sur les forums pornos qu'il fréquente depuis l'automne. Caché par un navigateur modifiant l'adresse IP, sous le pseudonyme de Mister Bovary, André a conversé avec des pornophiles anglais, états-uniens, russes, espagnols, français, brésiliens, japonais, grecs, australiens, indiens, saoudiens, italiens, roumains, polonais, mexicains, canadiens, israéliens, chinois, iraniens. À chacun, il demandait : « Pourquoi aimez-vous la pornographie ? » Ses interlocuteurs virtuels allaient de réponses vagues allant du simple *« because »* au plus insultant *« get bent »*. À défaut de trouver des explications convenables, André trouva une multitude de films piratés. Fasciné de découvrir un nombre quasi infini de clips pornographiques, il téléchargea dix gigaoctets dès la première semaine. André recherchait des corps dont il souhaitait voir les sexes, des visages à la beauté magnifiée par le plaisir et l'excitation. À chaque trouvaille, André souriait du coin des lèvres, guettant d'un œil l'activité familiale en périphérie de son bureau, une main prête à rabattre l'écran de l'ordinateur portable. En un mois le disque dur de son Hewlett-Packard fut rempli. André se procura un disque externe pour continuer son accumulation d'images. Ce même disque externe de 2 téraoctets fut saturé hier soir, à 23 h 03, pendant le transfert d'un clip illégal de Tracy Lords, tourné alors qu'elle avait seize ans, l'âge de Milly. C'est cette raison qu'André a évoquée pour justifier sa sortie du jour : acheter un nouveau disque. Sa femme n'a posé aucune question, persuadée qu'il utilise cette sabbatique pour monter un projet informatique auquel elle ne comprend rien.

André a téléphoné à sa femme avant de passer à la réception du Canada Inn. *Pas question qu'elle ait des doutes.*

Oui, chérie, c'est moi... ... ... Non, c'est comme je pensais, ils l'ont pas... ... ... Mais le commis m'en a trouvé un à Laval... ... ... C'est ça... ... ... C'est certain, ça va être plus long... ... ... Non, attendez-moi pas pour souper, j'vais me prendre quelque chose sur la route... ... ... Oui, je vais faire attention, de toute manière, j'suis bon pour conduire dans la neige... ... ... Moi aussi je t'aime, ciao.

Le disque dur en question se trouve dans une boîte cartonnée posée au fond du coffre de sa Audi A4, garée à trois chambres de la sienne. André n'a pas l'habitude de commander ses prostituées à partir de motels de la Rive-Sud. Trop près de chez lui, trop risqué de tomber sur une connaissance. Mais avec cette neige, André s'était persuadé qu'il n'y aurait pas foule dans les motels. Sa fille du mois, André l'avait repérée il y a trois jours en parcourant les commentaires sur un forum dédié aux prostituées de Montréal. Le site de son agence l'annonçait comme une pure merveille, une bête de sensualité, la quintessence de la féminité. Elle figurait parmi les trois escortes VIP d'un lot de quinze. Ses photos en petite tenue lui avaient mis l'eau à l'urètre au point qu'il s'était senti obligé de se caresser les couilles

(André, isolé dans son bureau à 2 h du matin, ne portait qu'une robe de chambre). André voulut aussitôt prendre rendez-vous par MSN. Le patron de l'agence répondit que sa vedette VIP ne serait pas disponible avant quelques jours. Il suggéra une autre fille, moins racée, vaguement paysanne. André regarda de nouveau la série de photos de son plus récent fantasme, flatta son gland avec le pouce gauche et réserva la fille VIP pour le 3 janvier.

Assis sur le bout du lit de la chambre du Canada Inn, André jette un œil au téléviseur qui diffuse un film porno des années 1980. Il reconnaît Amber Lynn et Peter North en avant-plan, Tori Welles et Randy Spears à l'arrière. *Est-ce que je l'ai celui-là ?* Oui, André possède une copie de ce film sur son disque externe, un fichier qu'il n'a jamais visionné, préférant cumuler les données plutôt que d'en jouir à la pièce. Il regarde le meuble sur lequel repose le téléviseur. Une armature tubulaire en acier luisant avec trois tablettes de mélamine. Il regarde la commode où il ne déposerait aucune pièce de vêtement. Le meuble est peint en vert forêt avec de nombreuses traces de pinceau visibles dans la pénombre. Il y a le tapis brun à poils moyens qui semble propre, les murs beiges défraîchis, ornés d'une ridicule bande de tapisserie reproduisant un village amérindien. *J'aurais dû me méfier en voyant le tipi planté devant le lobby... c'est un vrai musée pour touristes attardés...* Aux murs, différents tableaux, tous authentiques, représentent des scènes de chasse à l'arc et des descentes de rivière en canot d'écorce. Le plafond de stucco, qu'André verra lorsqu'il se retrouvera sous sa compagne VIP, est une constellation de stalactites miniatures rappelant un relief montagneux vu à très haute altitude. André se trouve dans la chambre de motel la plus laide qu'il ait trouvée depuis le début de ses escapades. Il commence à reconnaître le ridicule de l'affaire. *Cette fille est probablement la plus belle que j'aurai baisée jusqu'ici et je l'invite dans un trou. Je suis mieux de lui laisser un bon pourboire, elle pourra pas dire que je suis cheap...*

Une voiture se gare à proximité de la chambre. André regarde sa montre : 15 h 49. *C'est peut-être elle...* Il se lève, ajuste le pan de chemise qui brisait la symétrie de son apparence, inspire longuement pour alimenter la fébrilité qui gagne son bas-ventre, un papillon à la fois. André adore ces ultimes minutes d'expectative. *Attendre là, tout seul... attendre une femme qui vient pour me faire jouir, pour me louer sa peau, sa jeunesse... C'est fascinant comme ça m'excite... c'est un peu comme un rendez-vous où on se demande si la femme veut de nous. Mais je comprends pas pourquoi. Je sais que je vais coucher avec... elle va entrer, me saluer... on va parler debout ou assis sur le lit, je vais lui offrir un verre de vin. Non... la bouteille est restée dans l'auto...* André crispe quelques muscles faciaux. Il souhaite que la personne sortie de la voiture ne soit pas son escorte. André redirige sa puissante capacité d'attention sur son audition. Il entend une portière qui se referme. Une voix féminine qui dit : « *See you later.* » Quelques bruits dans la chambre d'à côté. *La porte qui s'ouvre... une voix d'homme. On est vraiment plusieurs...* André ne perd pas sa chance, il enfile bottes et manteau, marche jusqu'à sa voiture. Le stationnement est presque rempli. *Vraiment...*

André a la bouteille. Elle est froide. Vu la qualité moyenne de ce vin, il ne s'en formalise pas. Sur le téléviseur, Amber Lynn se fait lécher le clitoris par Ginger Lynn alors que Porsche Lynn la mène à l'orgasme avec un vibrateur doré. André regarde à nouveau sa montre : 15 h 57. *Ce doit être la neige... les ponts sont sûrement congestionnés...* Son cellulaire sonne (« *Takin' Care of Business* » de Bachman-Turner Overdrive). L'afficheur indique un numéro bloqué.

Oui, allo ?

Bonjour, c'est vous la chambre 43 au Canada Inn ?

Qui parle ?

On s'est écrit sur MSN.

Oui, c'est moi.

Juste pour dire, Gabrielle va être en retard. Quinze minutes, max.

OK, merci d'avoir appelé.

André referme son cellulaire. Les papillons sont retournés dans leur cachette. André aimerait savoir où elle se trouve, cette cachette. Il pourrait les faire sortir plus souvent, pour d'autres raisons, comme avant. *Avant que je devienne vieux...* Dans trois semaines, André fêtera ses quarante ans. Il n'a rien prévu pour souligner l'occasion, persuadé que sa femme lui prépare une surprise. Ce chiffre lui donne la nausée. *La quarantaine... mise à l'écart pour éviter la contamination... mettez-le à l'écart : il devient vieux!* André a tenté de se réconforter avec son bilan professionnel, mais ni sa carrière florissante, ni le fait d'avoir acheté la maison de ses rêves à trente-deux ans, ni la prise de cette sabbatique qu'il s'était promise, ni le chalet luxueux qu'il achètera peut-être ce vendredi ne sauraient temporiser son sentiment de décrépitude. *Quoique le chalet, s'il est aussi bien qu'en photo, peut-être qu'il me fera un peu cet effet de papillons...* André fouille une poche de pantalon, sort son couteau suisse. De la douzaine de possibilités offertes par l'objet, il sort une lame courte et le tire-bouchon. Il immobilise sa bouteille de bordeaux supérieur entre ses cuisses, taillade le papier métallique au goulot. L'espace d'un instant, André revoit les images d'un vieux documentaire sur la circoncision à froid des pygmées prépubères. Il remarque la mauvaise qualité du bouchon. *Par chance qu'elle est en retard...* Comme prévu, le liège s'effrite en grumeaux secs. André regarde sa montre : 16 h 04. Il déploie une lame plus longue, se concentre afin de briser le bouchon sans nuire au vin. Il ne voit pas Tori Welles jouer la cow-girl dynamique sur Joey Silvera. André travaille comme s'il devait assembler des semi-conducteurs à base d'arséniure de gallium sur un circuit intégré, incapable de viser autre chose que l'excellence dans ses manœuvres. Il entend une autre portière de voiture se refermer, sent deux ou trois papillons sortir de leur cachette, accélère son travail et rappelle les papillons à l'écoute d'un moteur mis en marche.

Génial... André retire le dernier morceau de liège. Deux minuscules particules flottent sur le vin. *Presque... quelle heure... 16 h 12... elle devrait pas tarder... il a dit quinze minutes à 16 h 57... elle devrait arriver dans quelques secondes...* André se relève, pose la bouteille sur la commode verte, ajuste l'éclairage un peu trop jaune à son goût. Il voit les phares d'une voiture s'immobiliser devant sa porte. Les papillons sortent en masse, des nuées qui le ramènent à la vie. *Ça y est... ça y est...* Son cellulaire sonne à nouveau. À l'afficheur, le numéro de sa femme. André ne répond pas. Pour elle, il est au volant. *Et je réponds jamais au volant.*

André regarde une fine silhouette quitter le siège passager de la voiture. Une femme grande, mince. Il écarte délicatement le diaphane rideau jauni pour voir son visage. *Elle est encore plus belle qu'en photo...* Les papillons deviennent chaleur, pulsations, souffle chaud, lèvres rouges, gonflées de sang. Son pénis remue dans sa prison de tissu, son cœur bat des cuisses aux tempes. André ne s'est pas senti si bien depuis un mois.

MAMAN N'IRA PAS MIEUX

Océanne commença cette journée comme toutes les autres depuis le congé des fêtes. Elle se leva du lit, repoussant les couvertures avec ses pieds, elle enfila ses pantoufles roses à pompons blancs et sa robe de chambre assortie, quitta sa chambre sans regarder ses rondeurs dans le miroir de la coiffeuse, jeta un coup d'œil dans la pièce d'à côté pour vérifier si sa mère était restée couchée. Tournant le dos à la chambre vide au lit défait, Océanne descendit les marches de l'escalier que son père devait revernir l'été dernier. Elle observa le rez-de-chaussée vidé de la moitié des objets qui meublent ses bons souvenirs, fit une pause devant la photo de Lacan, le bâtard affectueux euthanasié deux semaines avant Noël. En silence, Océanne toucha le collier de cuir déposé devant le cadre, regarda la table de cuisine où l'attendaient un verre et une assiette, un couteau à beurre, un comprimé de vitamine C, une multivitamine, 10 mg de Ritalin, 100 mg de Zoloft ainsi qu'une note de sa mère où était écrit : « Je pense à toi, je t'aime. À ce soir. » Océanne regarda dans l'évier, sachant d'avance qu'il allait contenir une assiette tachée de jaune d'œuf, une fourchette, un couteau, une tasse à café marquée de rouge à lèvres. Elle se dirigea vers le frigo, d'où elle sortit un Tetra Pak de jus d'orange, mit l'ensemble des comprimés dans sa bouche, les avala avec une gorgée à même le contenant, rangea l'assiette et l'ustensile, contempla d'un œil torve cette neige occupée à effacer le paysage et à faire plier le bouleau qu'elle avait planté avec son père, le jour de ses quatre ans. À cette étape de la journée, Océanne pouvait passer au salon, choisir parmi les trois cents postes disponibles et regarder la télé ; mettre un disque à plein volume, téléphoner à une amie pour prendre des nouvelles, planifier une rencontre, potiner sur des sujets en vogue. *Bof...* Aucune de ces options ne parvenait à l'esprit médicamenté d'Océanne, déjà décidée à s'enfermer dans sa chambre, à s'asseoir devant l'ordinateur et à manger de la crème glacée au chocolat à même le contenant, celle qu'elle garde dans le congélateur du frigo miniature qui lui sert de table de chevet.

En cette fin d'après-midi de tempête, Océanne surfe d'un clip à l'autre sur YouTube. Des femmes confient qu'elles ne supportent plus leur mari. Des garçons font des cascades à vélo : des sauts, des culbutes, d'autres sauts. Des touristes s'amusent à se faire souffler vers la mer par les moteurs d'un Boeing 747 à l'aéroport de Saint-Martin, dans les Antilles. Des gens répondent à des politiciens en campagne, à des animatrices de télévision incultes, à des publicités. Océanne a passé une grande partie de la journée sur MSN. Clavardage avec quelques amies de l'école, mais aussi avec des étrangers, accrochés après avoir cliqué à l'aveuglette. Comme toujours, presque lasse, elle a visité des sites pornos pour regarder des filles plus vieilles et plus minces «faire du sexe» avec leur vulve, avec des objets en forme de pénis, avec des hommes sans poils ou avec d'autres femmes, sans poils elles aussi. Pour ne pas être en reste, Océanne a «fait du sexe» à sa manière. Elle a mis une main dans sa culotte sans rien faire, sinon ressentir la chaleur propre à cette zone anatomique. Elle a déjà essayé de se frotter la vulve comme sur Internet, le geste l'avait chatouillée un brin. Rien à voir avec ces crieuses compulsives sur YouPorn et RedTube. Depuis cet échec, Océanne en est convaincue : elle est anormale et ne réussira jamais à attirer un garçon avec son vagin défectueux. *Je suis pas capable de faire du sexe, moi, c'est tout.* Faute de se torturer les méninges sur le sujet, Océanne a préféré renoncer, comme elle a dû le faire pour tant de choses. Renoncer à réconcilier ses parents, renoncer à sa vie d'avant, quand elle était heureuse. Renoncer à Lacan, son dernier ami sincère. Renoncer à maigrir, aux bons résultats scolaires. Renoncer à sortir les vêtements de son sac de voyage, à bien se tenir en classe, à éviter les bagarres lors des récréations. Renoncer à vivre ailleurs qu'entre les murs de cette chambre. Les comprimés prescrits par son docteur sont censés traiter cette attitude. Ils devraient la rendre heureuse, comme avant. Mais Océanne sait que son médecin est un menteur. Voilà déjà quatre mois qu'elle prend du Ritalin avec du Zoloft et rien ne change, sinon le fait qu'elle a moins envie d'arrêter de respirer, comme ça, dans son sommeil, pour punir sa mère, lui faire payer ce divorce qui a mis sa vie à sac. *Comme les barbares d'Alaric Ier en 410, à Rome... une mise à sac, c'est ça qui m'arrive...*

Wikipédia. L'unique divertissement constructif d'Océanne. Elle aime lire sur les temps anciens quand YouTube devient une succession de similitudes. À l'école, l'histoire est la seule matière où Océanne ressemble à celle d'autrefois, une première de classe, un exemple à suivre. Sur Wikipédia, elle apprend que les Wisigoths ont détourné la rivière Busento pour enterrer leur roi, mort de fièvre cinq mois après le sac de Rome, en 410. Son pointeur de souris glisse sur le mot « Calabre », ouvre le lien de l'article sur cette région du sud de l'Italie, celle de la pointe de la botte. Elle cherche une carte indiquant l'emplacement du cours d'eau. *C'est juste ça...* Le Busento n'a rien à voir avec l'idée héroïque qu'elle s'en était faite. Au lieu de trouver le large et puissant cours d'eau imaginé, elle tombe sur une petite rivière, à peine plus large qu'un gros ruisseau de montagne. Déçue, elle met son ordinateur en veille, se lève et file aux toilettes pour vider sa vessie.

Sur la cuvette, Océanne regarde son ventre mou qui touche ses cuisses. Elle sait qu'elle sera grosse pour le reste de ses jours. Elle sait que ses 67 kg sont exagérés pour son petit 1,46 m. *C'est comme ça... mes grands-mères sont grosses, je retiens d'elles, je peux rien contre la génétique...* Océanne a dîné en avalant le reste des mets chinois rapportés hier par sa mère. Elle se demande ce qu'elle mangera ce soir. *Peut-être du poulet BBQ, peut-être du McDo, peut-être qu'elle va encore faire son maudit spaghetti...* Océanne a le regard creusé par les heures devant l'écran de son ordinateur. Sa mère lui fait la remarque chaque soir, ce à quoi Océanne répond : « Tu préfères que j'écoute la télé, à la place ? » Sa mère ne répond jamais. Comme si elle avait renoncé, elle aussi.

Sa mère. Océanne l'entend souvent pleurer en cachette. Si ces larmes maternelles lui pincent le cœur, Océanne préfère rester dans sa chambre lorsqu'elles coulent. Sa mère prend aussi des médicaments. Du Nardil 15 mg, deux comprimés, trois fois par jour. Un remède costaud qu'elle avait eu envie d'essayer, il y a une semaine. Par chance, elle s'était rendue sur Wikipédia et avait appris qu'elle pouvait mourir si elle mélangeait Ritalin, Zoloft et Nardil. Sans émotion, sinon celle que trahit un sourcillement, Océanne rangea cette information dans une partie obscure de sa mémoire, au cas où elle voudrait en finir, un de ces matins de tristesse sans fin. *Si jamais je suis pas capable d'arrêter de respirer...* Avec l'arrivée du Nardil, un grand nombre d'aliments sont disparus de la cuisine. Yogourts, fromages, chocolats, viandes froides. Ce qui ne manque pas d'irriter

Océanne qui doit, par la bande, suivre ce régime lors des repas. D'où l'idée d'utiliser l'ancien frigo à bière de son père. Un endroit pour garder ses pepperonis, ses fromages Ficello, ses yogourts et sa crème glacée au chocolat.

Océanne allonge le cou vers le couloir pour lire l'heure sur le vieux pendule. *Ah oui, c'est vrai...* L'horloge centenaire orne désormais le salon de son père, cinquième pièce d'un sombre cinq et demie sur une rue sans arbres de Montréal. *Il doit être proche de 16 h...* Océanne quitte sa chambre. Elle descend l'escalier qui craque, toujours vêtue de sa robe de chambre et de ses pantoufles roses à pompons blancs. Elle va au salon, s'écrase sur l'unique causeuse, retrouve la télécommande enfouie entre les coussins, ouvre le téléviseur. *Manqué la moitié...*

Océanne regarde un épisode des Simpson qu'elle a déjà vu. Celui où Homer devient garde du corps. Un épisode relativement drôle. Lorsqu'un gag surgit, Océanne ne rit pas, elle ressent une forme de satisfaction biochimique, une infime poussée d'endorphines, comme si la connaissance d'une situation risible lui rappelait le plaisir de sa découverte. Océanne regarde les pitreries animées d'Homer Simpson jusqu'au générique. Elle décide de ne pas zapper et reporte son attention sur sa console Xbox 360. *Je pourrais jouer à Halo 3...* Océanne se lève, active sa console, introduit le DVD du jeu dans le lecteur, récupère son profil sur le disque dur, entame une nouvelle partie. Océanne aime ce jeu de tir. *Les ennemis sont plus intelligents.* Lorsqu'ils explosent ou se font trouer la peau, ils laissent d'immenses taches de sang bleu électrique sur les murs. Océanne aime vider ses chargeurs virtuels sur ces ennemis imaginaires. Là aussi, elle ressent une forme de plaisir, une joie autorisée par la libération de quelques nouvelles endorphines venues tempérer un stress inutile. Océanne active ses doigts dodus sur la manette sans fil. Elle tire un maximum de cartouches, de décharges énergétiques et de roquettes. Elle traverse un premier niveau, puis un second, puis un troisième, jusqu'au bruit de clé dans la porte d'entrée.

Salut bébé, maman a acheté du poulet BBQ avec du Pepsi.

Salut.

Océanne laisse son regard enfoncé dans l'écran de télévision où s'active une importante quantité d'extraterrestres. Elle aimerait parler avec sa mère, lui demander comment s'est déroulée sa journée, lui dire pour Alaric et le Busento. *Maudit, plus de grenades...* Océanne préfère punir sa mère. C'est elle qui a mis son père à la porte, c'est elle qui a brisé la famille. *Tant pis pour elle...* Son père l'avait confirmé, six semaines après s'être fait jeter.

T'sais puce, moi je voulais rester, je voulais vraiment pas que ça finisse de même...

Mais pourquoi t'es pas resté, papa ?

Ta maudite mère voulait pas... J'imagine qu'elle a recommencé les pilules ?

J'pense que oui... ... ... Papa, je veux pas vivre avec elle.

Je comprends, ma puce... Termine ton année scolaire pis après, tu viendras ici. J'vais me trouver un beau condo. On va être super bien ensemble, tu vas voir.

Océanne aime se retrouver à l'appartement de son père. Pas tant pour l'ambiance ; ces cinq pièces et demie restent un espace loué d'urgence qui garde un parfum de catastrophe. Ce qu'elle aime, c'est se retrouver seule avec lui. Océanne n'arrive pas à comprendre pourquoi, mais son père est plus gentil qu'auparavant, plus comique, comme si l'absence de la mère adoucissait son caractère. Chaque fin de semaine, ils vont dans les boutiques, les parcs, au cinéma, dans les musées. Parfois, ils mangent dans des restaurants ou des cafés fréquentés par des vedettes. Le parfait contraire de ses jours dans cette maison de campagne à demi vide. Océanne ne songe pas que ces fins de semaine de luxe auront une fin. *L'année prochaine... la cinquième année... Montréal... avec papa...*

Bébé, viens manger, ça va être froid...

Océanne déteste que sa mère l'appelle bébé. Elle préfère ne pas se rappeler être sortie du ventre de cette femme. Dans la cuisine, sa mère vêtue d'un tailleur gris attaque une cuisse de poulet et ouvre la boîte du repas de sa fille. «Je t'ai pris une poitrine, comme t'aimes.» Océanne ne remercie ni de la voix ni du regard et prend place devant la boîte de carton ouverte. Elle retire le couvercle du contenant de sauce, donne machinalement la salade de chou à sa mère. D'une main, elle saisit la salière, fait tomber une importante quantité de sel sur sa montagne de frites ondulées.

Pas trop de sel, bébé... c'est pas bon pour le cœur.

Océanne pose la salière sur la table. Elle commence par manger la peau rôtie, dorée, croustillante. Pour ce faire, elle utilise ses mains, comme sa mère. Ensuite, elle décortique la chair en de grosses bouchées qu'elle noie systématiquement dans la sauce. Elle prend deux bouchées de poulet, une gorgée de Pepsi, quatre bouchées de frites, une gorgée de Pepsi, puis retourne au poulet. Exactement comme sa mère. Quand de la poitrine ne reste que la carcasse, elle traîne ses frites au fond de la boîte pour récupérer les grains de sel, avale ces résidus, se rince la bouche au Pepsi, termine la sauce en y plongeant son pain grillé. À cette étape du repas, Océanne rote alors que sa mère allume une cigarette. Pendant un court instant, elles s'observent en évitant que leurs regards se croisent. La mère est épuisée, vidée, à bout de nerfs. Sa valise sur roulettes gavée de documents, laissée au milieu de l'entrée, annonce la nature de sa soirée.

Tu fais quoi à soir, m'man?

Faut que je travaille.

Leurs regards se sont croisés. Océanne a eu l'impression d'avaler une douzaine d'aiguilles. Elle va bientôt retourner à ses tueries extraterrestres pour chasser cette montée de tristesse. Océanne voudrait détester sa mère. Elle y parvient presque. Elle déteste ses vêtements, sa voiture, sa manière de conduire, sa manie de ne jamais cuisiner, le travail qu'elle rapporte à la maison, les notes répétitives et ridicules qu'elle s'acharne à laisser chaque matin. Océanne cultive une haine de surface, car au fond d'elle-même, là où elle ne va plus depuis la venue du Ritalin et du Zoloft, Océanne sait qu'elle n'y arrivera pas.

Océanne pense à son père qui l'appelle de son nom complet depuis le divorce. Océanne-Alizée Lachapelle. Il a mis de côté le Beaudry, le nom maternel. *Océanne-Alizée... c'est trop joli comme nom... je peux pas porter un nom qui est plus beau que moi...*

Il y a une dizaine d'années, quelques mois avant sa venue au monde, les parents d'Océanne entretenaient de grandes ambitions pour leur future fille. Tous deux avocats aux carrières bien lancées, ils entendaient faire d'elle un parfait exemple de dignité et de noblesse, deux traits de caractère absents dans leurs lignées respectives (la mine pour le père, la ferme laitière pour la mère). Océanne-Alizée Beaudry-Lachapelle devait bénéficier des meilleures conditions d'apprentissage. Dès l'âge de six ans, elle parlait anglais, excellait au piano, au chant, en équitation. À huit ans, elle gagnait le prix du meilleur rendement de son année scolaire. Avec la normale usure du quotidien, le second prénom était tombé par mesure d'efficacité verbale. À neuf ans, son père l'appelait Océ la plupart du temps. *Océ... pas encore assez grosse pour être un océan...* La dernière fois que son père l'avait appelée avec ce diminutif, c'était au bout de la cour, deux valises à ses pieds, une main sur la portière de la Saab. « Océ… maman ne veut plus que papa vive avec elle… ta mère est très fâchée contre moi… Maintenant, je veux que tu sois forte, je veux que tu aides ta mère, OK ? » Océanne n'avait rien dit, elle avait seulement regardé son père avec les yeux qu'elle fait en ce moment. Des yeux autrefois purs, maintenant fendillés et déchirés puis recollés avec une épaisse tristesse, des yeux purgés de la dignité nécessaire à une Océanne-Alizée Beaudry-Lachapelle. Les yeux d'une adulte de dix ans.

Océanne se lève de table. Elle jette le carton de poulet BBQ à la poubelle. Sa mère n'a mangé que la moitié de sa cuisse. L'appétit n'est pas là.

Océanne ?

Quoi m'man ?

J'voulais… j'veux juste te dire que ta mère t'aime.

Oui, ça va, j'sais qu'elle m'aime.

CES SECRETS QUI MACHINENT LE MONDE

Pas une égratignure... pourtant, j'étais certain d'avoir senti quelque chose taper sur le côté... Émile glisse une main sur la paroi arrière de l'autocar aux couleurs de la compagnie Limocar. *J'ai pas rêvé, me semble...* La neige a retardé son voyage, Émile est arrivé à Montréal avec plus d'une heure de retard. Une majorité de passagers l'ont quand même remercié de les avoir menés à bon port. *Je sais pas si y vont annuler les autres voyages... la 112 était vraiment pas belle...* Les mauvaises conditions routières, Émile les connaît. Vent, grosse neige, petite neige, tempête, poudrerie, grésil, verglas, brume, brouillard, bruine, pluie fine, moyenne pluie, déluge, orage, queue d'ouragan, bourrasques de vent, grêle. Après dix ans d'autocar, plus rien ne l'étonne. *Ah, une petite bosse... rien de voyant... sûrement un caillou qui a frappé...*

Pis E.T. ? Méchant temps de cul.

Pas pire, Roger.

Je fais pas ma *run,* finalement. Notre bureau-chef a décidé de pas nous faire rouler à soir. Tu dois être bon pour boire une couple de bières, j't'invite.

Émile avait prévu rentrer chez lui et consulter ses RSS, peut-être s'enfiler quelques verres de Sambuca, tranquille. Roger lui doit ces bières depuis leur dernière sortie, après le party des fêtes. Émile touche une dernière fois la marque laissée par le caillou. Il fera son rapport demain, avant de commencer la journée.

La neige tombe tant à Montréal qu'à Sherbrooke. Ce qui est plutôt exceptionnel. Normalement, Émile note une variation descendante en roulant en direction de la métropole, après le mont Yamaska, la neige se calme. « Veux-tu me dire pourquoi tu t'es juste mis des shoe-claques, voyons, Roger. » Roger ne répond rien. Il hausse les épaules pour éviter que la neige s'insinue dans le col de son manteau. « Bah, tsé, c'est pas comme si on marchait ben loin… pis y me reste des jours de maladie, aweille, rentre. » La brasserie est tranquille. Derrière le bar, Frank entraîne une nouvelle serveuse aux allures bohèmes, le quart des tables est occupé par des gens du secteur, plus vieux que jeunes.

Ciboire Frank, c'est tranquille icitte !

Normal, tant que l'université est vide… Les autobus roulent pas aujourd'hui ?

Les routes sont laides, ça m'a pris trois heures pour faire Sherbrooke-Montréal.

Frank demande à la nouvelle serveuse de couler deux pintes de noire. Émile et Roger regardent la jeune fille remplir leur verre avec un léger col de mousse. « Est bonne, ta nouvelle, mon Frank ; merci mademoiselle. » Roger glisse un billet de dix dollars sur le comptoir, prend les pintes, choisit une table près des toilettes. Émile regarde au passage les quelques photos en noir et blanc peuplées d'inconnus festifs, marquées au crayon pour indiquer les années : 1924, 1937, 1952, 1974, 1987. C'est Roger qui l'avait traîné dans cet endroit il y a quelques années. Ce jour-là, trois artistes et un écrivain lançaient un livre fait main. L'un d'eux lui avait remis un coupon de consommation. Histoire de justifier cette bière gratuite, Émile avait feuilleté le livre auquel il n'avait rien compris. À sa deuxième visite, il avait vu un trio de jazz expérimenter sur la petite scène, à la troisième, une promotion deux pour un sur les pintes avait fait son bonheur. Malgré la jeunesse de la clientèle, ce cumul de surprises avait convaincu Émile de venir rincer ses kilomètres quotidiens entre ces murs. «Pis en plus mon E.T., c'est juste à côté du terminus», avait ajouté Roger, plutôt fier.

La bière noire de ce mois est réussie. Émile savoure son ample amertume avec une gourmande délectation. Il n'a pas envie de parler, pas plus que Roger avec qui la conversation n'est pas nécessaire. Leur terrain commun offre peu de possibilités : le hockey (l'équipe joue mal cette saison), les voitures (le prochain Salon de l'auto ne promet rien d'intéressant), les histoires avec de nouvelles passagères (rien de neuf sur le sujet depuis la petite blonde de Magog pour Émile et la brunette de Québec pour Roger). Les deux quinquagénaires boivent leur bière sans empressement, écoutant la musique. Émile souhaiterait parler de la conférence de samedi, celle de Sereda, le célèbre ufologue. Il attend cet événement depuis plusieurs mois. Émile désire lui présenter son interprétation de l'incident de la mission STS-75.

Tu fais quoi en fin de semaine, E.T. ?

J'vais voir une conférence.

Sur quoi, le 11 septembre, JFK, les francs-maçons, les extraterrestres ?

Roger retient son sourire. Émile prend une longue gorgée avant de répondre.

Tsé Roger, le jour où la vérité va sortir, tu vas sûrement moins rire.

Pourquoi je rirais moins ?

Parce que t'aurais passé ta vie à te tromper.

Pis ? Raison de plus pour rire, me semble.

Émile se renfrogne. Il déteste cette attitude. *Je ris si je me trompe... je ris si j'ai raison... Voyons donc... le mensonge, c'est pas drôle, c'est mal... pis le mal, c'est ça qui empêche l'humanité d'aller mieux...*

Bon, Émile Thibaudeau, dis-moi pas que tu vas bouder.

Ben non, là... C'est juste que c'est important pour moi.

Roger regarde son collègue et ami. Il pense à la femme et aux enfants qu'Émile n'a pas eus, au métro qu'il a conduit pendant près de vingt ans avant son arrivée chez Limocar. Roger, lui, est marié et ses enfants fréquentent l'université. Il possède un univers à lui, un petit monde douillet pour donner sens aux deux cent quarante aller-retour Montréal-Québec qu'il fait dans une année. Émile n'a qu'un condo, un téléviseur, un ordinateur, des livres, des revues. Ça et cette passion pour les vérités occultes, cette certitude qu'en creusant, qu'en liant des milliers de faits colligés au gré des années, il saura répondre à ses grandes questions.

Bon, je vais y aller, moi.

Come on, Émile, je te dois encore une bière.

Demain, OK. Il faut que je rentre.

Émile remonte le col de son manteau jusqu'aux oreilles. Il a oublié de mettre sa casquette en tweed ce matin, la neige s'accumule dans son abondante chevelure grise. Son condo est à proximité, en haut de la côte, au coin de la prochaine rue. Il espère avoir réussi à télécharger l'intégrale de la vidéo de Sereda avec Dan Aykroyd. Émile ne croit pas apprendre du nouveau avec ce documentaire, il s'attend à revoir des images connues, à entendre parler d'apparitions de soucoupes volantes, à voir des photos, des témoignages répétés. Cela fait un long moment qu'il a collecté de nouvelles données sur les manifestations extraterrestres. Depuis sa découverte d'une centaine de blogues sur le sujet, il s'est constitué une appréciable banque de données. *Me semble qu'on devrait être dû pour avoir du nouveau... les dernières images datent d'il y a un an... pourtant, je pensais qu'avec les caméras sur les cellulaires, on en aurait eu plus qu'avant...* Grimpant la côte qui mène chez lui, Émile cherche la logique de ce déficit en apparitions. *De Roswell à 2003, il y a environ mille photos pour quatre-vingts millions de témoignages... ça fait une photo pour quatre-vingt mille témoignages... de 2003 à aujourd'hui, environ quatre millions de témoignages, à peine une cinquantaine de photos... la même proportion, même si le nombre d'appareils photo a quadruplé depuis le temps... pareil pour les vidéos...* Émile pénètre dans le hall de son immeuble, secoue ses bottes sur le grillage, élimine quelques flocons sur les manches de son manteau. Dans sa boîte postale, il récupère son exemplaire de *UFO Magazine,* arrivé plus tard qu'à l'habitude. *Temps des fêtes... ça ralentit tout...* L'ascenseur ouvre ses portes, une élégante femme dans la quarantaine en sort. Émile la salue d'un subtil signe de tête, elle lui renvoie un sourire poli. Depuis sa dernière consultation avec cette psychanalyste, Émile préfère garder ses distances.

Émile l'avait initialement contactée pour avoir quelqu'un à qui parler, sans plus. Il en avait les moyens, elle consultait à l'étage en dessous de chez lui, elle était belle à regarder. *Que des avantages...* Après les dix premières minutes de la rencontre, Émile douta du bien-fondé de cette démarche. La psychanalyste commença par des questions sur lui, sur son quotidien. Ces menus détails clarifiés, elle attaqua sans ménagement : «Pourquoi êtes-vous seul ?» Émile recula sur le sofa. Il était seul à cause de l'incompréhension des autres, la chose lui semblait claire. Émile préférait éviter ce terrain. La psy le devança.

Vous vous sentez incompris ?

Ben, oui, comme tout le monde.

Émile fut contraint de s'expliquer. Il commença par ce qu'il croyait être le début. Le champ au bout du camping

Tropicana, un soir de 1974, l'objet en forme de soucoupe lumineuse qui flottait au-dessus des épis de maïs, son élévation instantanée dans le ciel, sans bruit. « C'est là que j'ai compris qu'on était pas tout seul dans l'univers. » Des années durant, Émile chercha des gens qui avaient vécu des situations similaires, des photos, des preuves. Il déduisit qu'un petit groupe d'humains contrôle l'information et l'opinion publique. En lisant des dizaines de livres, il arriva à la conclusion que ce groupe contrôle aussi l'économie, les gouvernements, les armées. « Toute la planète est contrôlée par des gens qui se cachent. » Il expliqua sa théorie sur le 11 septembre, comment le gouvernement américain avait besoin d'une justification pour faire main basse sur le pétrole du Moyen-Orient, comment la destruction des WTC 1 et WTC 2 était physiquement impossible sans l'apport d'explosifs déjà présents dans les tours, pourquoi le WTC 7, intouché par les avions, s'était effondré. « Parce qu'il contenait des informations compromettantes sur des liens entre Enron et la Maison-Blanche, sans parler des preuves sur l'assassinat de Kennedy, pis des centaines d'autres affaires. » La psychanalyste écouta Émile avec professionnalisme, la main gauche affairée à prendre des notes, la droite posée à plat sur son bureau.

Vous sentez-vous observé ?

Oui, vous me regardez.

Non, je veux dire, dans la vie, en général.

Franchement, je pense pas être assez important pour ça. J'ai surtout l'impression qu'ils me prennent pour un imbécile.

Ils ?

Ceux qui cachent la vérité, c't'affaire.

Émile vit la psychanalyste écrire sur son calepin. Elle y nota : « Délire d'interprétation de Sérieux et Capgras, médication potentielle, vérifier la tolérance du patient avant de référer. »

Monsieur Thibaudeau, si je vous dis que les ovnis n'existent pas et que le 11 septembre est uniquement une affaire de terroristes, qu'est-ce que ça vous fait ?

Vous avez le droit de vous tromper.

Croyez-vous que cela signifie que je fais partie du complot ?

Non. Vous êtes mal informée, c'est tout.

La psychanalyste écrivit à nouveau. « Délire modéré, possibilité de relation thérapeutique. » Émile apprit qu'il allait devoir se présenter chaque semaine pour parler de lui.

Émile entre chez lui. Son chat à poil roux vient se frotter contre ses chevilles. « Salut Scully. » La présence d'une barre de défilement gelée à 123,9 mégaoctets indique l'échec de son téléchargement. *Encore planté...* Huit courriels l'attendent sur Hotmail. Le premier *(another proof)* contient la copie PDF d'une note de service du WTC 7 qui fait mention de la présence de câblage électrique suspect au quatrième sous-sol. Le second *(crop circles in u.k.)* présente trois photos déjà vues de cercles tracés dans le maïs. Les troisième *(enlarge your penis),* quatrième *(cheap cialis),* cinquième *(make her moan),* sixième *(i love you)* et septième *(free plasma tv)* sont aussitôt dirigés dans la poubelle. Le dernier (viens me voir) est un courriel d'une amante occasionnelle. Une astrologue cartomancienne qu'il avait eue comme passagère il y a trois ans. Émile ne s'attendait pas à recevoir de ses nouvelles si tôt. *La dernière fois que je l'ai vue... c'était en novembre... ça devient presque sérieux...* La femme l'invite chez elle ce samedi. *Peut-être après la conférence...* Émile déplace deux piles de livres pour mieux taper sa réponse.

L'image de la psychanalyste lui revient à l'esprit. C'était la première fois qu'il la croisait depuis la fin du traitement qu'elle avait qualifié de succès. Émile s'était surpris d'avoir tant parlé. Après neuf mois de rencontres, elle lui avait simplement demandé : « Qu'est-ce que vous en pensez ? »

Ben, j'pense que je m'enferme parce que je veux travailler tranquille. Je veux prouver que ça existe, que c'est ça la vérité. Je veux pas le prouver aux autres, parce que j'en parle presque pas, donc c'est à moi que je veux le prouver. Il me semble que ça aurait plus de sens s'il y avait un complot... Si on prend tous les événements que j'analyse, ça fait plein d'affaires pas logiques, mais si je me dis qu'il y a des gens qui travaillent pour cacher des choses, ça donne une valeur à ce que je fais... Pis je suis pas sûr que je veux que les gens me comprennent, c'est trop de travail, se faire comprendre... En tout cas, ça m'a fait du bien de vous parler, je parle jamais de moi, d'habitude.

Un nouveau courriel. La cartomancienne confirme pour samedi soir en disant réserver une bouteille de Sambuca. Émile n'est pas mécontent ni heureux. Il est comme ça, la plupart du temps.

LES MAISONS MOBILES NE BOUGENT PAS

Brigitte croyait avoir trouvé une gardienne pour ses trois garçons, le problème était réglé. *Elle avait confirmé en plus...* Comme elle attendait, debout, prête à sortir, avec son manteau sur le dos et ses bottes aux pieds, William, son plus jeune, a craché du lait sur le pantalon de Félix alors que Maxime, son jumeau, le frappait à l'épaule. Brigitte a retiré son manteau, grondé Maxime, aidé Félix à changer de vêtements, retiré le biberon des mains de William. Au cœur des opérations, au summum de l'action, le téléphone sonna. Brigitte ne put répondre. Au bout du fil, il y avait la gardienne, l'adolescente de la dernière maison sur la rue, celle qui fait dos à la route 112. Non sans soulagement dans la voix, la gardienne enregistra un message d'annulation, s'excusant du bout des lèvres. Sitôt le message relevé, Brigitte se jura de marcher jusqu'au bout de la rue et de livrer une poignée d'injures bien mâchées à cette blondasse. Mais avec cette neige qui tombait et ce rhume qu'elle traînait depuis les fêtes, elle renonça à ce projet aussi rapidement qu'elle y avait pensé.

Une autre journée perdue en dedans... encore une... Brigitte n'avait pas retenu les services de la blondasse par plaisir. C'était pour faire examiner ce nouveau grain de beauté apparu sous son sein gauche. Un grain brun, gonflé, orné de trois poils noirs et raides. *On dirait une mouche à trois pattes... c'est vraiment dégueulasse... et pas rassurant pantoute...* Brigitte n'utilise pas le mot tapi derrière son angoisse, comme si articuler ses deux syllabes dans le silence de son esprit pouvait lui porter malheur. Ainsi, au lieu de «cancer», Brigitte utilise «crabe». *Je savais que j'aurais pas dû acheter la crème à FPS 15 l'été passé... les docteurs disent de mettre de la 30 au minimum. Il faut pas que j'aie le crabe... pas comme ma mère... pauvre maman... quarante-six ans... trop jeune...* Le grain de beauté qui obsède Brigitte n'a rien de sympathique. Et même s'il s'avère n'être qu'un point parmi tant d'autres, il reste d'une laideur dont elle préfère se priver. *Même s'il est pas méchant, je me le fais enlever... je peux même pas penser me mettre toute nue devant un gars avec ça sur moi...*

Se mettre nue devant un homme. Autre item absent de la liste de projets à court terme. Outre le grain de beauté, il y a la question du temps qui n'aide pas. Brigitte n'a pas une seconde à elle depuis que les dents de William sortent l'une à la suite de l'autre, sans parler des jumeaux, toujours aussi turbulents. Au-delà des enfants, il y a cette méfiance généralisée à l'égard des hommes. William étant la dernière victime de cette immaturité masculine presque banale. Son géniteur avait promis de remuer l'univers entier avant sa venue au monde. *Chien sale, comme les autres...* Contrairement à Maxime et à Félix, enfants de l'alcool bu trop vite, William avait été créé par choix, en pleine conscience, avec un homme qui disait accepter les jumeaux comme ses propres fils. À la différence du géniteur de Maxime et de Félix qui avait quitté le Québec trois semaines après le jugement de pension alimentaire, le père de William avait l'apparence d'un type sûr. *Banal, un peu moche, mais sûr...* Cet homme, Brigitte l'avait choisi quinze ans plus vieux qu'elle. Il était chauve, petit, ventru. Pas du genre à franchir la quarantaine en sautant la gardienne sur le sofa. *Trop moche pour séduire la blondasse.* Le type était comptable.

Il cotisait à un régime d'épargne retraite, économisait pour acheter la maison et l'auto de ses rêves. Il portait des vêtements beiges. Des chandails unis. Des *loafers* Hush Puppies. *Comptable Antoine... tu promettais tellement plus...* Brigitte devint enceinte deux semaines après leur décision de créer William. Comptable Antoine paru étonnamment ravi de voir sa semence germer si rapidement. Son humeur s'en trouva bouleversée. Comptable Antoine souriait constamment, il avait une lueur dans l'œil, une fierté dans la posture. L'homme semblait toujours quelconque, mais sa paternité prochaine lui avait insufflé une dose de charisme, suffisante pour gommer son air de rien.

Brigitte le reconnaît. Elle avait appelé au désastre avec Antoine. Premièrement, elle ne l'aimait pas de toutes ses fibres, rien de viscéral, rien de passionné. Elle s'était trouvé un homme apte à jouer au père avec les jumeaux, très peu enclin à l'infidélité, capable de lui assurer un avenir. Antoine était un amour raisonnable, un plan B à sa vie bancale. Cette idée d'avoir un enfant de lui faisait partie de cette logique raisonnable : « S'il a un enfant avec moi, il aura encore plus de raison de rester. » Les événements se déroulèrent selon cette logique jusqu'au cinquième mois de grossesse, jusqu'à ce mardi soir où Antoine rentra à la maison mobile avec le visage anormalement bas. Quelqu'un était venu le voir au bureau. Un ami qu'il n'avait pas revu depuis l'université. Faute d'y trouver un intérêt, Brigitte changea le sujet pour raconter les frasques des jumeaux (telle était la dynamique, elle parlait, il écoutait). Le jour suivant, Antoine rentra plus tard du bureau. Son haleine dégageait une odeur de bière et de cigarette. Le jeudi, le même manège. Le vendredi, toujours ces mêmes odeurs, mais additionnées d'une eau de Cologne de qualité, une odeur musquée, vive. Deux semaines plus tard, devant une assiette de filets de poisson pané et patates frites, comptable Antoine éclata en sanglots. Brigitte ordonna aux jumeaux de finir le repas dans leur chambre. Les larmes du comptable coulaient avec une lenteur de goudron. Et comme à l'habitude, il ne disait rien. Brigitte devina quelle tournure son avenir allait prendre. Antoine la quitterait, elle allait accoucher et torcher le bébé seule, se démerder, encore. Antoine ne parlait toujours pas et les hormones troubles de Brigitte émiettaient sa patience. Elle regarda intensément ses yeux gris décolorés, gorgés de larmes. Comptable Antoine eut un énorme sanglot, tenta de dire quelque chose, mâchonna quelques inaudibles syllabes entre ses lèvres, se leva de la chaise, fit quelques pas à reculons, ouvrit la porte à moustiquaire de l'entrée, entra dans sa voiture, roula vers le sud. Depuis ce repas avorté, Brigitte n'a plus revu Antoine. La seule ligne de communication restante, ce sont ces chèques de cinq cents dollars qui aboutissent chez elle chaque mois, dans des enveloppes affranchies de timbres américains.

Brigitte ne pense plus à ce comptable. Elle regarde William qui n'a aucun trait du père et remercie sa puissance génétique. Brigitte sait qu'un jour elle devra trouver un père à ses garçons. Il y aurait même un candidat. Mais cette fois, Brigitte ne veut rien brusquer. *Prendre le temps qu'il faut...* Le type est un des récents habitants de la rue. Un mécanicien fraîchement divorcé qui s'est payé la troisième maison mobile avant celle de la blondasse. Celle avec une piscine hors terre et une antenne satellite. Ce type est déjà père. Deux fillettes de l'âge des jumeaux viennent le visiter une fin de semaine sur deux. Brigitte va boire des bières sans alcool avec lui depuis l'été dernier. Ils font copain-copain dans leurs infortunes. *C'est un bon gars... pour l'instant...*

Leur rencontre était due à Maxime. Comme tous les soirs d'été où le ciel restait sans nuages, il roulait en skateboard pendant que Félix, moins téméraire, faisait mine de le filmer. Maxime cumulait les cascades. *Ollies, kickflips, heelies, wheelies, power-slides*. Le garagiste tournait le coin avec sa vieille Mazda pour rentrer chez lui. Maxime ignora la voiture. Quelques secondes et une chute plus tard, il se faisait coincer le bras sous une roue de la Mazda. Le seul témoin de la scène (Félix) résuma l'accident à sa manière : «Maxime, y skatait comme d'habitude, pis là, y'a comme tourné sec, pis là, c'est comme si son skate y'avait glissé sur des p'tites roches, pis là, le char y'a breaké sec, mais lui aussi y'a glissé sur les p'tites roches, pis là Maxime y'a crié super fort, pis là j't'ai appelée, m'man.» Alarmée par les cris de Félix, Brigitte se rua dehors avec William sous le bras. Le garagiste était à deux doigts de faire de l'hyperventilation tant il paniquait. «J'ai rien vu... y'est comme arrivé de nulle part... j'ai rien vu... j'roulais même pas vite...» Le petit bras de Maxime s'était logé sous la partie avant de la roue. Il y avait du sang et une partie de l'os était visible. Une voisine sortit de chez elle, téléphone sans fil à la main, criant qu'elle avait appelé une ambulance. La mâchoire du garagiste vibrait autant que ses mains. «J'm'excuse, j'm'excuse, j'm'excuse», qu'il répétait, à la manière d'un mantra. Brigitte resta anormalement calme. Sachant à quel point Maxime pouvait être casse-cou, elle s'estimait chanceuse que la blessure touche un bras et non le thorax ou la tête. Le garagiste ne pouvait être la cause de cet accident, cela lui paraissait évident. Ce nouveau venu ne dépassait jamais les 30 km/h dans le quartier. Un policier arriva peu avant l'ambulance. Il tenta de réconforter Maxime qui paniquait.

Vous avez bien fait de pas le sortir tout de suite, j'pense que la pression du pneu empêche le sang de sortir. C'est vous le conducteur de la voiture?

Oui, c'est moi.

On va juste faire un alcootest, monsieur.

OK, mais j'suis dans les AA.

C'est juste pour les dossiers, monsieur.

L'ambulance arriva alors que l'alcootest confirmait la

sobriété du garagiste. Brigitte tenait la main libre de son fils. Avec un total effroi dans les yeux, Maxime demandait à mi-voix s'il allait mourir. Brigitte lui caressait les cheveux en répétant qu'il devait promettre au bon Dieu de ne plus faire de cascades pour être certain de vivre. Les deux ambulanciers descendirent de leur véhicule d'un pas assuré. En un rien de temps, ils dégagèrent Maxime, couvrirent son bras de gazes épaisses. Brigitte confia William et Félix à la voisine qui avait appelé l'ambulance. Le garagiste jura d'aller à l'hôpital sitôt les papiers réglés avec la police. Tel que promis, il arriva alors qu'une infirmière retirait une aiguille du bras intact de Maxime.

Comment il va ?

Mieux, la piqûre devrait le faire dormir, qu'y disent. Il arrêtait pas de brailler dans l'ambulance.

Son bras ?

Cassé à deux endroits. Rien qui va pas reprendre après l'opération... Il va avoir une bonne cicatrice...

J'suis désolé...

Vous voulez rire, il va être super fier d'avoir une cicatrice sur le bras... Ça va lui faire de quoi raconter dans la cour d'école...

Y'as-tu quelque chose que j'peux faire ?

Vous pourriez peut-être me dire votre nom... Moi, c'est Brigitte.

Charles. Tout le monde m'appelle Chuck.

Brigitte avait répondu d'un signe de tête, ne sachant pas quelle réaction adopter. Chuck proposa de veiller sur son fils si elle avait besoin de téléphoner. Brigitte le remercia et profita de l'offre pour passer à la cafétéria. Quand elle remonta, avalant le dernier morceau d'une barre de chocolat, six personnes en tenues bleu-vert s'affairaient dans la chambre de son fils, et il y avait Chuck, en bleu de travail, paniqué à nouveau. Maxime avait fait une réaction à l'injection. C'est Chuck qui avait remarqué le thorax qui ne bougeait presque plus. Il avait mis la main sur le petit cœur fuyant de Maxime et s'était rué sur une infirmière.

C'est vous la mère ? OK... son cœur s'est presque arrêté, mais on a réussi à le ramener. On va le mettre aux soins intensifs pour deux, trois jours. Vous nous avez pas dit qu'il était allergique à la morphine ?

Chuck devança la seule réponse que Brigitte pouvait formuler : « Comment vous voulez qu'elle sache si son enfant est allergique à ça, tabarnak ! » Avec le recul, Brigitte admet que c'est à ce moment que son béguin se déclara.

Six mois après cette aventure, Maxime se porte à merveille. Il arbore sa cicatrice en refusant de porter autre chose que des t-shirts. Brigitte voit Chuck de temps à autre, en adultes amochés, en amis sincères. Une forme de relation qu'elle n'avait pas connue depuis l'école secondaire. Elle se doute qu'un jour ou l'autre, ils se retrouveront dans un lit, et ce, pour leur plus grand bonheur. *Je veux que ça arrive pour les bonnes raisons... Je veux bien le connaître...* Mais en ce soir du 3 janvier, occupée à laver la vaisselle du souper, Brigitte commence à trouver la solitude pénible. William pleure depuis le repas. Les jumeaux monopolisent le téléviseur avec leur partie de hockey virtuelle. Dans la boîte postale, le chèque de comptable Antoine n'est toujours pas arrivé. *Sûrement à cause des fêtes...* Demain, Brigitte ne pourra pas aller à l'hôpital pour faire ses tests, elle doit travailler. *Sauf si la blondasse décide de faire chier encore une fois...* Brigitte pose une assiette dans le séchoir de plastique qui prend une place folle sur son minuscule comptoir. William vient de lancer un anneau de dentition sur le plateau à chaussures. Brigitte éponge ses mains à l'aide d'un linge, détache son braillard de la chaise haute, le presse contre elle. William cesse aussitôt de pleurer et s'enfouit le visage dans l'abondante chair maternelle. *S'il pouvait rester collé vingt-quatre heures par jour, il le ferait... un vrai petit koala...* Brigitte se retire dans sa chambre, s'assied dans la chaise berçante, regarde les yeux brun doux de William, pareils aux siens. *Dans sa tête, c'est encore moi qui allume le soleil et fais sortir la lune... c'est moi qui dessine chacune des étoiles et qui accroche les nuages dans le bleu du ciel... Petit chanceux... ton univers est solide comme ta mère peut l'être. Certain de manger, certain de jouer, certain de dormir, certain d'être aimé...* Elle sent son fils se crisper dans ses bras. Une plainte glisse entre ses petites lèvres roses. *Certain d'avoir du réconfort quand t'as mal...* Brigitte caresse ses cheveux, minces comme du fil de soie. Elle ne peut se retenir d'embrasser son crâne. William s'apaise. « Profite de tout ça, mon bébé. Plus tu vieillis, moins y'a d'amour... Fais dodo, mon cœur... Maman est là, maman est là. »

LABONTÉ N'EST QU'UN NOM

Martin avait dit que c'était temporaire. Faire des beignes, de nuit, tranquille. Mais le temporaire, c'était avant l'héritage. Sans compter qu'il venait de se classer au rang d'élite à quatre-vingt-dix dollars la boulange, ce qui faisait de lui le mieux payé du Tim Hortons. Quatre-vingt-dix dollars par nuit pour confectionner des beignes, des muffins, des biscuits, des petits pains. *C'est rien de méchant... pis j'aime ça comme job... tout seul dans ma cuisine... juste une fille au comptoir en avant... j'écoute ma musique... qu'est-ce qu'il y a de mal là-dedans ? Garder cette job pour un moment, c'est sûr. Pour la vie, peut-être bien.* Martin se fait à l'idée, tranquillement. Sa mère commence à accepter cette fatalité. Son père, lui, ne digère toujours pas ce manque d'ambition. Il le voyait ingénieur, informaticien ; mécanicien, à la limite. « Même si y'était juste mécanicien, au moins y pourrait nous rendre service, genre réparer nos chars... Ben non, y préfère jouer dans l'hostie d'farine pis faire des crisses de beignes. » Derrière cette hargne à peine dissimulée, l'affaire de l'héritage chauffe encore. Sur cette question, la mère de Martin reste sagement à l'écart. Le père, lui, est en furie contre son unique enfant. « Veux-tu me dire qu'est-ce qu'il a fait au vieux tabarnak pour se ramasser avec trois cent mille piasses, câlisse ! Pis moé, qu'est-ce tu veux que j'aille chier avec quarante mille... hostie, j'suis son seul enfant vivant, ciboire ! » Dans sa colère nourrie au quotidien, le père de Martin n'a pas encore compris pourquoi son fils travaille de nuit depuis des mois. L'idée qu'il cherche à éviter le contact ne lui a pas traversé l'esprit, savamment noyé à la bière et au rye. Pour Martin, la chose est claire : son père, sa vie de famille, cette maison, c'est du passé.

Dans la maison familiale, Martin occupe deux pièces : sa chambre à l'étage et le garage. Rarement le voit-on dans la cuisine et encore plus rarement dans le salon, domaine exclusivement patriarcal. De sa chambre, Martin fait ce qu'il veut. Ordinateur, télévision, console Wii le tiennent occupé à souhait. Dans le garage, il y a sa Subaru, son cadeau d'héritage comme il aime le répéter. Un modèle Impreza WRX bleu assorti d'un silencieux modifié et de pneus de performance aux jantes de couleur bronze. Un joujou de quarante mille dollars qu'il s'était fait un honneur de payer avec un chèque certifié. Son père avait eu un goût de sang dans la bouche en le voyant rentrer au volant d'un tel bolide, l'automne dernier. Martin faisait exactement ce qu'il craignait : claquer sa fortune pour des caprices de jeunesse. Mais pour Martin, sa Subaru Impreza, c'était un monument mobile à la gloire de son silence, le bonbon mérité après une dizaine d'années de week-ends au chalet, de pénis dans la bouche de grand-papa, de grand-papa qui frotte le sien sur ses fesses, de grand-papa qui glisse un doigt mouillé dans son anus un soir et l'encule au matin ; de grand-papa qui murmure à son oreille qu'il viendra lui trancher la gorge dans son sommeil s'il parle et que s'il la ferme, il sera riche, un jour. *Un jour... un jour...* C'était ce que Martin se répétait à chaque assaut. *Un jour...* Ce jour, c'était il y a quatre mois. Le grand-père Labonté avait été retrouvé raide dans son lit. Une mort sans souffrance, avait assuré le légiste. *Fait chier... il aurait mérité de souffrir autant que moi... vieux pourri...* La nouvelle de l'héritage laissa Martin de glace. Ni sourire ni commentaire. Le montant l'avait déçu. *Trois cent mille, c'est pas si gros.* Quant à son père, avec qui la relation déclinait depuis qu'il l'avait dépassé en taille, l'héritage confirma cette cassure. *Vieux con... vieux crisse de con...* Depuis, Martin paye une pension et loue le garage à prix fort, pour acheter une certaine paix. Mais ces jours achèvent. Au jour de l'An, Martin s'est promis d'acheter un appartement avant la fin février et d'y emménager dès que possible. Sa recherche commence demain.

En ce moment, Martin bâille, s'étire dans son lit, masse son front douloureux, prend un mouchoir, vide son nez en produisant un bruit de trompette. Il est 21 h et son travail commence à 23 h. Il enfile ses vêtements de boulanger, étire de nouveau ses bras maigres et dénués de pilosité, fait craquer ses poignets, replace l'anneau à son oreille droite. En relevant la toile opaque qui bloque sa fenêtre, il confirme les prévisions météo de la veille en voyant l'épaisse couverture neigeuse sur le quartier. *Il était temps...* Martin entr'ouvre sa porte de chambre. Son père regarde une partie de hockey sur la télé du salon. *Comme tous les soirs...* Martin monte l'escalier, regarde son vieux insulter le téléviseur, soupire délicatement, presque par habitude. Il prend son manteau pendu à un crochet. Envoie un signe de la main à sa mère qui lit dans la cuisine. Elle lui sourit en silence. *Fuck you papa...* Martin tourne le dos au salon et descend au garage.

Salut ma belle. Je pense que tu mérites un peu d'attention.

Le néon du garage jette une lumière verte sur la carrosserie du bolide. Au mur est accrochée une casquette brodée d'un logo de la compagnie Valvoline, une autre avec celui de Subaru et une dernière, qu'il sélectionne, ornée d'une sérigraphie de toile d'araignée noire sur fond blanc. Martin glisse sa main sur l'arc du toit comme s'il caressait un pur-sang. *Elle est due pour un peu d'amour.* Le dernier cirage de la Subaru remonte à la veille du jour de l'An. Ce qui restait de la famille maternelle s'était réuni pour picoler en regardant les émissions de fin d'année. Martin avait préféré se retirer dans ses quartiers, sortir ses applicateurs éponges, caresser la tôle. Sa cousine, d'un an sa cadette, l'avait envié de pouvoir se retirer de la sorte.

Je pense que je vais m'occuper de tes roues en premier.

Martin sort un vaporisateur d'une caisse de lait volée au Tim Hortons. Il dénoue le chiffon à peine usé, grossièrement attaché à l'une des poignées. Martin s'accroupit devant le pneu avant gauche, enduit son chiffon du produit nettoyant pour faire reluire l'alliage des roues. *Je pense qu'après les roues, ça va être la ponceuse...* Martin se lève doucement pour éviter les étourdissements, puis se penche devant le capot de la voiture. Son reflet imparfait reste terne. *Oui, définitivement, un bon petit cirage... ça fera du bien.*

Martin s'étonne du plaisir qu'il ressent à entretenir l'esthétique de sa Subaru. *Comme je suis pas encore super bon pour la conduire...* En novembre, un ancien copain du secondaire qui avait appris sa récente acquisition l'avait invité à rejoindre leur gang. « Man, genre, avec un char de même, c'est toi qui vas être le plus hot... tu vas planter Beaudry pis sa Mazda 3. » Intrigué, Martin avait rejoint le groupe de jeunes motoristes dans le stationnement d'une usine désaffectée. Certains fumaient des joints, d'autres examinaient les mécaniques, l'angle des ailerons, la mélodie des moteurs rugissants, pédale au fond, transmission au neutre. Quelques filles papotaient à l'écart, faisant mine de s'ennuyer, jetant des coups d'œil vers l'horizon illuminé par la barre du jour. Martin fut accueilli avec plus d'envie que de chaleur. Il reconnut certains étudiants qui lui avaient fait la vie dure lors des cours d'éducation physique, des filles à qui il n'avait jamais adressé la parole. Son ancien copain l'invita à descendre. Martin serrait le volant de sa Subaru avec une force exagérée, gardait le pied sur le frein. Il vit un type costaud vêtu d'un chandail de hockey lui crier quelque chose. Martin n'en fut pas certain, mais il crut comprendre que la phrase sonnait comme : « Eille le fif, tu mérites pas un char de même. » À ce moment, Martin eut envie de s'en aller. *J'aurais mieux fait.* Le type s'approcha de la Subaru, posa une main sur le capot. « J'suis sûr que je te plante avec mon char. UN FIF DE MÊME, ÇA SAIT PAS COURSER. » Plus attristé qu'en colère, Martin, résolu à partir, déplaça son levier de vitesse et loupa son point de friction. Le moteur cala aussitôt, déclenchant l'hilarité dans le groupe. « J'vous l'avais dit, hostie de pousseux de crotte ! » Les yeux humides, les lèvres tremblantes, Martin redémarra le moteur et quitta le stationnement, se jurant de ne plus se faire prendre dans pareille situation.

Martin regarde sa ponceuse tourner doucement sur la carrosserie. Son reflet se précise, il discerne désormais les détails de la toile d'araignée imprimée sur sa casquette. Cette courte session d'esthétique lui fait un bien immense. Il avait besoin de se changer les idées. Particulièrement après ce rêve interrompu par la première sonnerie de son cadran, à 20 h 40. *Méchante affaire de fou...* Pendant les premières minutes, Martin accusa son usage alterné de pseudoéphédrine et de phénylphédrine, consommés à double dose depuis sept jours. Martin avait besoin d'attribuer ce rêve à une dérive chimique sur laquelle il n'avait aucun contrôle. *J'ai pas pu créer ça tout seul... ça se peut pas...* Alors qu'il ajoute de la cire à sa ponceuse, Martin repense aux images du rêve, aux quatre couples fornicateurs, aux quatre époques, aux huit visages. Il revoit un type barbu retrousser le jupon d'une femme aux épaules larges, il le voit frétiller des hanches avant de retirer un sexe court, trapu, sale et humide derrière un jupon usé ; il revoit un autre couple dans une maison aux murs de plâtre, la femme, plus mince et aux cheveux bouclés, embrasse un type qui lui ressemble comme un frère. *Fuck... Il me semblait aussi que j'avais déjà vu sa face sur une photo. Comment j'ai pu rêver à mon arrière-grand-père... comment c'est possible ?* Dans le rêve, l'homme se retirait avant d'éjaculer sur le ventre de la femme aux cheveux bouclés. Martin ne se rappelle pas immédiatement une confidence de son grand-père. Le vieil homme lui avait avoué être un accident. Il avait pleuré en le confiant. Martin se souviendra de ce détail crucial en sortant ses pâtes de l'étuve, à 1 h du matin. Pour l'instant, il songe au couple qui avait suivi, plus reconnaissable celui-là. Son grand-père Labonté et sa grand-mère, morte depuis quinze ans. Ils étaient jeunes. Elle avait les cheveux permanentés et lui portait d'épais favoris. Il avait les yeux fermés. Il pilonnait en levrette avec violence, râlait beaucoup. Un râle que Martin connaît bien. Sans surprise, au bout du râle, une éjaculation suivie de « merci, merci » à chaque spasme. *J'ai sûrement transposé ça avec mes propres souvenirs...* Vient l'image du dernier couple, celui sur lequel le cadran avait sonné. *Ça aussi, c'était clair.* Ses parents. Son père portait une épaisse moustache et sa mère, des lunettes à monture brun clair exagérément grandes. Ils baisaient sur un banc d'exercice, dans le sous-sol de la maison. *Le sous-sol, le banc...* Martin éteint sa ponceuse, sa voiture brille comme un bijou. *C'était là qu'ils m'avaient fait... ma mère m'en a déjà parlé, il me semble. Le vieux banc d'exercice qu'ils ont jamais voulu jeter. Ça voudrait dire... ça voudrait dire que j'ai rêvé aux moments de conception de mes ancêtres et du mien ? Voyons... quessé ça ? Faut que j'arrête les médicaments... hostie de rhume de sinus...* Martin pose sa ponceuse sur l'établi. Il revoit les quatre hommes qui ont mené à lui. Trois sont facilement reconnaissables. Il lui suffit de fouiller dans les vieux albums photo entreposés dans le sous-sol (ce qu'il fera dès son retour du travail). *Pis comment j'pourrais savoir ce qui s'est vraiment passé ? J'ai juste imaginé ça, c'est tout... non, c'est les médicaments...* Quelques images restent fixées dans son esprit. Les sexes dressés comme des lances, les glands rouges, les scrotums velus. L'image de l'arrière-grand-père expulsant sa semence sur un ventre pâle s'accroche. *Pourquoi je pense seulement aux queues... pourquoi j'ai pas retenu d'images des femmes ? Pourquoi je pense encore à ça ?*

Martin ne remarque pas l'arrivée de sa mère dans le garage. Elle vient lui dire qu'il doit partir bientôt pour éviter un retard. « Merci maman, je suis dans la lune, on dirait. » En chemin vers le Tim Hortons, Martin se demandera une fois de plus si son grand-père n'avait pas raison, s'il est bien un des leurs. « T'es une folle, une tapette, mon petit Martin. » Le visage long, les sourcils bas, il pensera à sa récente correspondance avec une fille de Montréal rencontrée sur reseaucontact.com. Elle l'a invité à son appartement, ce vendredi. Il hésitait, incertain de vouloir rencontrer cette Gothdream91. « J'te call mercredi pour savoir si je travaille », avait-il écrit, sachant qu'il était libre. La fiche de Gothdream91 était attrayante. Jolie photo d'une fille aux cheveux teints en noir, à la peau très blanche, aux yeux maquillés en bleu foncé. Pas très grande, plutôt mince, et une intention écrite en quatre lettres : sexe. *Je devrais y aller... oui, je devrais...* Juste avant d'entrer au Tim Hortons, Martin téléphonera à Gothdream91 pour confirmer sa présence ce vendredi. « J'aime ta photo, j'aime ta voix... j'suis sûre qu'on va avoir du fun », qu'elle lui dira. En saluant Gertrude au comptoir du Tim Hortons, Martin songera qu'il n'a pas baisé avec une fille depuis qu'il a abandonné le cégep. Lavant ses mains dans l'immense lavabo en acier inoxydable, il se souviendra de cette baise, un trio avec un ami et sa copine. À la recherche d'images de ce souvenir, il ne retrouva qu'un bref flash de son ami, de ses fesses, de son pénis dressé, de ses yeux fermés quand il jouissait. De la fille, Martin ne trouvera rien. Il restera figé, les mains appuyées sur le rebord du lavabo, l'air absent, perdu dans des pensées trop vastes pour lui. Gertrude se sentira obligée de venir lui demander s'il se sent bien. Il dira oui.

Le froid

LA SÉCURITÉ DES ARBRES

Peu importe le froid, Fiona avait sorti ses vieux skis pour profiter de la neige tombée la veille. À l'œil, elle appliqua le fart pour attaquer la *kavisilaq,* terme inuktitut pour signifier une neige devenue rugueuse après un grand gel. Avec le vent du nord qui frappe maintenant ses joues, Fiona repense à ses semaines d'entraînement polaire à Resolute Bay. Elle se souvient du terrain blanc bleuté sous la nuit polaire, du silence vaste et vertigineux sous la lumière délicate des *aqsarniq*[1]. Fiona avait gardé un bon souvenir de ce séjour au nord du cercle arctique. *Des paysages interdits... les guides qui connaissaient chaque détail de l'endroit... cette langue qu'ils parlaient... tout semblait logique... J'y retournerais demain matin...* Malgré les froids extrêmes et le vent qui brûlait le moindre bout de peau laissé à découvert, malgré l'absurdité d'un exercice militaire dans de pareilles conditions, Fiona avait eu la certitude de faire corps avec ce territoire. Elle s'était tenue debout dans l'*anuri*[2], les pieds plantés dans l'*aniugaviniq*[3], les yeux droit devant, en observation pour établir une position défensive contre des ennemis fictifs. *Non, il fait pas*

1. Aurores boréales.
2. Vent.
3. Neige très dure, comprimée et gelée.

aussi froid aujourd'hui... faut dire que mes vêtements sont pas chauds comme mon kit polaire des Forces... Fiona ressent un léger picotement sur ses mollets peu couverts. Elle préfère ne pas traîner, poursuivre sa glisse à bon rythme. Si sa mémoire est juste, Fiona se trouve dans le champ des Van Den Hoeven, là où jadis poussait un blé d'une si douce blondeur qu'elle devait lutter contre l'envie d'y plonger tête première. Fiona lève les yeux vers le soleil timide au sud-est. *Il doit être 10 h 15...* Elle regarde sa montre pour confirmer. *10 h 16, pas pire...* Pour revenir à la forêt de son grand-père, Fiona doit faire dos au soleil pendant près de deux kilomètres. Elle remet sa mitaine, remue ses doigts engourdis, saisit son bâton planté devant, jette un regard à la frange d'arbres gelés où elle se dirigera. *La forêt... elle a encore grandi...*

Cette forêt, c'est l'endroit où Fiona passait le plus clair de ses étés d'enfance. Elle en a exploré chaque recoin, chaque marais caché, chaque ruisseau, chaque roche géante. C'est en ces lieux qu'elle avait commencé, dans la solitude la plus complète, un bout de bois à la main, à combattre des ennemis invisibles, des Soviétiques pour la plupart. Elle se jetait au sol, imaginait une armée complète à ses côtés, transformait les arbres en postes d'observation secrets, les marécages en terrains minés. Ses parents ne comprenaient pas son amour de la forêt, ce besoin qu'elle avait de partir de longues heures, un sac en bandoulière, rempli de victuailles sucrées. Fiona partait sans boussole ni peur de se perdre. Son grand-père lui avait expliqué : « Pour le sud, l'est et l'ouest, regarde le soleil ; pour le nord, fie-toi à l'épaisseur de l'écorce sur les troncs des arbres exposés aux vents, le côté le plus épais, il est toujours au nord-ouest. »

Fiona avance rapidement sur ses skis. La lisière de la forêt s'approche plus vite qu'elle ne l'avait pensé. Elle avait dix-sept ans lors de sa dernière randonnée sur ces terres. Sa forme militaire lui donne une puissance musculaire qu'elle appréciera sitôt la lisière atteinte. Fiona compte bivouaquer au pied des premiers érables. Elle se souvient d'une imposante roche sur laquelle elle avait pris l'habitude de se reposer des Soviétiques invisibles. Fiona relève la tête. *Déjà... bon Dieu, je vais vite !*

La roche est toujours là. Elle forme une bosse blanche dans le paysage aplani par la neige. Fiona ne bouge plus. Les arbres se balancent et craquent dans le vent. Ce même vent qui siffle entre les branches nues. Fiona entend la *katakartanaq*[4] crépiter sous les skis. Rien à voir avec ce bruitage cinématographique reproductible en pressant une boîte de fécule de maïs. Des craquements secs comme l'éclat de minuscules bulles de verre, des sons cassants, vifs comme l'air du jour. Fiona respire à pleins poumons et remue les narines pour éviter qu'elles ne collent. L'air est pur, délicieux. Aucune poussière. Aucune odeur d'essence, d'ordure, d'égout à ciel ouvert. Elle est l'unique corps humain à trois kilomètres à la ronde. Fiona déblaye son rocher à l'aide d'un ski, révèle sa surface grise, lissée par des millénaires de pluies.

Salut la roche... Pis ? Tu t'es ennuyée de moi ? À ton échelle, ça fait pas une seconde qu'on s'est vues...

Fiona donne deux petites tapes à main nue sur la surface grise, comme si elle taquinait un animal de compagnie. De son sac à dos, elle sort un lait de soja et une barre de céréales aux arachides. L'emballage plastique qui retient la paille produit de délicats bruissements sous ses doigts. Dans ses oreilles, ils prennent la forme d'un insupportable tumulte. Sans comprendre pourquoi elle perçoit ce bruit avec une telle sensibilité, Fiona déballe sa barre de céréales et serre les dents sous les froissements de l'emballage. *N'importe quel bruit est plus fort que le calme...* Fiona

4. Neige recouverte d'une croûte dure qui cède sous les pas.

revoit une image de son père, la main contre sa joue, il lui explique que rien n'est plus précieux que le calme. *Papa... je devrais l'appeler en rentrant... il sait même pas que je suis en permission... ma mère ne l'a certainement pas appelé...* Fiona remet sa mitaine pour achever son casse-croûte. Ses doigts picotent. Ses jambes lui démangent. Fiona devra se remettre en mouvement. *Dernière bouchée... dernière gorgée...* Elle donne une autre tape amicale au rocher.

Contente de t'avoir vue une dernière fois, ma vieille.

Fiona contemple le champ des Van Den Hoeven et remet ses skis. Elle ne songe pas à ce qu'elle vient de dire. Cette phrase lui semblait naturelle, de circonstance. Maintenant qu'elle glisse parmi les arbres de son grand-père, elle ne pense qu'à éviter les zones marécageuses encore liquides sous la *katakartanaq*. Sa phrase, elle y repensera une fois rentrée au chalet, lors du débriefing de sa randonnée. L'air contrit, la peau plus blême qu'à la normale, elle se demandera pourquoi avoir dit « dernière fois ». Devant les vapeurs d'une casserole de soupe à l'oignon, elle aura à nouveau cette conviction qu'elle ne reviendra plus en ces lieux. Chaque mur prendra une nouvelle allure, chaque objet déposé sur les tablettes de la bibliothèque déclenchera le surgissement de nouveaux souvenirs. Fiona se tiendra droite comme un I, au garde-à-vous pour personne. Elle diminuera le feu sous la casserole, tentera sans succès de joindre son mari au téléphone, idem pour son père. Fiona aura la gorge sèche comme un cadavre, seule dans le décor de ses plus beaux souvenirs. C'est à ce moment qu'elle se demandera si elle est morte à Panjwayi avec Blouin, Stokes et Simmons, si cette permission est une hallucination. C'est en se brûlant sur la poignée de la casserole qu'elle se convaincra du contraire. Et cette fois, avec une main posée en bâillon sur sa bouche, Fiona sera certaine d'entendre le compte à rebours de sa propre fin.

L'HOMME INCOMPLET

Comment il avait pu commettre une telle bévue, Jacques l'ignorait. *Ce doit être le nettoyeur qui a fait une erreur... ça peut pas venir de moi...* Sa matinée avait pourtant été calme. Dix minutes avant le lever du soleil, son système ambiophonique 5.1 l'avait réveillé avec l'« Allegro » du *Concerto brandebourgeois n° 1*. Jacques s'était levé, souriant, remarquant cette lumière matinale crue typique des journées froides. Il frôla son étagère de violettes africaines maintenues en floraison par l'exceptionnel talent de sa femme de ménage, déambula en bâillant vers sa cuisine en inox et granit noir, saisit au passage le porte-filtre de la machine à expressos laissé à sécher à côté de l'évier, gorgea le réceptacle d'un café offert mensuellement par un ami expert en la matière, enclencha le mécanisme de percolation, actionna l'écoulement d'eau chaude. Ce premier allongé matinal gracia Jacques d'une chaude plénitude au point où il ne put résister à la tentation d'en boire un second, puis un troisième, puis un quatrième. Sa dernière tasse vidée non sans un relent de culpabilité, Jacques remarqua la fraîcheur ambiante de son loft et se souvint avoir omis de modifier le programme du thermostat électronique. À huit heures, le téléviseur s'alluma de lui-même sur CBC News Network. Jacques regarda le menu des informations du jour concocté par les journalistes remplaçants.

Son idée avait porté ses fruits. Les rencontres du premier ministre avec les ambassadeurs afghan, américain, français et britannique n'avaient eu qu'une couverture de routine. *Merveilleux, le temps des fêtes... les remplaçants ne voient jamais les nouvelles derrière les conférences de presse...*

À ce moment de la journée, Jacques sentit une ébauche de faim au creux de son estomac. Yvan, son chauffeur, devait le prendre d'ici dix minutes pour le déjeuner quotidien au club. Dans son garde-robe, Jacques sélectionna un de ses complets sombres en glissant son rasoir sans fil sur sa repousse de barbe. Il regarda longuement sa gorge lors du passage de la cravate, admira son rasage, nota une asymétrie du nœud Windsor, recommença, enfila son veston, lança un sourire artificiel à son reflet : « Tu vas quand même avoir une bonne journée. » Lors de ces dix minutes routinières, Jacques fronça les sourcils. *Maman...* Jacques imagina sa vieille mère, mal en point, alitée, le visage tordu par une douleur effroyable. Une vision d'à peine cinq secondes. Celles où sa main toucha un veston noir plutôt que le marine profond approprié. Cette image insupportable s'imprima dans son esprit comme le soleil sur la rétine. Il en détaillait les ultimes traces lorsque le chauffeur sonna à sa porte.

Jacques portait un manteau long. Yvan, normalement doué pour remarquer ces détails, ne put noter l'écart de couleur entre le pantalon et le veston de son ministre. Jacques prit place à l'arrière de la Chrysler 300 noire aux sombres vitres et se laissa conduire dans les rues de la ville jusqu'au club. À son arrivée, Jacques salua quelques membres émérites, plaça une main contre son cœur devant un potentiel candidat pour une élection partielle, s'attabla seul avec un exemplaire du *Wall Street Journal* offert par un valet. Personne ne nota l'erreur vestimentaire du ministre. La luminosité du lieu ne permettait pas de déceler pareil écart chromatique. Le déjeuner terminé et un cinquième café avalé, Jacques marcha jusqu'au portique, demanda à Yvan de le conduire au bureau du ministre de la Santé. Cette brève rencontre prévue depuis une semaine faisait partie des tâches souterraines de Jacques. Par l'importance de son portefeuille, ce ministre lui était supérieur, mais dans les faits, comme le suggéraient plusieurs rumeurs au conseil des ministres, Jacques Samson était un serpent déguisé en agneau.

Monsieur Samson, comment allez-vous ? Terrible comme froid... l'hiver est bien arrivé, je vous fais servir un café... *Rajib, two coffees please.*

Jacques rendit poliment les salutations du ministre de la Santé en le regardant droit dans les yeux et prit place devant son bureau. Il remarqua aussitôt un ajout au décor depuis sa dernière visite : une photographie avec Bill Gates prise lors d'une conférence organisée pour le financement de la recherche sur le sida en Afrique. L'image n'est pas des plus réussies. Sous cet angle, le double menton du ministre ressemble à une paire de fesses. Gates, lui, ressemble au multimilliardaire à lunettes qu'il a toujours été. *L'obèse et le nerd... rien qui passera à l'histoire...*

Alors, Jacques, comment progresse notre programme conjoint de lutte contre l'obésité ?

Jacques répond d'un minimal signe de tête signifiant que le travail avance comme prévu. Il ne peut s'empêcher de noter l'ironie d'un ministre obèse préconisant la lutte contre le surpoids dans la population. *De toute manière, le jour où on sortira le scandale des cas dissimulés de tuberculose dans les réserves amérindiennes, il va retourner avec les backbenchers... gros parvenu... t'avais qu'à pas te mettre dans notre chemin...*

Jacques mouille ses lèvres dans le sixième café de sa matinée. L'effet cumulé de la caféine lui remue les nerfs. Jacques tente de ne pas regarder le ministre de la Santé comme le paria politique qu'il deviendra d'ici quelques semaines. À l'agenda, le premier ministre et lui ont prévu modifier l'imposition sur le capital boursier au profit des grandes banques. Comme cette mesure sera impopulaire, une diversion médiatique sera nécessaire. Il y aura un coulage initié par Tamara pour diriger une jeune journaliste de Radio-Canada vers des rapports incriminants, confirmant la rumeur du *Devoir*. Le petit scandale déviera l'attention sur le ministre de la Santé qui sera seul au front. Les cas de tuberculose viendront prolonger cet isolement. L'opposition se jettera sur lui dès la reprise des travaux, ce qui minimisera les débats sur le projet de loi fiscale. Mais d'ici là, Jacques doit se comporter comme un ministre subalterne. Répondre par oui et par non aux énoncés du ministre obèse, souligner ses bonnes idées, jouer le *yes-man* vaguement niais.

Pendant les vingt longues minutes de leur entretien, Jacques ne peut s'empêcher de repenser à sa mère, à ces visions horribles qui l'assaillent. *Je devrais lui téléphoner après... prendre des nouvelles...*

Vous allez bien Jacques ? Vous faites un de ces airs...

Jacques excuse son faciès trouble et demande au ministre de la Santé s'il peut écourter leur rencontre.

J'allais vous demander des billets de hockey, mais bien sûr, sans problème. Au fait, vous vous êtes habillé rapidement ce matin... votre complet... c'est un nouveau style ?

Jacques regarde ses pans de veston noir tomber sur un pantalon marine. Il ne peut s'empêcher de ressentir une indigne colère en découvrant cette bévue. *Je dois retourner chez moi... c'est ridicule... Et c'est le gros Paxton qui me le dit, c'est honteux...*

Yvan gare la voiture devant l'immeuble des bureaux du ministère de la Santé. Jacques remonte le col de son manteau avant de sortir. De la porte à la voiture, il y a trente pas. Juste assez pour sentir le pincement du froid sur les lobes d'oreilles ainsi qu'aux mollets. Yvan accueille Jacques avec sa politesse habituelle.

Votre rencontre s'est-elle bien déroulée, Monsieur ?

Mouais, ça va... il faut retourner chez moi, Yvan... j'ai... je me suis trompé de veston.

Si je puis me permettre, ça ne vous ressemble pas, Monsieur.

Sans commentaire.

Puis-je vous demander si quelque chose d'inhabituel vous tracasse ?

Jacques hésite quelques secondes. Bien qu'il connaisse la réputation de son chauffeur, Jacques s'interroge sur les conséquences potentielles d'une confidence. Jacques fait rapidement l'inventaire des personnes à qui il pourrait se confier. Au bout du compte, Yvan demeure le meilleur choix.

Je ne veux pas vous importuner avec mes problèmes, Yvan.

Ne craignez rien, Monsieur.

Jacques pianote des deux mains sur ses cuisses, autre résultante des six cafés. Il sait qu'Yvan est un chauffeur de métier, qu'il a conduit plus de ministres en vingt ans qu'on en dénombre au cabinet actuel. *Et depuis qu'il est là, il n'a jamais divulgué ne serait-ce qu'un infime détail sur ses anciens patrons... tant pis, je me lance...*

Vous avez de la famille, Yvan ?

J'ai deux frères, plus jeunes... des petits voyous sans envergure...

Et vos parents ?

Pour le père, personne ne sait. Pour la mère, elle est décédée il y a un bon moment. C'est son frère qui nous a élevés.

Et comment va-t-il ?

Décédé. Juste avant la grande canicule de l'été dernier.

Je suis désolé…

Yvan immobilise la Chrysler 300 à un feu rouge. Chaque véhicule est suivi par un nuage d'émissions grises, comme s'il traînait un brouillard miniature dans l'air glacé. Jacques voit les yeux de son chauffeur croiser les siens dans le miroir.

Et vous, Monsieur, si je puis me permettre ?

Mon père est mort aussi… défaillance rénale au Costa Rica… mauvais endroit, mauvais moment… ça fait longtemps.

La voiture se remet en marche et rebondit mollement selon les multiples crevasses du pavé gelé.

Et votre mère ?

Aux dernières nouvelles, tout allait bien…

Où habite-t-elle ?

Elle est dans un centre à Sherbrooke. Elle veut rien savoir d'Ottawa ou de Montréal.

Nous sommes arrivés, Monsieur.

Merci Yvan.

Monsieur, je suis persuadé que votre mère se porte bien.

Oui, j'espère.

L'ALPHABET DES PENSÉES

Jamel vient de comprendre. *Ce doit être le retour du ciel bleu qui me remet les idées en place... comment j'ai pu me laisser monter un bateau de cette taille ?* Ce matin, Jamel découvre qu'il ne peut souscrire au Coran ni à aucune religion. Il ne peut adhérer à ce principe de finalité par le verbe. Il croit déjà aux conclusions d'un langage plus crédible, celui à l'origine de ses recherches. *Mon prophète à moi, c'est Krivine... foutu de sentiment amoureux... ça me dérègle complètement... si c'est l'effet qu'elle me fait la Nour, aussi bien lui dire adieu... c'est malsain...* Cette soudaine illumination, Jamel ne l'a pas concoctée lui-même. Son directeur lui avait téléphoné en fin de soirée pour prendre le pouls de l'évolution de ses recherches. Il buvait une deuxième bière en solitaire pour faire descendre sa journée de livraisons.

Vous prenez jamais d'vacances ou quoi ?

Jamel, je t'avais dit que pour une recherche comme la tienne, il faut oublier le calendrier...

Je sais, je sais...

Mais je t'appelle pas pour ça... j'ai reçu une réponse de Paris 7 ce matin... Si t'arrives à arrimer la correspondance de Curry-Howard à l'hypothèse de l'endosymbiose, Krivine va venir te chercher avant que tu déposes.

Vous êtes pas sérieux.

Pas du tout. Il a vite compris que tu risques d'aboutir à la phrase lambda qui validerait l'ensemble de sa théorie. Sans parler des liens avec la théorie de Gaïa. De quoi fonder une nouvelle religion logique, qu'il a écrit. Le calcul fondamental de la survie... je suis certain que tu t'attendais pas à te retrouver là avec ta proposition...

Jamel se redressa dans le lit, frotta ses yeux de sa main libre. Il devait digérer ce qu'il venait d'entendre. Cela faisait près de quinze mois qu'il s'échinait à relier, à déconstruire, à simplifier sa proposition. Cet appel lui confirmait non seulement qu'il avançait, mais qu'il retenait désormais l'attention du plus grand expert dans ce domaine. Son directeur poursuivit comme s'il s'agissait d'un appel de routine.

Krivine se demandait pourquoi t'es pas venu travailler avec lui. Je lui ai écrit qu'il n'aurait probablement pas laissé un jeunot travailler sur un sujet pareil... T'es encore là, Jamel ?

Oui, oui. J'suis là.

Faudrait se voir lundi. On vient de passer dans les grandes ligues... dis bonjour aux chiots de ma part.

OK, d'accord.

Suite à l'appel, Jamel retourna derrière le Dell et continua son travail de déconstruction du quatrième programme de Fontana avec les chiots. La nuit aidant, Jamel réussit à squatter plus de soixante-dix mille ordinateurs sur l'ensemble du continent américain. *Vive les chiots...* Dès son arrivée à l'université de Sherbrooke, Jamel s'était appliqué à pirater un accès sécuritaire au Mammouth parallèle ainsi qu'au serveur principal de l'université. De là, il concocta un programme calqué sur le seti@home pour se constituer un réseau élargi et augmenter les performances de calcul. Pour rendre le programme attrayant au plus grand nombre d'utilisateurs, il avait opté pour une série de photographies mettant en scène des chiots enjoués. Chiot labrador jouant dans la boue / chiots bouledogues endormis sur leur mère / chiots saint-bernards au pas de course / chiot golden retriever tête penchée sur le côté / chiots cockers jouant avec un bébé blond / chiots bergers des Pyrénées endormis sur leur mère / chiots dalmatiens sous une pluie d'été. Les meilleures journées, les chiots reliaient plus de cent mille processeurs en simultanée. Assisté d'un technicien abasourdi par les variations de la bande passante du serveur principal, le directeur de Jamel avait découvert ce piratage peu avant Noël. Le directeur s'était contenté de sourire et somma le technicien d'ignorer ces variations. Jamel travailla de pair avec les chiots jusqu'à cinq heures du matin. Son cadran le tira du sommeil à 10 h 30. Contre toute attente, Jamel n'eut pas à utiliser le *snooze* et passa sous la douche. C'est sous cette averse artificielle qu'il établit un lien vital entre deux parties incompatibles de sa personne. *Amour versus travail... j'ai pas le choix... elle va pas bousiller mes recherches... je dois la laisser... c'est un cul-de-sac cette histoire. Pourquoi j'ai pas fait ça plus tôt ?* Cette question n'a rien d'approximatif. Jamel est un homme de logique pour qui le doute n'est qu'un élément nécessaire à la création de plus forts potentiels. Il en a toujours été ainsi. Pourquoi Nour était venue mettre la pagaille dans la pureté de sa raison, pourquoi avait-elle fragilisé sa logique ? *Pourquoi j'ai envie de me branler en pensant à elle ? Merde ! Je devrais pas avoir de queue ni d'hormones sexuelles... c'est qu'une nuisance tout ça... j'ai pas le temps pour ces conneries...* Jamel frappe une paroi de la douche avec sa paume. L'eau plus fraîche que tiède frappe sa poitrine sans poils. Jamel n'a jamais été amoureux auparavant, faute d'intérêt réel pour les femmes. *Pourquoi j'ai pas pris son hidjab comme un avertissement ?* Par le passé, Jamel a couché avec quelques étudiantes, sans plus.

Il profitait de sa belle gueule et de sa réputation d'élève de pointe pour séduire sans effort. Il baisait par nécessité physiologique. Il calmait ses hormones, retournait au travail, tranquille. Mais depuis Nour, sa vie canadienne était devenue un bordel incontrôlable. *Bien sûr, c'est elle qui a le contrôle... foutue femme... tout juste bonne à vous mettre des bâtons dans les roues...* S'épongeant à l'aide d'une serviette aux franges en lambeaux, Jamel évite de relever le caractère misogyne de sa dernière pensée. Il remarquerait une dérangeante ressemblance avec les propos tenus par son père. *Saloperie de femmes...* Jamel n'a pas le temps d'orienter sa logique dans cette direction. Il doit déjeuner, rouler jusqu'à la pizzéria, rejoindre son patron qui l'attendra debout, derrière le comptoir, avec le visage d'un homme qui a une faveur à demander. Lorsqu'il mettra son jeans, son pied frappera involontairement le cadre posé sur sa table de chevet. Il regardera le verre fêlé devant la reproduction du visage souriant de Nour, tâtera son front du bout des doigts, laissera filer un long soupir par les narines, jettera le cadre au fond de sa poubelle vide. Regardant le ciel bleu glacial par son unique fenêtre, Jamel boutonnera la braguette de son jeans et dira : « Mieux vaut la logique pure que l'amour déraisonnable » et pensera : *Et mieux vaut une religion de calcul qu'une féerie morale. Désolé Nour... ça fonctionnera pas.*

DÉRIVES ET TENTATIONS

Nadine s'attendait à voir ce client arriver sans prévenir. *Je me disais aussi qu'il était mûr pour une séance...* Contrairement à la majorité de ses réguliers plus disciplinés, celui-ci arrivait généralement à l'improviste, toutes les trois semaines, sur l'heure du midi. Un infirmier dans la mi-trentaine. Un type au corps plutôt harmonieux. Ni trop long ni trop court. Ni large ni mince. De bons muscles, équilibrés. Presque le genre de Nadine. Seule ombre au tableau, cette épaisse forêt de poils roux presque partout sur le corps. Sans cette pilosité exagérée, il y a longtemps que Nadine lui aurait offert des services plus approfondis. *Mais les poils... je suis vraiment pas certaine... déjà qu'ils se collent tous ensemble quand je mets l'huile. C'est dommage, il a l'air doux...*

Bonjour ! Belle surprise. Vous tombez bien, j'ai pas de rendez-vous.

L'homme aux cheveux roux et aux lunettes ovales à monture argentée sourit en lui donnant les cinquante dollars pour sa prochaine heure de massage. « Je vais prendre le tatami, comme d'habitude. »

Nadine escorte son client dans le sombre couloir menant à la salle du tatami. Peu importe l'heure du jour, le salon de massage garde un faible éclairage. Les proprios arguent qu'il s'agit d'une question d'ambiance « pour favoriser la détente». Nadine, elle, croit plutôt qu'il s'agit d'une manière peu coûteuse d'éviter de repeindre les murs. Le client roux arrivé dans la salle du tatami, Nadine lui offre une serviette en prévision de la douche qu'il prendra sitôt la porte close. Fidèle à son protocole, Nadine laisse le client se doucher seul, retraite vers la salle des employés, troque son jeans pour des vêtements plus confortables (t-shirt moulant et pantalon de yoga), retouche sa coiffure avec un peu d'eau, s'assure de la propreté de ses mains. Lorsqu'elle revient dans la salle du tatami, elle ajuste l'intensité lumineuse, met un CD *new age* dans le lecteur, s'agenouille à côté du client nu, étendu sur le ventre, une serviette blanche et humide posée sur les fesses.

Alors, vous désirez un massage plus doux ou plus dur?

Nadine sait ce que désire ce client. Elle lui fait la même routine depuis plus d'un an. Un massage doux, sensuel, plus proche de la caresse huileuse que du massage thérapeutique. «Comme d'habitude s'il te plaît.»

S'il te plaît... bien sûr que ça me plaît, c'est mon travail. La politesse... une dépense de salive plus souvent qu'autrement... Nadine verse une petite quantité d'huile dans sa paume gauche, frotte ses mains jusqu'à ce qu'elles luisent. Elle commence par masser les épaules sans trop appliquer de pression. Elle se contente d'une technique suédoise de base et de garder une main en contact avec le corps du client. *Ne pas briser l'échange d'énergie.*

Les doigts enfouis dans l'épaisse couche de poils, Nadine laisse sa pensée vagabonder. *Je sais pas ce qu'il y a de pire, le poil ou le gras. Les gros sont souvent douillets, à peine si on peut atteindre leurs muscles... dès qu'on pèse un peu, ils se plaignent. Ça fait longtemps que j'ai pas massé fort... à part madame Watley... tous les hommes, on dirait qu'ils viennent ici pour se faire flatter pendant une heure. Et comment ils savent qu'on fait des options... c'est supposé être secret... on leur demande de pas en parler. Depuis un an, c'est terrible la quantité de bonshommes qui passent ici juste pour se faire branler. Avant, c'était juste un petit nombre... ils osaient pas demander... en tout cas, pas au premier rendez-vous.* Nadine masse le bas du dos de son client roux. Même à cet endroit, les poils l'empêchent de générer les glissements soyeux qui font le bonheur d'un grand nombre de ses réguliers. À chaque six ou sept mouvements circulaires, elle effleure les fesses et la raie du client qui réagit avec des inspirations à profondeurs variables. *C'est vrai qu'un corps, c'est un corps... une queue, c'est un muscle comme les autres... et un massage, c'est détendre les muscles...* Elle descend quatre doigts de la raie jusqu'au scrotum du client qui remue les fesses en guise d'approbation. *Mais c'est rendu qu'ils en veulent plus sans attendre. Ça veut se faire sucer pour quatre-vingts dollars, ça veut baiser pour cent dollars... comme si j'étais une pute.* À ce sujet, Nadine avait récemment eu une longue réflexion. *Je suis pas une pute... les putes parlent d'argent avant de baiser... moi, si je leur permets de me baiser, ils laissent un pourboire, c'est pas pareil...*

Lorsque Nadine avait commencé les massages, elle refusait les branlettes. *J'étais vraiment stiff...* À voir sa clientèle masculine migrer chez des masseuses plus conciliantes, elle se résigna. Comme les autres, elle suggérait vingt dollars pour ce travail optionnel et vit sa clientèle revenir presque du jour au lendemain. Quelques mois après ce grand saut, vint Costa, son monsieur grec. Costa était dans la jeune cinquantaine, marié. *Et franchement agréable à regarder.* Costa gardait la forme par la natation. Cinq fois la semaine, il nageait à la piscine municipale. Et trois fois la semaine, après ses nages, il venait voir Nadine. Au bout d'une dizaine de rendez-vous, il lui demanda la branlette. Nadine obtempéra poliment. À la quatrième branlette, Costa demanda qu'elle lui mette un doigt à la prostate pendant la finale. Sur ce point, Nadine hésita. Elle avait entendu d'autres masseuses parler de cette variante du toucher rectal, que la prostate était le point Gräfenberg masculin. «Peut-être la prochaine fois, OK?» Cette phrase, universelle dans son domaine, équivalait à un non catégorique. Costa réitéra sa demande à chaque visite. À la sixième, lasse, Nadine osa. Sa première crainte était de toucher un étron. La seconde, d'ordre plus professionnel, était de blesser le client. Pour s'être fait enculer par erreur lors d'une aventure mal foutue, Nadine avait une excellente idée de la douleur qu'un cul pouvait produire. Au terme de l'opération huileuse, Costa avait joui pendant près d'une minute. À partir de ce rendez-vous, le doigt au cul s'intégra à leur routine.

Costa était un client bavard. (Nadine classe ses clients en trois catégories : les silencieux, les bavards, les plaignards.) Et côté conversation, il était doué. Nadine se surprenait à lui confier certains secrets, elle riait de ses blagues, admirait silencieusement son talent à prédire les actualités (il avait anticipé l'enlisement des USA en Irak, la chute de la Bourse, la renonciation progressive au protocole de Kyoto). D'un rendez-vous à l'autre, Costa définissait une nouvelle catégorie : le client gentil. À certaines séances, il y avait plus de paroles que de massage; seule la branlette restait. Puis vint ce rendez-vous où il demanda un peu plus. Il voulut la voir nue, la toucher. «Tu me vois tout nu depuis si longtemps, c'est pas juste. Je suis prêt à payer plus.» Sur ce point, les plus vieilles masseuses l'avaient prévenue. «Garde toujours tes petites culottes, dis-leur que t'es menstruée, ils démissionnent toujours quand on leur dit ça...» C'est ce qu'elle fit, seins nus pour quarante dollars, non sans une certaine gêne. Nadine s'était rarement dénudée devant un homme qu'elle connaissait. Elle rougissait. Costa la couvrit de compliments sur la splendeur de sa poitrine. *C'était vraiment quelqu'un, le Costa.* La branlette doigt au cul et seins nus devint la nouvelle norme pour une dizaine de rencontres. À la onzième, Costa glissa un doigt sous la culotte, droit au clitoris. Nadine ne sut comment réagir, à la fois saisie par le geste du client et ravie par sa précision. Elle le branlait, il la branlait. L'échange était équitable. À la fin de la rencontre, soixante dollars atterrirent dans ses mains.

Après cette séance, les événements s'enchaînèrent à grande vitesse. Costa l'embrassa, elle l'embrassa en retour. Il retira ses vêtements, suça ses seins en lui caressant le périnée sous la culotte. Il n'était plus question de massage. Elle mouillait, il bandait. « Il faut juste pas faire de bruit… OK… il faut pas que les autres se doutent de quelque chose. » Costa lui interdit de faire autre chose que recevoir. « Ça fait six mois que tu donnes, maintenant, c'est à mon tour. » Il l'embrassa, la lécha, la doigta, la pénétra par-devant, par l'arrière, les jambes pliées, en ciseaux, relevées, serrées. Nadine eut beaucoup de mal à retenir ses soupirs. Elle jouissait presque. *Je me demande ce qu'il devient, le beau Costa… ça doit faire trois ans qu'il est passé…* Cet homme avait été le premier à lui laisser une trace de sperme sur le ventre accompagné d'un billet de cent dollars. Avec le temps, d'autres clients avaient suivi, une quinzaine. *Et si tu étais pas aussi poilu, tu serais le prochain, mon cher…*

Les mains de Nadine en sont aux pieds du client roux et remontent progressivement jusqu'à l'entrejambe. « Vous pouvez vous tourner, maintenant. » Le client a déplacé la serviette, libérant ainsi son sexe semi-bandé. Nadine commence par écarter ses jambes, masser le ventre et les aines avec une touche purement sensuelle. Ses mains n'évitent pas le sexe du client roux, elles considèrent cette zone du corps comme une surface ordinaire. Rapidement, le sexe court et trapu du client se dresse. Nadine ajoute de l'huile sur le gland, le fait tourner entre ses doigts. La coulisse d'huile coule stratégiquement vers l'anus du client qui relève déjà la voie d'accès à la prostate. Nadine branle avec délicatesse, la pression idéale pour faire monter le plaisir avant la semence. Le client la regarde droit dans les yeux et Nadine, non sans malice, lui renvoie la pareille. Elle a désormais le majeur enfoncé dans le cul du client roux, elle flatte sa prostate d'un délicat mouvement de la première phalange. Le client roux intensifie sa respiration. Nadine augmente le rythme de la branlette au bruissement huileux. Juste avant l'explosion, le client baisse les paupières comme si une aveuglante lumière l'avait ébloui. Voilà, le client jouit. Il propulse un sperme clair sur son propre ventre. Nadine retire son majeur du rectum, dégorge le sexe du client avec de lents mais fermes mouvements, laisse tomber le pénis ramolli dans une débarbouillette tiède, passe au lavabo laver ses mains. Sur le tatami, le client roux, vaporeux, souriant, ressemble à un roi dont l'unique fonction serait d'être heureux. Sans le crier sur les toits, Nadine aime cet aspect de son métier. *C'est mieux que de tuer des gens...*

LES CONSOMMATIONS TERRESTRES

Une autre journée vide... ça commence à devenir ridicule... Par peur d'apprendre l'annulation de l'unique rendez-vous à l'horizon, Lydia préfère ne pas le confirmer. Encore aujourd'hui, elle n'a pu rester dans le confort déclinant de sa maison. Elle a perdu la matinée à chercher une raison de fuir ; une rencontre avec un entraîneur, un rendez-vous oublié chez l'optométriste, une vidange d'huile sur son FX45 ; rien n'avait la crédibilité ni l'urgence nécessaire pour laisser son mari et ses deux enfants à leur quotidien hermétique. Aux temps heureux, Lydia aurait expliqué à Justin qu'elle avait besoin de sortir seule, de prendre soin d'elle, quelques heures. Et Justin, dans sa mansuétude, l'aurait encouragée en ce sens. Mais cette époque, c'était avant les doutes, avant les amants et les mensonges répétés, avant cette désagréable impression d'avoir franchi un point de non-retour. Lydia avait épousé Justin parce qu'elle aimait sa douceur et ce don qu'il avait d'accepter ses déprimes. Elle l'avait épousé pour un amalgame de raisons métabolisées en amour sincère. Cette pensée chemine en Lydia depuis l'intensification de sa relation avec Peter. Elle n'est pas encore arrivée à mettre le doigt dessus. Une intuition lui indique qu'elle approche de cette conclusion.

Pour le moment, Lydia se contente de croire qu'elle a l'amour malade, que Peter fait partie d'un remède aux effets secondaires imprévisibles, un peu comme cette déprime préadolescente que sa mère avait soignée aux infusions de millepertuis. Cela dit, Lydia aime son mari. Mais depuis son trente-cinquième anniversaire, son corps lui demande plus que Justin ne saurait offrir. Lydia veut de la passion, de la jouissance brute, brutale, si possible. Elle veut qu'un sexe dur et gonflé lui pistonne le bas-ventre jusqu'au cri, elle veut se convulser de plaisir entres les bras musclés d'un amant dominant, puissant. Un homme comme Peter.

Il y avait eu de la passion entre Lydia et son mari lors de leurs quatre premières années ensemble. Une ferveur dans la mesure de ce que Justin pouvait produire avec ses problèmes de précocité. Une passion tendre, plus souvent labiale qu'autre chose. Des caresses, des doigts, des *dildos,* des vibros. Justin n'était pas à blâmer dans cette histoire. Il faisait du mieux qu'il pouvait, restait ouvert aux multiples possibilités offertes sur les tablettes des sex-shops. Ils avaient même tenté l'échangisme, sans grand succès, il y a trois ans. Lydia s'était sentie comme un morceau de viande alors que son mari était rentré avec le moral dans les talons, incapable d'éliminer ces visions de sa femme menée à l'orgasme par un autre. *À bien y penser, c'est là que tout a commencé à déraper...*

Lydia regarde un tailleur Tiger of Sweden dans une vitrine. Pour sortir de chez elle sans créer de commotion, elle argua avoir besoin de renouveler sa garde-robe, ce qui représentait un demi-mensonge. Le tailleur est joli, bien qu'étroit aux épaules. *Le Tiger, ça me fait jamais...* Plutôt que d'entrer pour essayer le vêtement et risquer une déception, Lydia tourne les talons vers le mail du centre commercial.

En ce 4 janvier de froid polaire, il y a foule aux Promenades. Des familles entières déambulent sans rythme.

De jeunes mères poussent le carrosse de leurs nourrissons joufflus, des enfants piquent des crises devant des magasins de jouets. De jeunes hommes branchés évaluent les rabais sur les vêtements griffés. Des plus vieux marchent à côté de leur matrone de banlieue, le regard neurasthénique, vide comme un cercueil à vendre. Des hardes de jeunes filles pimpantes boivent des Red Bull en caquetant. D'autres personnes, solitaires comme Lydia, arpentent le mail sans autre but que d'accélérer ce temps des fêtes qui ne fête plus que son immédiate nostalgie. Ici une femme un peu vulgaire aux mains tachées de peinture rouge, là un quadragénaire nerveux qui observe les jeunes poules. Lydia ne peut s'empêcher de penser aux foules tokyoïtes en regardant la forêt humaine qui couvre les deux étages du mail. Elle se félicite d'avoir suivi cette thérapie pour vaincre ses tendances agoraphobes. Une légère musique se joint au puissant murmure de la foule. *« Love, love will tear us apart, again... »* Le iPhone. À l'écran, elle voit son propre identifiant Skype. *Je comprends pas...*

Oui, allo ?

Bonjour Lydia.

Qui parle ?

Toi.

Lydia balaye la foule du regard, à la recherche d'une quelconque réponse. Il n'y a aucun doute, il s'agit de sa voix. *J'ai pas assez pris de pilules ou quoi...*

J'ai pas beaucoup de temps, Lydia. Je te dis juste ça... ne quitte pas Justin, ne le quitte jamais.

Quoi ? C'est quoi la joke ? Allo ? Allo ?

Lydia confirme l'interruption de la communication en regardant l'écran du cellulaire. *J'ai pas rêvé... j'ai pas rêvé... ça s'est vraiment passé...*

Nerveuse, tremblante, Lydia entre dans le premier magasin à proximité, se dissimule entre deux rangées de blouses multicolores, sort un comprimé de Paxil, le porte à sa bouche. Affolée par cet appel mystérieux, asséchée par le chauffage du mail, Lydia ne produit pas la salive nécessaire pour avaler le médicament. Elle s'étouffe. Une vendeuse du magasin accourt vers elle, une bouteille d'eau en main.

Madame ?

La vendeuse tend la bouteille à Lydia qui la porte à sa bouche sans attendre. Replaçant ses lunettes sur l'arête de son nez, Lydia tente un sourire professionnel pour répondre à la vendeuse. Elle murmure un subtil « merci ». La vendeuse, dont le corps large et dodu trahit une maternité relativement récente, renvoie à Lydia son sourire. Elle lui glisse à l'oreille qu'elle aussi avait pris la mauvaise habitude de croquer ses antidépresseurs. Sans savoir pourquoi, devant cette remarque qui l'aurait normalement insultée, Lydia ricane en hochant la tête.

Combien pour la bouteille ?

Bof, on va dire qu'elle s'est fait voler.

Merci, vous êtes gentille.

Lydia regarde les yeux de cette femme. Une sans-argent vers qui elle ne serait allée en aucune circonstance. Ses yeux sont bons, francs. Un peu comme ceux de Justin au début de leur relation. Lydia repense à cet appel impossible, songe à Justin, seul avec les enfants à la maison. Elle a une envie soudaine de le voir, d'être près de lui. Lydia ne cherchera pas à retracer l'origine de cet appel impossible, elle se concentrera sur le message. *J'ai rêvé... C'est mon subconscient qui me joue des tours... trop de stress...* Entre-temps, Lydia regarde le contenu de ce magasin où elle ne vient jamais et sourit à la vendeuse, debout à six pas devant elle. *Elle est sûrement payée à la commission... je vais lui rendre sa politesse comme il faut...*

CE N'EST PAS LA CHINE

La vieille salope, elle a osé... pas question d'avaler une autre bouchée... La grand-mère avait insisté pour cuisiner le repas du midi. À table ne manquait que le père de Sam, retenu en ville par un dîner d'affaires.

Wang Liang a cuisiné du poulet sauce hoisin avec du riz vapeur, un plat que personne ne saurait rater. Dès la première bouchée, Sam avait compris l'expression des visages autour de la table. Le plat était salé comme la mer. Sam avait regardé son grand-père impassible, sa mère absente, comme en vacances d'elle-même, sa sœur Sally, le bec pincé, le nez plissé. Elle allait être la première à trouver une voie de sortie. Sa diète. Pour les deux autres, incapables de se libérer du joug de Wang Liang, ils devaient manger. Le front bas, Wang Liang, elle, ne s'était servi que du riz, les fritures et plus particulièrement le sel lui étant prohibés par son cardiologue. *Vieille salope...*

Dès le départ de Sally pour le sous-sol, Sam savait que les regards se tourneraient vers lui. Il était la cause de cet affreux repas. Wang Liang avait puni l'ensemble car, selon la logique, la famille complète était responsable des actions de Sam. La mère devait payer pour son incapacité à le mettre sur le droit chemin, le grand-père était coupable de ne rien dire, Sally, elle, devait payer le prix de cette indifférence stratégique qui commençait à perdre de son efficacité. Avec sa voix de vieille crécelle, Wang Liang somma Sam de manger. Sam ne répondit rien. Il déposa ses baguettes sur la table, ce qui fit sursauter sa mère, naturellement intolérante aux accrocs à l'étiquette. Sam gardait les yeux rivés sur son plat, comme il se doit. Il sentait ceux de sa grand-mère, accusateurs, vitrioliques, posés sur lui. Sam siffla entre ses dents. Cette fois, sa mère le rappela à l'ordre dans un anglais bancal. *Pauvre maman, prise avec une vieille salope sous ton toit... Tu préfères taper sur ton enfant plutôt que de lui recracher son venin dans la bouche... Tu penses que c'est plus facile de cette manière ? Parce que c'est comme ça que les choses fonctionnent en Chine depuis des millénaires ? Pauvre maman... ici, c'est pas la Chine...* Sam hésita longuement après avoir posé ses baguettes à plat sur la table, incertain de la justesse du prochain mouvement sur l'échiquier familial. À la deuxième invective de Wang Liang, Sam interrompit ses tergiversations silencieuses. Il leva la tête, planta des yeux meurtriers dans ceux de sa grand-mère. Le cœur de Wang Liang sembla pris d'un immense hoquet devant cette insulte. Le grand-père ferma les siens en murmurant un inaudible regret. Sa mère se leva pour lui administrer une claque à l'arrière de la tête. Lorsque sa main frappa l'arrière du crâne, Sam ne bougea pas d'un millimètre. Il garda ses yeux solidement plantés dans ceux de sa grand-mère. *Elle paniquait... je voyais la panique dans ses yeux...* Sa mère n'osa pas frapper son fils une seconde fois. Elle plaqua une main contre sa bouche, quitta la salle à manger pour éviter de transformer sa tristesse en spectacle.

Sam entend sa mère. Elle s'est réfugiée dans la salle d'eau, à l'entrée. Elle pleure. Elle pousse de lancinantes plaintes qui alimentent sa rage tranquille. Chaque gémissement devient un chargeur qu'il voudra vider sur sa grand-mère. Pour l'instant, le duel est silencieux. Sam ignore que pour la première fois de son existence, ses yeux ont la détermination d'un homme. Des yeux froids comme un calcul, des yeux d'étoiles noires. Cette maturation soudaine ébranle Wang Liang. *Maintenant, ma vieille salope, tu vas ravaler tes conneries, en commençant par ta bouffe dégueulasse...*

Sam se lève de table, imposant comme un homme en colère. Il demande au grand-père de quitter la salle à manger avec une parfaite prononciation cantonaise. Wang Fong jette un regard à son petit-fils, puis à la femme qu'il a mariée sans conviction il y a cinquante-quatre ans. Toujours avec la même expression piteuse dans les yeux, il se lève et marche jusqu'au salon, séparé de la salle à manger par un demi-mur. Sans quitter Wang Liang des yeux, Sam saisit la chaise du grand-père, la pose à côté d'elle. D'une main, il approche l'assiette du grand-père, la positionne devant Wang Liang.

Maintenant, vieille salope, tu vas manger ce qui reste.

Bien qu'elle ne comprenne aucun mot, Wang Liang émet un signal de désespoir dans ses yeux où règne une terreur froide. En guise de réponse, Sam plisse les siens. *Je suis très sérieux...*

Mange ta marde, la vieille.

Saisi par la violence des sons émis par son petit-fils, Wang Liang approche ses baguettes du plat de poulet sauce hoisin. Dès la première bouchée, elle grimace et tord son visage ridé.

Encore.

Elle prend une seconde bouchée, toujours aussi salée. À chaque coup de dent dans la chair blanche, ses nerfs se tendent.

Encore.

La mère de Sam continue sa longue plainte dans la salle d'eau de l'entrée. Elle laisse filer une décennie de colère.

Dans le salon, le grand-père a ouvert la télé à plein volume. Il suit un bulletin de nouvelles sur ATV comme si cette journée n'avait rien d'extraordinaire. Au sous-sol, Sally écoute un album des White Stripes en solitaire, devant l'ordinateur.

Encore.

L'assiette sera vide d'ici peu, ce qui rassure vaguement Wang Liang. Elle ignore que Sam a l'intention de lui faire avaler le contenu de chaque assiette, quitte à la faire vomir. Lorsque Sam approchera le plat de sa sœur, Wang Liang saura que son petit-fils a décidé de régler ses comptes. Et devant cette assurance d'une troisième crise cardiaque à très court terme (d'ici trente minutes, par la double action du sel et du stress, Wang Liang sera en hypertension artérielle sévère), elle choisira d'utiliser ses potentielles dernières minutes pour punir Sam une ultime fois. Elle lui dira avoir agi pour son bien et celui de la famille, que ses actes étaient motivés par un amour plus puissant que la pitié. Malgré quelques tentatives de larmes, les yeux de Wang Liang resteront durs, militaires. Sam restera de glace devant cette grand-mère devenue monstrueuse. La vieille femme tentera de briser la haine de Sam, d'atteindre son cœur emmuré, de le faire vaciller, de lui griffer l'âme. Rien n'y fera. Lorsque Wang Liang reconnaîtra finalement la fermeté de son propre regard dans les yeux de Sam, sa pression systolique montera à 210.

LIVE AT THE DILLO

C'est une tradition. *And if you mess with tradition, life will mess with you...* Dès que Finch quitte un quai de chargement avec une pleine remorque, il insère l'album *Selling England by the Pound* dans le lecteur CD. Chaque fois, l'habitacle du Joyce Forever est envahi par la voix solitaire d'un jeune Peter Gabriel et son étrange poésie. Finch en profite pour se joindre à lui avec une voix étonnamment juste quoique trop basse.

"Can you tell me where my country lies ?"
said the unifaun to his true love's eyes.
"It lies with me !" cried the Queen of Maybe
– for her merchandise, he traded in his prize.

À l'écoute du premier album de Genesis à être parvenu au Texas, Finch avait accroché à ce style progressif et théâtral, plus ambitieux que celui de la musique des années 1960. Âgé de dix-neuf ans, déjà à l'emploi du pénitencier de Huntsville, Finch faisait figure d'iconoclaste parmi ses amis de l'époque, plus enclins à écouter Janis Joplin ou Kris Kristofferson, tous deux natifs du *Lone Star State*. Finch, lui, affirmait que Genesis composait la trame sonore du film de sa vie. Après la sortie de l'album *Foxtrot,* Finch ressentit le besoin de voir ce groupe sur scène. Sally-Mae, sa tante qui l'hébergeait, ne supportait pas d'entendre cette musique, le condamnant aux écouteurs. *You can't feel the music with headphones*... En solitaire, assis dans le fauteuil de sa chambre d'alors, Finch mettait *Foxtrot* sur la platine et planait sur les vingt-trois minutes de « *Supper's Ready* » en fumant de l'herbe confisquée aux détenus. En 1973, ce fut *Selling England by the Pound*. Un grand événement. La plupart de ses copains commencèrent à reconsidérer leurs goûts musicaux. Même Sally-Mae trouva cet album « *less annoying* » que les précédents. Pour Finch, cet opus représentait la quintessence musicale de l'époque. Lorsqu'il apprit qu'une tournée américaine était prévue, il écrivit à Atlantic Records pour les supplier de mettre le Texas sur le parcours. Sans savoir s'il y était pour quelque chose, Finch apprit un mois plus tard que le groupe donnerait un concert au Armadillo World Headquarters d'Austin.

Entre-temps, la relation avec sa tante s'était encrassée. Au-delà de leurs divergences musicales (elle aimait le country), politiques (elle était démocrate) et religieuses (elle s'était récemment convertie au catholicisme), Sally-Mae avait violemment réagi à sa promotion de l'époque. L'aile des anciens condamnés à mort. Les cas lourds, violents. Finch avait postulé ce poste pour la hausse salariale, sans penser plus loin ni consulter sa tante. Lorsqu'il en parla à Sally-Mae, elle le regarda longuement, posa sa main frêle sur son chapelet de plastique et se signa. Finch tenta d'expliquer qu'il n'allait tuer personne, qu'un moratoire était passé en 1972. « *You'll see, in a few years, they'll bring it back, and then you'll become a killer.* » Ce fut cet argument qu'elle utilisa pour le mettre à la porte, quelques jours plus tard.

Finch roule en direction de la I-91 sur l'introduction de « *Firth of Fifth* ». La route est dégagée, à peine cinq centimètres de neige sont tombés dans les environs de New Haven. En temps normal, la route rapide et logique mènerait Finch jusqu'à la I-90 à Springfield Mass. De là, il roulerait jusqu'à la I-87, en direction de Montréal. Préférant éviter la congestion du poste frontalier de Saint-Bernard-de-Lacolle et ayant une dette de vingt-trois dollars dans un relais routier en périphérie de Sherbrooke, il ne quittera pas la I-91. *I've got time... a lot of time...* Finch a le pied léger, question d'être sage avec le diesel. Côté musique, Steve Hackett attaque pour une énième fois son célèbre solo de guitare. *She was the only black girl in sight... almost divine...*

Finch s'était trouvé un petit appartement deux heures après que Sally-Mae lui avait demandé de partir. Un collègue plus âgé allait lui louer l'espace à prix d'ami, à peine cinq dollars de plus que les mensualités qu'il versait à sa tante. Le lendemain, Finch prit congé pour charger sa Ford Gran Torino de ses maigres possessions, retirer quelques centaines de dollars à la First National Bank, acheter un lit double et des meubles chez Ward Furniture, à livrer le jour même. Ce changement d'adresse imprévu l'avait rendu léger, presque gamin. Les collègues du couloir de la mort lui en parlaient presque chaque jour. Même un condamné lui en avait fait la remarque.

« *When I killed that bitch, I felt so God damn fuckin' better. Just like you, man...* »

Finch s'amusait. Il sortait un peu plus. Écoutait la musique qu'il aimait. Se payait des repas au restaurant, sans parler du concert qui arrivait. *That's gonna be the night of my life...*

Le 17 mars 1974, Finch franchit les cent soixante milles entre Huntsville et Austin en roulant à tombeau ouvert. Il gara sa Ford Gran Torino 1972 à deux rues du Armadillo World Headquarters, devant un buffet chinois. *Perfect, I'm starving...* À l'approche de la salle, l'estomac rempli d'*egg rolls* à la sauce aux prunes, il vit l'annonce du spectacle sur la marquise. Finch s'étonna d'apercevoir une file devant la porte malgré les deux heures qui le séparaient du concert. Selon les conversations entendues (références politiques, littéraires et mythiques dans les paroles de Gabriel ; thématique du refoulement sexuel dans *« Musical Box »*, référence à un holocauste nucléaire dans *« Stagnation »*), la file se composait principalement de grosses têtes de l'université du Texas. Finch opta pour un silence attentif.

Comme prévu, le spectacle fut une pure merveille, une extase. Non seulement il y avait la musique, mais Finch n'avait su anticiper ces mises en scène, ces décors, ces éclairages stupéfiants. Son regard quitta la scène une seule fois lors du spectacle (il avait cru voir Peter Gabriel pointer quelque chose dans la salle pendant le solo de *« Firth of Fifth »*). C'est à ce moment qu'il vit une superbe jeune Noire, cabaret à la main, noyée dans une mer de visages blancs. Lors de *« Supper's Ready »*, juste avant l'apparition de Gabriel dans son déguisement de fleur, Finch repensa à cette femme et eut très envie de se diriger là où il l'avait aperçue. Lorsqu'il vit les douze pétales géants entourant le visage maquillé de Gabriel, il ne put s'empêcher de crier une joie instantanée. La femme pouvait attendre.

Les derniers rappels terminés, Finch attendit de voir les techniciens monter sur scène pour s'assurer que le concert était fini. Il espérait voir un membre du groupe au hasard, lui crier un très senti *« thank you, thank you so much »*, mais en vain. Galvanisé par l'énergie du spectacle, Finch s'offrit une bière au bar situé au fond de la salle. Il revit la femme du solo, debout derrière le bar, occupée à décapsuler des bouteilles. En temps normal, Finch aurait laissé le rouge lui monter aux joues dans un épais silence. Mais il venait de voir le meilleur spectacle de sa vie, il vivait *« the greatest night of his life »*. Il s'approcha du bar, les yeux illuminés d'un feu capable de liquéfier le métal, posa une main sur le comptoir et clama, d'une voix profonde : « *I would like to know you, I really would.* »

Finch klaxonne pour rouspéter contre la manœuvre dangereuse d'une BMW immatriculée au Massachusetts. Il repense au visage que Joyce avait fait après sa demande. Elle qui était habituée aux commentaires désobligeants, souvent racistes, elle qui croyait avoir tout vu, tout entendu. *She had not heard me...* La jeune Joyce avait figé, hypnotisée par les yeux brûlants de ce jeune Blanc plutôt costaud. Un coup de foudre total. Une autre serveuse était venue briser la pureté du moment en demandant des bourbons sur glace. Comme sortie d'une rêverie, Joyce proposa de laisser son numéro de téléphone. Le seul bout de papier disponible était le billet de Finch. *One of the best nights of my life... boy, was I right...* Ce billet, Finch ne s'en est jamais séparé, il sommeille dans son portefeuille, entre une fleur séchée et un papier de biscuit chinois : « *You will find happiness with a new love.* »

La circulation de la I-91 se dissipe à mesure que le Joyce Forever s'approche de Hartford. Dans la cabine, les dernières mesures de « *The Cinema Show* » rythment un paysage blanc et brun, paisible comme un pays connu. Dans quatre heures et demie, Finch sera à la frontière. Il compte arriver aux environs de Sherbrooke pour le souper, régler sa minuscule dette, passer la soirée au bar, tranquille, en compagnie des routiers de passage. *You just gotta love this job... pure freedom... Live free or die, that's the way...*

CE N'EST PAS NORMAL

Il y a foule au centre commercial. Une foule hostile, stressante. *Des gens, partout, du monde, partout... et pourquoi ils sont aussi flous... pourquoi les gens seraient flous ?* Véronique se frotte les yeux. Elle ne comprend pas pourquoi les surfaces ont perdu leur netteté, pas plus qu'elle n'explique ces frissons qui partent des hanches pour lui remonter l'échine. *Je veux bien croire que j'aime pas le monde, mais de là à développer des réactions physiques...* Véronique se dirige à tâtons dans cette masse mouvante composée de familles, de poussettes, de passants, de voiturettes, de marchettes. Son pas hésite, cette visite est la première dans ce centre commercial. Sur le plan, à l'entrée, elle a repéré le magasin où elle pourra échanger son chèque-cadeau. *Au bout, à gauche, c'est long... c'est très long...* Dans le mail, le rythme des promeneurs est lent, saccadé, hésitant. Des gens s'arrêtent sans penser à ceux qui suivent, d'autres bifurquent sans avertir, une poussette est venue cogner sa cheville il y a trois secondes. *Énervant...* Véronique n'a pas encore déjeuné, elle s'est couchée trop tard pour espérer se lever tôt. C'était la faute du tableau. Celui où son frère s'éventre sur des draps de satin. *Ça allait vraiment bien hier...* Véronique s'était mise au travail en soirée. Elle avait commencé par trouver ses couleurs, par faire ses tests sur les couches de fond. Tout fonctionnait à merveille, aucune hésitation, aucun doute regrettable. Elle s'amusa à dessiner son frère au crayon 2H et s'étonna de lui rendre justice uniquement de mémoire. Ses traits étaient longs, vivants, souples. En quatre longues lignes, elle définit le corps complet. En six autres, elle fit apparaître le visage, une bouche tordue, un regard suppliant. Il était hors de question que Véronique interrompe un tel moment d'aisance. Elle peignit, sans regarder ailleurs, sans penser au temps ni aux gargouillis de son estomac ; elle travailla jusqu'à 4 h du matin, contrainte d'arrêter pour éviter d'abîmer les zones lentes à sécher. Elle avait réussi les draps de satin, l'odeur du sang et des tripes était presque perceptible. Véronique s'était couchée dans son hamac, la tête fière, le ventre vide.

Réveillée en catastrophe par le passage d'une voiture au silencieux perforé, elle nota l'heure avancée sur l'horloge. *Tabarnak...* Elle marcha jusqu'à la maison, enfila des vêtements moins sales et usés que son ensemble d'atelier, enfonça une vieille casquette verte sur ses cheveux en guerre, sauta dans sa ruine roulante, en direction de Saint-Bruno.

Bon, il est là-bas... Véronique voit l'enseigne lumineuse du magasin. Un très grand magasin de vêtements, le plus imposant qu'elle ait vu. *Au moins, j'aurai du choix...* Véronique porte une main à sa bouche pour camoufler le rot qui lui monte aux lèvres. Elle sait qu'elle devrait manger quelque chose, qu'elle néglige cet aspect depuis le temps des fêtes. Sans jouer les coquettes ni les précieuses, Véronique estime s'être laissée aller ces dernières années. Elle qui portait des pantalons de taille 10 depuis la mi-vingtaine était passée au 12 et dans certains cas, au 14. *Bières et pizza, ça pardonne pas...* Ses fesses avaient enflé, ses cuisses, toujours solides, commençaient à laisser paraître des masses de cellulite. *Mais le pire, c'est les hanches. Même après mon accouchement, j'étais pas aussi large... il faut que je fonde un peu... porter du 14, j'ai trop d'amour-propre pour me résigner à ça...* Connaissant la méthode idéale pour perdre du poids, Véronique décida de ne plus manger qu'un repas par jour en utilisant la coke et les Natives comme coupe-faim. En gros, il s'agit d'une reprise du régime de ses premières années d'artiste libre. Afin de confirmer l'efficacité de sa cure, Véronique saisit un modèle de pantalon en tailles 10, 12 et 14, puis passe à l'essayage. Comme prévu, elle nage dans le 14, flotte dans le 12 et se sent un peu à l'étroit dans le 10. *Dans trois jours, il va faire parfaitement...*

Véronique s'estime chanceuse. Rares sont les femmes capables de fondre avec une telle aisance. *Bien sûr, il y a les contrecoups comme les étourdissements, les sueurs froides, le nez sec, cette vision floue qui ne lâche pas. Quoique voir flou, c'est la première fois...* Assise dans la cabine d'essayage avec ses trois pantalons et ses bottes posées sous le banc, Véronique remarque la beauté soudaine de l'éclairage ambiant, la texture du tapis sous ses pieds, l'imperceptible mouvement de ses motifs, la fine musicalité du murmure de la foule hors de ses deux mètres carrés d'intimité temporaire. *Attends... c'est pas normal ça... non, pas normal...* En toute logique, Véronique ne peut aimer cet endroit. Elle ne peut ressentir un si grand plaisir en essayant des pantalons neufs. *Est-ce que ça se pourrait ?* Véronique bouge ses yeux de gauche à droite comme un gardien de but devant un surnombre d'assaillants. Non seulement sa vision s'embrume et adoucit chaque ligne, mais elle dessine avec la lumière des traînées semblables à des fils d'araignée. Il y a également sa peau qui devient poreuse, floue, pétillante. Véronique se frotte le visage et s'étonne de ressentir l'énergie du geste plusieurs secondes après son arrêt. *On dirait que j'suis sur l'acide...*

Véronique a raison, elle est sur l'acide. Plus précisément, elle fait un flash-back. Outre les étourdissements, les légers vertiges et les reflux gastriques, il s'agit d'un autre des prix à payer pour sa perte de poids rapide. *Pourtant, ça doit faire quatre ans que j'ai rien pris...* Peu importe. Du dernier buvard avalé par Véronique il y a trois ans et cinq mois, des molécules d'acide lysergique s'étaient répandues dans son corps. La majorité des molécules ingérées avait été détruite par son système immunitaire dès les douze premières heures, à l'exception de celles venues se réfugier dans un amas de cellules graisseuses sous la fesse gauche. Ces détails biotechniques n'aident en rien Véronique qui se demande à quoi ressemblera le monde extérieur lorsqu'elle devra sortir de sa cabine d'essayage. La question des pantalons ne la préoccupe plus. Elle ne les prendra pas. *On achète rien sur l'acide... non, rien... rien... rien...* Au comptoir, à l'avant, la préposée aux cabines s'inquiète du sort de sa cliente aux mains tachées de rouge. Elle ira la voir d'ici quelques secondes. Véronique entend ses talons aiguilles frôler le tapis à poils courts.

Madame ?

Reste cool... cool... Oui ?

Tout va bien ?

Euh, oui, ça va, ça va.

Les pantalons, ils sont corrects ?

Euh non, non, ils font pas, non...

Véronique tire le rideau et tombe face à la préposée aux cabines. Une jeune anorexique qui porte tant de maquillage qu'elle lui semble masquée. Véronique doit se retenir pour éviter de grimacer à cause de l'odeur de son fond de teint. *Garde un visage neutre, neutre, neutre, neutre... fous le camp...*

Véronique s'éloigne de la zone des cabines. Elle inspire à plein nez pour chasser l'odeur de la préposée. Véronique regarde au sol, droit devant. Le décor du magasin lui faisait déjà tourner la tête à l'arrivée, elle n'ose pas tester son ambiance avec ce flash-back. Un peu partout, il y a de la musique, de la techno dans les zones jeunes, du jazz dans les secteurs adultes, du classique dans les sous-vêtements. Dans les entre-deux, les musiques s'entremêlent sans ordre ni esthétique, comme des *mashups* bâclés. Véronique garde les yeux rivés au sol. Pas question qu'elle laisse dériver son regard du côté de ces lumières brillantes aux supports lustrés. *Non, pas question, pas question...* Pas question qu'elle accroche sur ces étoffes aux cent couleurs, cette robe à pois, cette veste lignée, ce bustier léopard. *Non pas question... tu marches et tu te concentres...* Véronique déteste les centres commerciaux, elle est trop sensible aux stimuli visuels. Elle songe que ces abominations ont imité les musées, qu'ils ont troqué la tranquillité des catalogues pour la prétention clinquante des salles d'exposition. *Comme des musées... des musées de la matière économique... des musées de la consommation... des cathédrales du capital...* Véronique lève les yeux au ciel qui n'est pas un ciel, mais une immense verrière. Elle a soudainement envie de rire, de se foutre de chacun de ces magasineurs aliénés, un visage à la fois. Presque tous les regards glissent vers elle, avec des yeux furtifs, des airs désapprobateurs, accompagnés de quelques commentaires : « Encore une droguée... » « Crottée... » « Maudite BS. » Véronique porte des vêtements usés, ses mains sont constellées de peinture rouge, un peu de crasse roule sur sa nuque, ses pupilles effacent pratiquement ses pâles iris. Elle ne ressemble à personne en ce lieu. Elle pourrait faire une scène, alimenter les conversations d'une centaine de passants, devenir une nouvelle fois le sujet du dédain des âmes mortes. *Je pourrais, oui... je pourrais...*

CES CORPS QUE JE NE TOUCHERAI PAS

C'était prévu, sa femme devait le traîner jusqu'ici. L'excuse datait d'après Noël. En octobre, elle lui avait dressé une liste d'idées-cadeaux. Des produits divers, essentiellement des articles de voyage, dont une trousse à maquillage Chanel qu'André préféra ne pas acheter, se décidant pour des valises de luxe, des oreillers gonflables et autres gadgets de voyage. Il s'avéra que la trousse Chanel était le cadeau à offrir, celui qui aurait comblé de bonheur sa chère épouse. Sans lui adresser de reproches, elle lui demanda de l'accompagner au centre commercial, la veille de son départ pour un colloque aux Bahamas. Les enfants suivirent avec joie. *Par chance que les miens sont encore chez leur mère... j'aurais pas la patience de les entendre brailler pour une quinzième paire de souliers... gâtés pourris... aussi pire que Milly et Suzette...* Milly et Suzette sont parties de leur côté avec cent dollars en poche et leur cellulaire à la main. Milly a rejoint deux copines au magasin Le Château ; Suzette, elle, est partie attendre un copain à la boutique de jeux vidéo. André est donc seul avec sa femme qui lui tient la main comme une collégienne. André aime les mains de sa femme. Des mains longues et fines, délicates. Au début de leur mariage, il ressentait un vif plaisir lorsqu'elle les appuyait contre son torse. *Des mains d'aristocrate...*

André tente de faire abstraction de cette foule aux manteaux déboutonnés, laissés ouverts comme des vestons sans style. Quelques quidams ont laissé leur attirail hivernal dans les cases à l'entrée ouest. *Pas une mauvaise idée, vu la chaleur de la place...* André a soif. *L'air est sec...* Sa femme lui a suggéré trois fois d'appliquer du baume sur ses lèvres pour éviter les gerçures. Si elle le lui offre à nouveau, il acceptera, par lassitude.

Parmi la foule, André croit identifier le visage de l'agent d'immeubles qu'il doit rencontrer ce vendredi. Une femme, plus grande que lui, dotée d'un nez trop fin pour être naturel, avec des yeux de négociatrice sans pitié. *Probablement elle...*

Oh ! André, regarde comme c'est joli.

Sa femme lui montre une robe de soirée dernière mode, le genre de vêtement qui lui allait à ravir il y a quelques années.

J'ai vraiment envie de l'essayer...

André ne peut la retenir. Les goûts de sa femme n'ont pas évolué avec son corps. Il préfère ne pas en parler. André accompagne sa femme aux cabines d'essayage de cette boutique de vêtements griffés. Une jeune vendeuse plutôt alléchante l'invite à s'asseoir au bout du couloir menant aux cabines. Sitôt sa femme entrée, une cliente blonde sort d'une cabine avec la même robe de soirée. Une femme dans la jeune vingtaine avec de petits seins fermes et des jambes épilées au laser. La robe tombe à la mi-cuisse, lui sculpte un cul presque idéal. *Regarde pas trop... regarde à terre...* Une autre porte, une autre femme, pratiquement le même âge, mais brunette. Elle porte un ensemble qui oblige André à s'éclaircir la gorge. Une chemise sans manches au col entrouvert orné d'une cravate d'homme nouée sans rigueur, une mini-jupe rouge carmin très courte, presque à ras le bonbon, des bas noirs qui montent à mi-cuisse. La brunette est menue et cet ensemble lui donne l'allure d'une écolière jouant la séductrice. Une troisième femme sort d'une cabine alors que les deux premières retournent à la leur. Une femme aux cheveux noirs et courts, un peu plus vieille que les deux premières. *Vingt-neuf, trente ans...* Elle porte une variation légère de la robe que sa femme essaye en ce moment. Le tissu moule ses hanches conçues pour être prises en levrette. Les manches absentes révèlent un tatouage sur son bras gauche (neuf roses blanches finement reliées par une mince branche sans épines). Ses cheveux en pointes et ses traits d'eye-liner lui donnent une allure volontaire, prédatrice. *Une vamp... elle m'a vu, elle sait que je la regarde... elle aime que je la regarde...* Une autre cabine s'ouvre, celle de sa femme. Elle porte la robe de la vitrine non sans une certaine classe. Des femmes présentes dans la zone d'essayage, elle est la plus âgée. Bien d'autres hommes la trouveraient désirable avec ses épaules fines, ses cheveux rapidement remontés, ses courbes riches, ses yeux vifs, perçants. Plusieurs tueraient pour épouser une telle femme. André tente de s'en convaincre. Replacer son désir sur la bonne personne. Effacer cette vision subite plaçant la bouche de la femme tatouée sur le sexe de sa femme et le sien, dur, dans le cul de la blonde qui sort de sa cabine vêtue d'un déshabillé révélateur.

Pis, elle a l'air de quoi ?

Superbe. Vraiment bien.

J'pense que je vais la prendre.

Bonne idée.

André quitte le couloir des cabines d'essayage, remet son manteau. Il devra visiter les toilettes pour essuyer l'écoulement préséminal qui colle son gland au tissu de son caleçon. En regardant d'autres jeunes femmes entrer dans le magasin, André sent un mouvement d'engrenage en lui, comme si sa biologie avait adopté une nouvelle disposition. *Tant de femmes... tant de peaux que j'ai envie de lécher, de sexes que je veux voir. Il me reste quoi... cinq ans... cinq ans avant d'être vraiment vieux ? Pourquoi je me gênerais... c'est ma vie. Et si ça mène à un divorce, cette fois, j'ai déjà mon avocat...*

À quoi tu penses ?

Hein ? Rien, non, rien.

T'as pas l'air en super forme.

André regarde sa femme dans les yeux. Il imagine les siens vaguement mélancoliques, teintés d'une touche d'immaturité nerveuse. Il va mentir à nouveau en répondant. Il dira que le temps des fêtes l'a éreinté, qu'il songe à recommencer le travail plus tôt que prévu. Il mentira sans effort, avec un naturel désarmant. Il parlera sans quitter les retranchements de sa solitude, ce domaine privé solidement construit, un silence à la fois.

LE LIÈVRE BLANC

Océanne a eu cette envie de bonbons. Des framboises en gelée. Celles du dépanneur, les plus petites. Sa mère ne fait pas la différence pour ces gâteries. Elle n'a pas acheté la bonne sorte lors de la dernière épicerie. Elle a pris les grosses, trop molles, moins sucrées. Face à la rudesse du jour, Océanne se demanda si son envie valait ce froid, ce vent, cette marche d'une heure. Elle ouvrit le téléviseur. Canal météo, refroidissement éolien, engelures, morsures du froid. « Habillez-vous très chaudement si vous avez à sortir », disait le présentateur en complet gris. Océanne monta dans sa chambre sans prendre la peine d'éteindre le téléviseur. À l'écran de son ordinateur, aucun contact sur MSN, des ennuis de téléchargement sur YouTube, aucun article passionnant sur Wikipédia. En quinze minutes, Océanne renonça à trouver le contentement avec l'ordinateur. Elle avait toujours cette envie de framboises en gelée.

Il vente fort, une jolie brise de face, froide comme l'acier. La route a été dégagée par le chasse-neige plus tôt ce matin. Le soleil d'après-midi semble dépressif. Océanne marche déjà depuis quinze minutes. Le vent et les plaques de glace ralentissent sa progression. *Au moins, quand je vais revenir, je l'aurai dans le dos... maudit vent...* Océanne remonte son cache-col sur son nez sans enlever sa mitaine. L'ajustement n'est pas simple, elle s'y prend à quatre reprises et découvre son poignet en pliant le coude. *Maudit...* Maintenant, c'est la peau de son poignet qui goûte aux pincements du vent. Elle a grandi, du moins, ses bras ont allongé. *À moins que j'aie seulement grossi. Maudite manche, tu vas te placer...* Océanne n'avance plus, elle essaye de tirer la manche jusqu'à sa paume. *Rien à faire...* Océanne tire sur son chandail de laine, sous le manteau. *Tirer la manche, couvrir la peau. Mieux... au moins, j'ai pas accroché mon iPod...*

Les parents n'avaient pas songé à leur fille en achetant cette maison. Une vieille fermette rénovée aux abords d'un chemin de campagne. Les voisins étaient rares et lointains. Le seul indice de civilisation convenable, selon Océanne, se trouvait à 3,5 km de là, au coin du chemin et de la grand-route : le dépanneur, là où elle trouvait bonbons, magazines, films, jeux vidéo. L'été, depuis ses neuf ans, elle utilise sa bicyclette pour s'y rendre. L'hiver, elle marche. En cas d'urgence uniquement, car Océanne déteste marcher sur ce chemin où il n'y a rien à voir. *En ville, au moins, le paysage change tout le temps...* Pour se convaincre que le temps avance, Océanne écoute des chansons en vrac, peu soucieuse de savoir à qui appartiennent ces voix.

Océanne regarde devant, plissant les yeux pour se protéger du vent. Quelque chose sautille sur la route, un animal blanc plus petit qu'un raton, plus imposant qu'un écureuil. *Un lièvre... ça doit pas être chaud pour les pattes sur l'asphalte...* Océanne ralentit la cadence, le lièvre ne l'a pas vue et ne peut flairer son odeur. Il bondit de droite à gauche, comme s'il cherchait à se situer. Les bottes d'Océanne émettent un bruit sourd en frottant contre l'asphalte gelé. Le froissement du pantalon de neige lui fait penser au son d'une fermeture éclair en perpétuel mouvement. Le lièvre lève la tête, la tourne du côté d'Océanne qui arrête de bouger. À trente mètres de distance, ils se regardent. *Va-t'en pas, je vais pas te manger...*

Le lièvre bougera bientôt. Une voiture venue de la grande route avance à bon rythme. Océanne la voit rebondir sur les nombreux cahots du chemin. Le lièvre ne bouge toujours pas, il regarde dans la direction d'Océanne qui s'amuse à voir son nez remuer. La voiture approche. Elle se trouve à moins de cinquante mètres. Océanne regarde derrière pour s'assurer que personne n'arrive en sens inverse, marche à suivre prescrite par son père pour cette route étroite. *Non, personne...*

Océanne s'attend à ne plus voir le lièvre en ramenant sa tête vers l'avant. Au contraire. L'animal est toujours en place, hors de portée de la voiture qui ne ralentit pas. *Il est peut-être dans la lu...* Océanne n'a pas le temps de terminer sa pensée que le lièvre sursaute et bondit vers le parechoc de la voiture. Le petit animal est projeté sur l'accotement. Océanne le voit rouler sur le gravier gelé. Le chauffeur poursuit sa route en bondissant au gré des cahots. Le lièvre blanc s'arrête de rouler à moins de cinq mètres d'Océanne. *Il est pas mort. Ça se peut pas...* Étendu sur un côté, le lièvre tremblote là où ses muscles le permettent ; du sang coule par sa gueule et son oreille, ses pattes arrière sont inertes, son bassin disloqué, ses pattes avant remuent sans force, sa poitrine monte et descend à grande vitesse. Océanne sait ce qu'elle doit faire en pareille situation ; la même chose qu'avec Lacan : écourter ses souffrances, donner paix à son âme. *Mais comment ?* Océanne n'a pas la chimie mortelle du vétérinaire ni d'objet capable de prendre une vie. Elle regarde autour d'elle. Aucune pierre, aucune branche, que de la neige et de l'asphalte gelé. *Oui, peut-être ça...*

Je vais t'aider, je vais t'aider. T'auras plus mal. J'te le promets.

Océanne ramène de la neige sur la tête du lièvre blanc, forme un amas de la taille d'un melon. Le lièvre respire toujours. Le sang coule un peu plus par sa gueule.

C'est presque fini.

Océanne saisit la neige, recouvre complètement la tête de l'animal et comprime l'entassement en y mettant son poids. Sous sa mitaine droite, elle ressent un fin craquement. La poitrine du lièvre cesse de bouger, idem pour les pattes avant. Une nouvelle voiture oblige Océanne à se relever. La conductrice la remarque aussitôt et ralentit jusqu'à s'immobiliser devant elle. Océanne reconnaît la voiture. Il s'agit de son ancienne gardienne. La vitre côté passager se baisse, laissant filer une chanson country dans le paysage.

Océ, pourquoi t'es dehors, y fait ben trop frette !

Faut que j'aille au dépanneur.

Embarque, c'est là que j'vas.

Océanne monte dans la voiture. La même vieille Pontiac Grand Prix, la même odeur de fumée de cigarette. Son ancienne gardienne lui adresse un sourire amical en coupant la musique. Elle posera bientôt des questions pour alimenter les potins de la région. Comment va sa mère, son père est-il parti définitivement, pourquoi ses parents se sont séparés, vont-ils mettre la maison en vente, que s'est-il passé avec Lacan ? Océanne répondra en préadolescente, par phrases incomplètes : pas bien / j'pense / sais pas / sais pas / il est mort. Au dépanneur, Océanne déclinera l'offre de se faire conduire jusqu'à chez elle. Pour clarifier la situation, elle dira vouloir marcher pour maigrir. La caissière la félicitera. Un sac de bonbons en poche, elle retournera devant le cadavre du lièvre, fera la prière qu'elle avait récitée pour son chien, incapable de ressentir autre chose qu'une grise tristesse.

VOYAGE À VIDE

La route est meilleure aujourd'hui, plus de neige, un froid brutal qui transforme l'asphalte en longue bande grise parsemée de glace noire. Le vent n'est pas un problème, au grand plaisir d'Émile qui a la poudrerie en horreur. *Demain ça va être chiant...* Émile écoute la radio à faible volume pour ne pas déranger ses trois passagers assis à l'avant de l'autocar. Les prévisions météo étaient sans équivoque : front froid, ciel dégagé, fortes bourrasques de vent, maximum -22 °C, minimum -31 °C, vitesse des vents : 55 km/h, facteur de refroidissement éolien oscillant entre -35 °C et -49 °C. *Un temps à pas mourir dehors... seigneur...*

Ce matin, Émile avait déjeuné en visionnant le film de Sereda avec Dan Aykroyd – le téléchargement s'était complété pendant la nuit. Toast au beurre d'arachide en main, il écouta les arguments des deux hommes, murmura quelques commentaires ; des phrases comme : « Crisse de gouvernement », « Je le savais », « Quand est-ce qu'y vont s'ouvrir les yeux ? » Sans y penser, Émile mangea six toasts, le double qu'il a l'habitude d'avaler. *C'est comme manger devant la télé, on s'en rend pas compte...* Les fils RSS avaient du nouveau à offrir, un disque argenté avait été photographié dans les environs de Sarnia par un père de famille. Il y avait cinq photos d'une belle netteté. L'éclairage fonctionnait, les proportions aussi. *Elles ont l'air vrai... intéressant...* En extra avec les photographies, le témoin avait enregistré une vidéo de son témoignage. Le type avait l'air équilibré, cravate, veston, cheveux courts, bien placés, il disait être parti faire de la raquette dans le boisé au sud de la raffinerie Sunoco. Émile compila les faits du témoignage : ciel gris de fin d'averse neigeuse, proximité d'une usine pétrochimique, absence d'autres témoins oculaires, éclat dans l'œil du type; l'homme affichait une expression à demi confuse, comme s'il se forçait à croire qu'il n'était pas fou, qu'il n'avait pas rêvé. En homme pragmatique, il complétait son témoignage en disant ne pas savoir de quelle origine était ce disque argenté, même s'il n'avait jamais rien vu de comparable.

Doublant une vieille Camry beige, Émile repense à la proximité d'une raffinerie. À lui seul, il a compilé une centaine de photos récentes d'apparitions en de tels lieux. *Ça confirmerait la théorie de Sereda... ils sont là pour observer notre méthode d'empoisonnement... Je me demande s'ils ont l'habitude d'analyser des formes de vies suicidaires comme nous...* Émile regarde l'indicateur de vitesse. L'aiguille approche les 114 km/h, la vitesse maximale autorisée. *Un de plus pis les bœufs peuvent m'arrêter... ils sont drôles... 114 km/h, pourquoi pas 115 km/h, un beau chiffre rond. Je suis mieux de descendre à 110, au moins j'suis sûr de ma vitesse comme ça...*

Depuis la fin des fêtes, le nombre de passagers est tombé à un chiffre quasi ridicule. *Je préfère quand il y a plus d'étudiants... on dirait qu'y sont les seuls à utiliser ma run...* D'expérience, il sait que son autocar sera bondé dès la deuxième semaine de janvier. *Je préfère quand c'est plein, ça conduit mieux quand y'a plus de poids...* Émile jette un œil au rétroviseur intérieur. La dame assise à l'avant s'est endormie, la bouche ouverte, le dentier déplacé. Le type à l'ordinateur regarde le paysage défiler à grande vitesse, il n'a pas retiré les écouteurs de ses oreilles. La troisième, une régulière, est allée prendre le siège E2, comme d'habitude. Avant le départ, la guichetière du terminus de Sherbrooke lui a glissé à l'oreille qu'elle n'avait aucun billet vendu pour le lendemain. « Ça dit que t'en as juste un à Magog. » Émile sait quelle passagère montera à Magog : la petite fille un peu grosse pour son âge. Elle ne lui parle jamais. Ni salutation ni remerciement lorsqu'il contrôle son billet. Elle monte dans l'autocar chaque vendredi à 15 h 30. Elle descend au terminus où l'attend un homme qui lui fait l'accolade. Émile a cru comprendre qu'il s'agit de son père. *Vu la ressemblance pis la manière qu'il l'embrasse... encore une garde partagée...* Même s'il n'est père de personne, Émile aime bien les enfants. *Eux, au moins, ils me croient quand je leur parle...* S'il avait trouvé la femme idéale, il en aurait eu deux, peut-être trois. Il les aurait amenés dans les parcs, au Zoo de Granby, à La Ronde, au hockey. Une fois, Émile y avait songé. Avec Martine, la prof de maternelle. Il l'aimait, elle l'aimait aussi, même si elle croyait que ses histoires de soucoupes volantes étaient des inventions. *Si elle avait été de mon bord, ça aurait marché...* Émile tenta de la convaincre par tous les moyens, jusqu'à celui de passer des nuits entières à observer le ciel, à la recherche d'une preuve. Martine l'avait assuré qu'elle l'aimerait, peu importe ses croyances. Émile savait qu'un amour de ce genre était voué à l'échec. Pas dans l'immédiat, mais sur cinq, dix, quinze ans, il en était sûr. « Je veux pas faire des enfants qui vont avoir des parents divorcés. » Plusieurs années après leur dernière rencontre, il croisa Martine dans une rue de Montréal. Deux jolies fillettes l'accompagnaient. *Je savais que c'était pas la bonne pour moi...*

L'autocar prend la route à destination de Magog. Selon la liste, deux passagers attendent sa venue. Émile a de l'avance sur l'horaire. Il pourra pisser, s'acheter un café et un beigne, peut-être un exemplaire du *Globe and Mail,* un article sur l'apparition de Sarnia est censé y figurer. Émile n'aime pas Magog, ville trop bourgeoise pour ses goûts. Côté ovni, un événement y a été archivé par Danny Cyr, le 22 juillet 1965, une soucoupe de vingt pieds de diamètre aurait plané à deux cents pieds au-dessus du clocher de l'église Saint-Jean-Bosco. Cent témoins, apparition d'hommes en noir la semaine suivante. *Danny Cyr... il dit n'importe quoi... il veut juste attirer l'attention...* Émile approche du terminus où l'attendent deux passagers, des réguliers. Un musicien qui joue dans les bars et une religieuse bavarde. *Par chance que madame Dentier occupe la place des placoteux... ça va me sauver un sermon...* Émile a de la difficulté avec les religieux, particulièrement les catholiques, les musulmans et les Témoins de Jéhovah. Il déteste qu'une personne s'acharne à lui faire comprendre qu'il vénère des idoles de pacotille, qu'il devra un jour revenir près de Dieu, Allah ou Jéhovah pour mieux mourir. *Y sont fatigants.*

Si Émile avait une meilleure perception de lui-même, il pourrait répondre avoir déjà sa religion, une croyance sans dieu, ni messe, ni prière. Il dirait croire aux vérités cachées, à la lumière derrière les complots, aux possibilités de l'inconnu. Peut-être saura-t-il un jour préciser sa vision des choses. Entre-temps, il s'accrochera au volant de son autocar, les yeux devant, le dos droit comme une route sans surprise. *La paix, la paix.*

LE TEMPS DES COUPES

Cette cliente tombait pile. Sept cents dollars de vente. Assez pour prendre le deuxième rang de la semaine. *Ça devrait me donner une chance...* Brigitte reste sur le qui-vive. Les résultats des ventes d'avant Noël étaient en deçà des attentes. Avec les rumeurs de coupes budgétaires d'après-fêtes, elle risque de se trouver avec la tête sur le billot. *À moins qu'ils me transfèrent de magasin... ce serait quasiment pire... déjà qu'y faut que je prenne congé demain pour faire examiner le grain de beauté...* Au départ de sa cliente payante, Brigitte téléphona chez elle pour prendre des nouvelles de William. La blondasse répondit avec une voix d'outre-tombe. Elle disait s'être fait réveiller. En fait, elle terminait un joint en soufflant la fumée dans le visage des enfants, pour les calmer. La fièvre de William était tombée et il morvait abondamment. Les jumeaux jouaient au hockey virtuel dans le salon. Brigitte cumula les impressions désagréables lors de l'appel, elle savait combien cette blondasse pouvait être irresponsable. *Pas le choix... Par chance que demain pis en fin de semaine, il y a Chuck...*

Brigitte ira souper bientôt. Elle est deuxième sur la liste des pauses. Beaucoup de clientes ont visité le magasin. *Un peu trop...* Les trois quarts des piles de vêtements sont défaits, des robes tiennent à leur cintre par une épaule, les cols roulés forment une imposante masse informe sur leur table de présentation. Une fille devrait s'occuper uniquement du pliage et une autre, de la caisse. « C'est ça, pis de même on fera pas de ventes... » : c'était Lyne qui avait osé cette phrase. La gérante l'avait chargée du ramassage/pliage. « Lyne, y faut que quelqu'un ramasse, faut qu'on travaille en équipe, OK. » L'air contrit, Lyne avait obéi aux ordres, sans engouement ni vigueur. Au dîner de la gérante, elle avait repris les ventes. En trente minutes, elle avait vendu pour trois cents dollars. *Comment elle fait... c'est une vraie machine...*

La gérante est de nouveau en pause repas. C'est Brigitte qui a le contrôle du magasin. Elle regarde Lyne qui tente de vendre un horrible manteau à une vieille dame ainsi qu'un tailleur rose à une obèse. Si elle réussit ces ventes, Lyne la devancera au classement du jour, à moins que cette nouvelle cliente (femme, cinquante-quatre ans, cheveux courts, manteau long, marche rapide, air décidé) ne vienne changer la donne. Brigitte s'approche en arborant son traditionnel sourire. La cliente ne lui laisse pas le temps de s'introduire. « Bonjour, je cherche Brigitte. »

Oui, c'est moi.

Une amie m'a dit que vous aviez des jeans qui font un maudit beau cul.

Brigitte repense à sa cliente de sept cents dollars qui lui avait assuré qu'elle en parlerait à une amie.

Oui, c'est par ici.

Brigitte accompagne la cliente au fond du magasin où sont empilées des dizaines de jeans. Cette cliente ressemble à la première, avec vingt ans de plus. *Même genre de femme, même stress, même attitude pressée... elle doit être dans l'immobilier... pourquoi ces gens-là n'ont jamais de temps ? Parce que le temps, c'est de l'argent ? S'ils n'ont pas de temps, ils font plus d'argent ? Je comprends pas...*

Mon Dieu, c'est vrai qu'y font un beau cul... T'en as en combien de couleurs ?

Noir, gris foncé, gris pâle, bleu très foncé, bleu foncé, bleu classique, bleu clair, brun foncé, brun clair et, je sais pas s'il m'en reste... ah oui, blanc.

J'en prends un de chaque.

Brigitte sourit. *Il y a un bon Dieu pour moi aujourd'hui...* À quatre-vingts dollars le jeans, ça fera une vente de huit cents dollars. Par bonheur, elle a la taille requise dans chaque couleur. *Vraiment un bon Dieu...* La cliente regarde sa pile de jeans sans vraiment les voir, l'esprit submergé par un stress devenu normal. À la présentation de la carte de crédit, elle regarde Brigitte dans les yeux assez longtemps pour ressentir un apaisement.

Je m'excuse de vous demander ça... selon vous, de quoi j'aurais l'air sans cheveux ?

Brigitte hésite à lui répondre. *Une femme qui demande ça, c'est parce qu'elle va commencer un traitement de chimio... Faut que je l'encourage, c'est la seule chose que je peux lui donner...*

Vous auriez l'air d'une combattante.

La cliente sourit sans triomphe. Elle prend le stylo qui traîne sur le comptoir et signe la facture.

Au moins, je vais être confortable dans mes nouveaux jeans...

Une combattante avec un maudit beau cul.

Cette fois, la cliente laisse filer un rire qui brise son stress. Brigitte découvre un visage de jeune fille usé par la vitesse des années. Brigitte pose une main contre la sienne, fraîche, au revers moite. « Venez me voir quand vous aurez gagné, soyez pas inquiète, vous êtes pas du genre à perdre. » La cliente opine du chef en mouillant ses lèvres.

Lydia avait raison, vous êtes vraiment une bonne personne. On se revoit dans trois mois.

Brigitte sent une chaleur émaner de son plexus, comme si un minuscule soleil était venu s'y loger.

S'cuse Bri...

C'est Lyne. Elle n'a pas réussi à vendre le tailleur rose et la vieille dame au manteau a quitté le magasin sans donner d'explication. « Tu peux sortir le chiffre des ventes ? » Brigitte entre son code. Un ruban de papier blanc imprimé bleu sort de la caisse. En tête trône la vendeuse 08 (Brigitte) avec deux mille cent huit dollars, Lyne (vendeuse 12) se trouve en deuxième position avec sept cent deux dollars. En simultanée, elles tournent leur tête en direction de Suzie (vendeuse 04) qui n'a pas dépassé les trois cents dollars. Lyne tourne ses yeux vers ceux de Brigitte. Elles peuvent respirer à leur aise. Lyne regarde les piles de vêtements en désordre. La situation frise le ridicule. « J'pense que j'vais ramasser... sinon la gérante va croire que je me suis pogné le cul... »

Je vais juste lui dire qu'on a eu plein de clientes en même temps, elle va comprendre.

Suzie file à l'arrière-boutique pour chercher un article manquant. Lyne revient à côté de Brigitte qui n'a pas quitté la caisse.

Quand même, pauvre elle... Au moins, elle a pas d'enfants.

Brigitte hausse les épaules. Le magasin s'est vidé, à l'exception de la cliente qui attend le retour de Suzie. Brigitte prend le téléphone, compose son numéro. La blondasse laisse sonner sept fois avant de décrocher, puis répond avec la même voix empâtée. William continue de morver, les jumeaux en sont à leur quatrième heure consécutive de hockey virtuel. Brigitte regarde sa montre. Sa journée de travail n'est qu'à moitié finie. *Maudite blondasse... il faut que je trouve une autre gardienne de remplacement...*

PRÉLIMINAIRES

Martin se demande si cette fille gothique voudra de lui. Il n'a rien de gothique, mis à part ses cheveux teints en noir, ses vêtements souvent noirs et le piercing à son sourcil gauche. *Je suis plus emo que gothique, me semble...* Il n'écoute pas cette musique, ne fréquente personne de ce genre. Gothdream91 ne s'en formalise pas. Elle apprécie même l'étonnante mécanique qui permettra leur rencontre. Martin est en échange webcam avec elle depuis une heure – il s'est levé trois heures plus tôt, énergisé par le dégagement de ses sinus et la disparition de sa toux. Il vient d'envoyer sa vidéo de vitesse, cette séquence de quatre minutes où il a fait monter le compteur de la Subaru jusqu'à 210 km/h. Il raconte comment il s'y est pris pour capter la route et l'indicateur de vitesse. «Genre, y'a fallu que j'installe un pas pire système; j'ai pris ma caméra, j'ai boosté la résolution au max, je l'ai attachée avec une bande élastique autour de ma poitrine. Y fallait que j'me tienne full droit, sinon, on voyait pas la route, c'était rushant, surtout pour changer les vitesses.»

Gothdream91, le visage lourdement maquillé, écarquille les yeux en regardant la vidéo sur son écran, seule source lumineuse de son appartement montréalais. «C'est malade, man... t'allais full vite. C'est quoi le genre de vibration qui revient tout le temps ? La route avait des bosses ? »

Martin sourit. Lui aussi avait pensé que la route avait induit ce mouvement de caméra. « Ben non, la route était super lisse. C'est mon cœur qui battait full fort. C'est débile, hein ? »

Gothdream91 change d'expression, elle semble touchée par cette confidence. Elle hésite avant de parler, comme si elle voulait s'assurer de la précision de sa réponse. « Wow, je vois ton cœur battre… C'est hot, ça. »

Martin ne s'attendait pas à cette réaction. *C'est ça les filles, tu leur montres une vidéo d'un char qui roule au maximum, pis elles, elles voient ton cœur qui bat…* Gothdream91 poursuit : « T'as-tu eu peur ? Moi quand mon cœur va vite de même, soit j'ai la chienne, soit je baise, soit j'ai trop fumé de pot. »

Cool, elle fume, j'vais appeler Rougeau, il va pouvoir m'en livrer au Tim cette nuit… « Non, j'avais pas peur, pas pantoute. Je me sentais super vivant, comme si j'étais plus fort que tout. Un méchant rush de malade. »

Gothdream91 tire une cigarette d'un paquet. La pierre usée de son briquet l'oblige à répéter trois fois l'allumage. « Combien qu'y t'a coûté, ton char ? Me semble, pour aller vite de même, ça doit coûter cher. »

Martin ne saurait le dire avec précision. Il se souvient du prix d'achat, mais pas de celui de la multitude d'accessoires ajoutés. « Je sais pas, quarante, quarante-cinq mille. »

Après la mention de ce montant, la conversation suit un fil connu. Gothdream91 pose des questions sur la fortune de Martin. Elle dit qu'il a une chance incroyable, elle parle de sa situation précaire d'étudiante en sciences humaines, de ses questionnements sur l'avenir, sur le travail qu'elle aimerait faire (n'importe quoi ayant rapport avec la musique), sur les pays qu'elle souhaite visiter. Échange de routine entre solitudes à distance, rien d'étonnant ni de nouveau. *J'pense que j'vais prendre ma douche...*

Eille, j'ai comme une idée un peu *wild*...

Gothdream91 enroule une mèche de cheveux noirs autour de son index. Son visage a pris une expression nouvelle.

Il faut que je sois certaine que tu me trouves de ton goût... Parce que moi, je veux vraiment baiser avec toi demain soir.

Martin recule sur le dossier de sa chaise. Cette fille est la première qu'il entend parler de sexe d'une manière si explicite. « C'est fou, on dirait que pour toi, le cul c'est aussi banal que de prendre une bière ou de fumer un joint. »

Ça te dérange ?

Non, j'pense que j'suis pas habitué... c'est cool.

Ça fait qu'on va baiser demain ?

Martin rigole en baissant les yeux. « Oui, oui, on va baiser. »

Le visage de Gothdream91 affiche un franc sourire, le plus beau qu'elle ait offert depuis le début de la session. « J'ai pensé qu'on pourrait se réchauffer un peu avant de se voir... » Avant d'attendre une réaction de Martin, elle retire son chandail, révèle un soutien-gorge noir. Martin balaye sa chambre du regard comme si sa solitude était soudainement menacée. Gothdream91 enlève le soutien-gorge, libère des seins de taille moyenne aux aréoles presque aussi claires que sa peau. Le mamelon gauche est orné d'un anneau argenté. « À ton tour. » Martin regarde de nouveau autour de lui, incrédule. *Je peux pas croire que je fais ça...* Il retire son t-shirt noir de la manière la plus délicate possible. Gothdream91 réagit aussitôt. « Wow, t'es super beau, j'aime ça les gars minces avec des petits muscles découpés... » Elle recule sur sa chaise et son image diminue. Elle déboutonne son jeans en regardant sa caméra. Martin bascule en mode plein écran. *Elle porte pas de culotte, cochonne...* « À toi... » Martin regarde cette fille en image qui se caresse la fente à deux doigts. Il sait que cette fille est jolie, bien dessinée par la nature. Il sait que ses seins sont de la taille idéale pour ses mains, que son pubis rasé lui permettra de mieux lécher ce sexe d'une pâleur similaire aux aréoles. Martin comprend ceci, mais ne le ressent pas. Pour éviter d'éveiller les soupçons de Gothdream91, il retire caleçon et jeans d'un geste. « Hum... tu bandes déjà... c'est cool ça... » Pour être juste, Martin bande à moitié – sa verge peut facilement gagner cinq centimètres. « Touche-toi... je veux te voir jouir à distance... »

Gothdream91 enfonce deux doigts en voyant Martin se branler d'une main. Sa poitrine blanche se soulève, signalant une intensification notoire de son plaisir. « J'ai tellement hâte à demain soir... t'es sûr que tu peux pas venir me voir tout de suite... regarde j'suis toute mouillée... »

Je travaille dans... shit, y faut que j'parte dans dix minutes !

Gothdream91 interrompt son activité masturbatoire, puis éclate d'un rire quasi enfantin. « J'te fais de l'effet pour vrai... tu vois plus le temps passer. » En réalité, Martin a plus d'une heure devant lui. Il n'a pas envie d'expliquer à cette fille qu'il ne jouit qu'en se branlant les yeux fermés. *Pis j'ai plus d'huile, en plus.* Gothdream91 approche de sa webcam. Martin ne voit plus que son visage. « Bon ben, j'pense que je vais te dire à demain... tiens, prend ça pour emporter. » Il voit la bouche de sa future baise envahir l'écran de son ordinateur. Deux lèvres noires effleurent un objectif de webcam, cent kilomètres plus loin. Cette fois, Martin ressent quelque chose. Il adore être embrassé. « À demain. »

À demain.

2

Le livre de l’impuissance

La route était déjà presque invisible. Le vent tourbillonnait sur toute la campagne, et l'on ne distinguait pas la ligne de jonction entre le ciel et la terre.

LÉON TOLSTOÏ,
Maître et serviteur

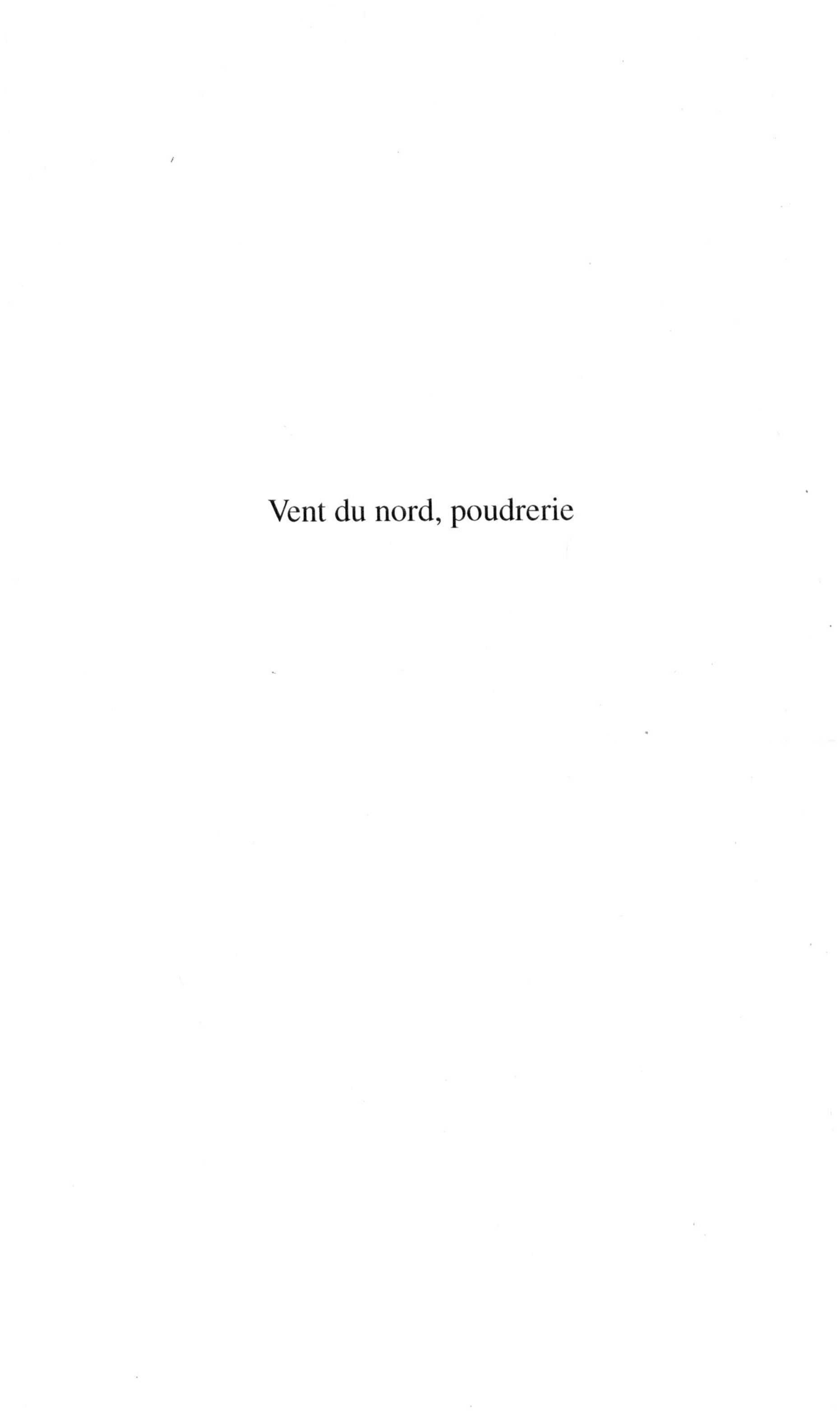

Vent du nord, poudrerie

Fiona Tremblay, Ford F-150

Le siège passager du pick-up est chargé de cadeaux. La famille s'était sentie coupable d'accueillir Fiona les mains vides. Parents, oncles, tantes avaient pris d'assaut les magasins dès le Boxing Day. Fiona n'avait pas été si gâtée depuis l'enfance. L'immense sac-poubelle contenant ses présents sera laissé tel quel à l'appartement de Trenton. *Sauf pour les livres, ça fera du bien d'avoir de la nouvelle lecture...* Fiona a perdu l'habitude de la conduite hivernale. Le pavé glacé, les buttes de poudrerie s'étirant en travers de la route, les forts vents latéraux, le pick-up encore sur ses pneus quatre saisons – elle ne devait pas revenir d'Afghanistan avant la fin de l'hiver. Fiona garde le pied léger sur l'accélérateur, faisant fi de cette file de voitures qui jouent du frein derrière elle. Si ce n'était du carambolage qui eut lieu en début d'après-midi sur l'autoroute 10, Fiona filerait à 100 km/h. Elle avait écouté les nouvelles de 14 h sur la radio du F-150. L'accident monstre impliquerait une trentaine de véhicules. Des morts, plusieurs blessés, un long tronçon d'autoroute fermé pour la journée. Il restait la route 112 comme option viable. Un chemin qu'elle connaît mal. *Rougemont... ah oui, le village des pommes, ça a l'air joli...* La route s'est dédoublée il y a une centaine de mètres. La file de véhicules qu'elle bloquait a glissé dans la voie de gauche. Dans son rétroviseur latéral, elle voit une vieille Honda déglinguée suivie d'un semi-remorque. Fiona serre le volant par anticipation du passage du poids lourd. Derrière, une vieille Hyundai à la suspension molle suit à une distance raisonnable. Plus loin, un autocar blanc et orange. *Pourtant, je roule à la limite... les gens sont pas prudents...* Derrière l'autocar, Fiona voit une rutilante Subaru. Son conducteur a l'air excédé par la lenteur de la colonne de véhicules. *Ils roulent vraiment vite...*

Dans le rétroviseur, plus rien sinon la route fuyant en sens inverse vers un ciel gris sombre. Le disque dans le lecteur en est à sa dernière chanson, Fiona devra le changer bientôt. *Je pense que j'vais mettre du Led Zeppelin... Ça fait longtemps...*

Jacques Samson, Chrysler 300

Le temps est variable à l'approche du coucher de soleil. À l'occasion, des bandes de poudrerie masquent la vue. Dans la lunette arrière, la couleur pêche crème des nuages suggère qu'il reste moins de dix minutes de clarté. *À peine passé 16 h, déprimant... avec ce temps de congélateur, rien pour aider...* Jacques presse son chauffeur de minimiser les risques. Les deux hommes échangent peu de mots. Dans l'habitacle maintenu à 20 °C par le thermostat, des études pour piano de Ligeti font vibrer l'air de la Chrysler 300. Jacques voit défiler son ancienne route du retour. Celle qu'il suivait avec ses parents lorsqu'ils revenaient des expéditions à Montréal. Il se rappelle la banquette arrière de la Plymouth Belvedere 1957, aussi confortable dans ses souvenirs que son actuel siège de luxe. *Ça doit faire dix ans que je suis passé par la 112... c'est presque comme avant...*

Vous vous en tirez, Yvan ?

Ça va, Monsieur. Je crois que nous aurons du retard. Vous feriez mieux d'attacher votre ceinture.

Bonne idée.

La voiture traverse une brève bande de poudrerie qui voile une vaste part du paysage assombri. Jacques sent la Chrysler décélérer. Il sort son BlackBerry de la poche intérieure de sa pelisse de vison, posée à côté, sur la banquette. Par courriel, Tamara lui souhaite que sa mère se porte mieux que dans ses cauchemars. Le premier ministre lui demande d'être à Ottawa demain midi. Le parti cherche des ministres pour un souper-bénéfice à Toronto.

La poudrerie s'est amoindrie, Jacques voit une maison inchangée depuis son enfance. Mêmes pignons, même toiture de tôle, mêmes fenêtres blanches aux cadres de bois. Il sourit, sans s'interroger sur l'aspect rassérénant de cette vision. Une nouvelle bande de poudrerie recouvre la Chrysler, plus dense. Yvan relâche l'accélérateur, effleure le frein, allume les feux de hasard. Jacques allonge le cou pour constater la perte totale de visibilité. Un bref mouvement de glisse sur la gauche se fait sentir.

MONSIEUR ATT…

Jacques est frappé au visage par un coussin blanc à forte odeur de plastique. Il échappe son BlackBerry.

Jamel Nazari, Honda Civic *hatchback* (vétuste)

Si une tempête avait fait rage, Jamel aurait refusé. Mais puisque Michel payait cent dollars en plus de l'essence, la menace de poudrerie ne l'avait pas plus effrayé que cette nouvelle d'un carambolage sur l'autoroute 10. Jamel devait cueillir le frère de Michel à l'aéroport Trudeau à 17 h 30. *Avec cent dollars, je vais pouvoir me payer ce nouveau manteau... changer ce foutu truc acheté à l'Armée du Salut...* La Honda tenait bien la route. Démarrage instantané. Le système de chauffage au maximum, le volant entre ses doigts gantés, Jamel avait mis les gaz vers l'ouest. *Je commence à la maîtriser, cette maudite saison...* Coincé derrière un pick-up F-150 pendant plus de quinze minutes, à bout de patience, il effectua son unique dépassement en croisant la pancarte du village de Rougemont. Les bourrasques de vent l'obligeaient à corriger sa trajectoire sans relâche. À 110 km/h, il crut sage de ne pas appuyer davantage sur l'accélérateur. La route, réduite à une voie depuis quelques kilomètres, repassa à deux voies. Cette fois, Jamel se trouvait en tête de file, suivi de loin par un semiremorque. Tant à la gauche qu'à la droite, Jamel voyait des arbres nus, gelés debout dans cette fin de journée polaire. Il discerna une pancarte rétroéclairée, de celles où l'on place les lettres une à une, comme sur les marquises des théâtres. *Danseuses nues... La Caboose... c'est pas possible un trou pareil...* Au-delà de ce bar, la forêt faisait place à de vastes champs neigeux que Jamel eut à peine le temps d'apercevoir. Il sentit d'abord un important coup de vent venu de la droite puis, comme si un nuage s'était téléporté sur la route, la visibilité fut réduite à zéro. D'instinct, Jamel leva le pied sans toucher le frein. *Il y a sûrement de la glace noire...* Et ce fut l'impact. Jamel ne vit presque rien. Un phare de voiture déchira la bande de poudrerie, s'enfonça dans sa portière, broya la jambe gauche jusqu'à la hanche, la droite jusqu'au genou. Sa tête heurta le cadre de la portière. Un goût ferreux lui vint à la bouche, puis il perdit conscience.

Si Jamel était éveillé, il sentirait la somme de douleur que sont devenus ses membres inférieurs. Il paniquerait à la vue de ce sang rouge, chaud, fumant qui s'échappe de ses nombreuses lacérations. Il en déduirait qu'il a perdu une jambe. Qu'il en crèvera, peut-être. Mais Jamel, les yeux clos, est paisible comme un dormeur ensanglanté. Il restera dans cet état encore quelques secondes.

Nadine Riel, Volkswagen New Beetle

Nadine écoute du *trance* à plein volume pour l'aider à se concentrer sur la route. Elle déteste conduire à cette heure entre jour et nuit. *Déjà que je connais pas le chemin...* En temps normal, Nadine ne prend pas de clients *outcall*. Elle ne le fait que pour ceux avec qui le massage mérite une définition élargie. Pourquoi ce client était à Granby aujourd'hui ? Pourquoi l'avait-il commandée pour une journée complète (cinq cents dollars, sans parler des extras et des frais de déplacement) ? Nadine n'en a aucune idée. *Il doit avoir un congrès de quelque chose et il s'ennuie à mourir... peut-être qu'il fait pas confiance aux filles du coin...* Le client avait téléphoné au salon à 14 h. Elle venait de terminer une séance régulière avec un nouveau client (massage et branlette, sans plus). Aucun rendez-vous n'était noté dans sa colonne horaire. Elle hésita pour la forme, histoire de ne pas transformer ces extravagances en habitude. « OK, mais c'est vraiment exceptionnel. »

La New Beetle de Nadine est ballottée dans le vent du nord comme un vulgaire papillon de nuit. La Chrysler noire qu'elle suivait de loin s'est engouffrée dans un mur gris d'une opacité inquiétante. Nadine baisse le son du lecteur CD, avance la tête vers le pare-brise en plissant les yeux. Elle discerne des feux de hasard au loin, sans savoir s'ils se trouvent dans l'autre voie ou sur l'accotement. Elle écrase la pédale de frein. Un réflexe. *Maudite marde !* L'arrière de la New Beetle amorce un dérapage. La voiture se retrouve perpendiculaire à la route, toujours en glisse.

Nadine ne voit plus les feux de hasard. *Je l'ai peut-être évitée... Ah câlisse!* L'aile arrière gauche percute le pare-choc de la Chrysler, l'impact ramène légèrement le nez de la voiture dans la bonne direction. La New Beetle ne bouge plus. Le cœur de Nadine bat comme un tambour. *OK, OK, c'est pas grave... c'est pas grave...* Elle n'a pas remarqué le moteur qui vient de caler, la transmission qui s'est bloquée en quatrième vitesse. Elle appuie sur l'accélérateur. «CRISSE!» Tourne la clé. «HOSTIE!» *Pognée icitte... j'vais être super en retard... faut que je l'appelle...* Nadine tient le volant de la main gauche, et de la droite, elle prend son cellulaire dans un compartiment du tableau de bord. Elle appuie sur le bouton de recomposition automatique, laisse sonner. «Oui, Louis, c'est Nadine. Écoute je viens d'avoir un accident, je vais pas pouvoir êtr...

Lydia Champoux-Foisy, Infiniti FX45

C'est pas de la petite poudrerie qui va me faire des misères... Lydia file à bonne allure. Elle se fie aux quatre roues motrices et à la haute cote de sécurité de son FX45 pour se tirer d'affaire. Sans parler du fait qu'elle connaît cette route comme le fond de sa poche. *Avec toutes les fermettes que j'ai vendues dans le coin, je pense que je pourrais faire la 112 en dormant...* Devant, une bande grise avale la route, rectiligne à cet endroit. Lydia allume ses phares antibrouillards sans relâcher la pression sur l'accélérateur. Son iPhone sonne. D'un coup d'œil, elle reconnaît l'identifiant de Justin. Lydia tend le bras pour attraper l'objet, touche l'écran tactile du bout de l'index, accroche l'activation d'appel alors qu'elle voulait fermer la sonnerie. «FUCK!»

À une trentaine de kilomètres à l'ouest, Justin entend la voix distante de sa femme. Par le combiné de plastique noir de son téléphone à cadran, il entend un cri suivi d'une sonorité suggérant un gonflement. Justin crie le nom de sa femme dans le micro du téléphone. Lydia ne répondra pas. Elle replace ses lunettes déplacées par le contact avec le coussin gonflable. Elle ne comprend pas ce qui vient d'arriver, elle a heurté quelque chose. *Mais quoi ?*

Ce que Lydia ne voit pas, c'est l'aile avant droite du FX45, profondément enfoncée dans la portière passager d'une New Beetle ayant tamponné une Chrysler 300, elle-même encastrée dans une Honda Civic. Lydia ne voit pas la route bloquée dans les deux directions par cet amas de cinq véhicules, cinq car la Yaris qui la suivait a cogné contre la portière conducteur de la Chrysler. Dans la bulle luxueuse de son FX45, Lydia n'a entendu qu'un bruit de ferraille trop lointain pour être menaçant. *Faut que je bouge d'ici.*

Sam Wang, Toyota Yaris *hatchback*

Sam suivait ce FX45 à distance raisonnable. Il calculait que s'il y avait péril en amont, il aurait le temps de réaction nécessaire. Sam avait omis de considérer la patinoire de poudrerie compactée sous les pneus de sa voiture poids plume. En décélérant par rétrogradage, tout en appuyant sur les freins par petits coups, la Yaris est partie en glissant sur la voie de gauche pour aboutir dans la portière d'une Chrysler 300. Le déploiement instantané du coussin gonflable lui a échauffé le visage. Sam regarde autour pour remettre ses idées en place. Il voit le devant de sa Yaris plié en accordéon, encastré dans deux voitures. À sa droite, il croit voir le FX45 qui tente de se dégager sans succès en faisant marche arrière. Une intuition le foudroie, trop rapide pour être mise en mots. Il doit sortir, maintenant. *Tout de suite...* Sam appuie sur le bouton pour relâcher la ceinture de sécurité. *Non...* La ceinture est coincée, tout comme ses jambes, sous le tableau de bord affaissé. L'adrénaline envahit son organisme. *Faut sortir...* D'une main Sam pousse sur le tableau de bord en priant pour que la ceinture réussisse à se dégager. Le déclic du mécanisme parvient à son oreille. La ceinture s'amollit. *Enfin...* Sam soulève le levier d'ouverture de sa portière. Coincée... L'air glacé qui frappe sa joue lui signale que la vitre a éclaté. Sam remonte ses jambes endolories vers le siège, passe la tête par la fenêtre, le tronc, les hanches. *Vite...* D'une vive poussée des mollets, il saute hors de sa voiture, roule vers l'accotement. Comme il relève la tête, Sam entend un rugissement mécanique suivi d'un immense bruit râpeux. Une dizaine de pneus glissant sur la neige compacte. « SHIT ! » Sam voit un fantomatique semi-remorque percuter les voitures dans un capharnaüm de métal tordu. *Fuck... fuck...*

Finch Clayton, Freightliner Classic XL
(Joyce Forever)

Finch commençait à croire qu'il aurait mieux fait de rester plus longtemps au restaurant, de prendre une seconde part de tarte au sucre, de réchauffer son café. Il avait été contraint de prendre la 112, une route qu'il n'avait jamais essayée. Un vieux chemin qui relie villes et villages, toujours en traversant leur centre. Le Joyce Forever se retrouva sur cette route après qu'il eut reçu un avis de carambolage sur l'autoroute 10. Finch balayait la bande publique en roulant sans hâte dans la voie de droite. Au canal 13, BigFoot fit rapport d'un accident monstre à la hauteur de L'Ange-Gardien. Il disait être pris dans une file de plusieurs milles. Finch jeta un œil au GPS, préféra sortir avant Granby, histoire de ne prendre aucun risque.

Tant sur la 112 que sur la 10, la poudrerie occasionnelle l'obligeait à ralentir. De l'intérieur, ces bandes grises comme du vieux gruau effaçaient la route. *Darn grey out...* Finch roulait franc aux abords de Rougemont (cinquante-cinq *miles per hour*). Le petit mont, au nord de la route, atténuait la violence des vents. Dans cette zone d'aisance, il alla jusqu'à se payer le dépassement d'un pick-up. Finch se félicita lorsqu'il vit la route se rétrécir après le village. Il gagnerait du temps. Si la visibilité restait bonne, il pourrait regagner l'autoroute par la 133. *Shoot... I knew it could not stay that way...* La vieille Honda qui roulait devant disparut dans une autre bande de poudrerie, particulièrement épaisse. Finch plissa les paupières, rétrograda, activa le frein Jacobs. Le Joyce Forever émit une puissante pétarade mécanique à l'ouverture des soupapes. Incapable de voir la Honda, Finch appuya sur le bouton des feux de hasard, baissa le volume de la musique (« *Fracture* » de King Crimson).

GOD DAMN IT !

Finch a entrevu la route bloquée par un carambolage en formation. Plus précisément, il a vu des lumières figées dans le gris. Son corps réagit par automatisme. Il braque à gauche, applique les freins. Les roues de la semi-remorque se bloquent en même temps que celles du Joyce Forever. Finch glisse, les dents serrées, les veines saillantes dans le cou, sur le front, sur les tempes. *Please God...* Le semi-remorque est hors de contrôle, plié à 45°. Finch sait qu'il tapera les voitures avec force. Il espère seulement ne pas se mettre en portefeuille et verser sur le côté, comme son ami de l'Ohio Trucking Company sur l'autoroute 20, l'hiver dernier. Finch ne sent pas que son chargement de fenêtres prend le contrôle de la cabine. Ses dix-huit roues glissent pendant quatre longues secondes.

Premier contact : direct, le nez du Joyce Forever tape une New Beetle déjà enfoncée par un FX45.

Second contact : le coin de la remorque arrache le toit d'une Chrysler 300.

Troisième contact : le milieu de la remorque enfonce le toit d'une Honda Civic jusqu'à la tête du passager. *Please God...*

Nadine Riel, quinze secondes plus tôt

Même si elle était sonnée, Nadine se disait qu'elle ferait mieux de sortir avant que d'autres véhicules ne frappent. Elle regardait en direction du FX45 dont le parechoc allait jusqu'à l'arbre de transmission. Du semi-remorque, elle n'a entendu que le bruit du frein Jacobs se rapprocher. *C'est quoi ça ?*

Dans l'ordre, le coin droit du large parechoc du Joyce Forever heurte sa portière. La vitre explose en grenaille. L'immense poussée plaque Nadine contre l'autre portière déformée par le FX45. Nadine ne perd pas conscience. Elle sent ses os craquer à plusieurs endroits. Les bras, les jambes, les hanches, le dos, le cou. L'espace entre le FX45 et le Joyce Forever rétrécit à vue d'œil. Du sang éclabousse l'intérieur du pare-brise fissuré de partout. La musique ne joue plus. Nadine n'a pas autant mal qu'elle a sommeil. Un immense sommeil. *Peut-être que c'est ça, mourir...* Nadine baisse les paupières. *Dormir, mourir, dormir, mourir... c'est juste fermer les yeux...*

Jacques Samson, quinze secondes plus tôt

Après le deuxième impact, Jacques a senti quelque chose frapper son crâne. Il a porté la main à ses cheveux et a palpé une chaude humidité qu'il préféra ne pas identifier. Yvan était plus mal en point. Il s'était détaché pour sortir. Le deuxième impact l'a projeté tête première contre la portière passager. Selon ce que Jacques peut voir, Yvan a le cou tordu, le corps inerte. *Il est peut-être mort...* Jacques fouilla sa poche de manteau, oubliant qu'il avait échappé son BlackBerry au premier impact. Ses mains tremblaient. *Où il est... c'est pas vrai...* Un bruit attira son attention, un rugissement. Ses yeux se vitrifièrent, il enfonça les ongles dans le cuir du siège. *NON!*

Le coin de la semi-remorque du Joyce Forever arrache le toit de la Chrysler. Yvan disparaît sous des replis de tôle froissée. Jacques recule aussi loin que l'habitacle déformé le lui permet. Par miracle, le poids lourd s'immobilise à trente centimètres de son visage. Il est coincé. *Vivant...*

Jamel Nazari, quinze secondes plus tôt

C'est le bruit du frein Jacobs qui a réveillé Jamel. Sitôt ses yeux ouverts, la douleur à ses jambes tendit chaque muscle de son visage, comme si le moindre millimètre cube de chair était devenu brûlures.

À L'AIDE... AU SECOURS...

Personne n'entend Jamel. Rien ne peut couvrir ce fracas métallique. La semi-remorque du Joyce Forever touche l'arrière de sa voiture, fait éclater la vitre du hayon, relève le toit comme s'il était le couvercle d'une boîte de sardines. Jamel penche son corps contre le volant, incapable de bouger autre chose. La remorque ralentit. Elle touche l'arrière de son siège, arrache sa base, comprime la poitrine de Jamel contre le volant déformé par la première collision. «À l'aide… au secours…» La voix de Jamel perd sa puissance. Respirer fait mal. Presque plus d'espace parmi le métal tordu, le plastique cassé, le tissu déchiré. *Doucement… doucement…* La remorque s'immobilise. *OK, OK…*

Véronique Choinière, Hyundai Accent (vieille)

Véronique grogne encore à la pensée de ce semi-remorque qui l'a dépassée après Saint-Césaire. Avec ces turbulences et ce vent latéral, elle a failli perdre le contrôle. Elle s'attend à retrouver ce chauffard quelque part dans le paysage. Elle a remarqué la plaque d'immatriculation du New Hampshire. *Les Américains, ça se pense tout permis…* C'est avec une joie sadique qu'elle a brièvement vu ce véhicule, immobilisé en travers de la route dans une brève éclaircie de poudrerie. *Gros cave, j'le savais…* Véronique décélère et braque à droite pour éviter de percuter le semi-remorque immobile. «Eh shit!» Sa vieille Hyundai répond mal. Les pneus braqués à droite, elle file droit. Véronique donne des coups saccadés sur le frein. «Fuck!» En désespoir de cause, elle rétrograde sa transmission automatique jusqu'à la première vitesse, compresse le moteur au maximum, enfonce l'accélérateur. *Come on…* La Hyundai s'oriente vers la droite, non sans misère et avec du retard. Elle termine sa course à l'arrière du semi-remorque. Le sac gonflable se déploie sans véritable utilité. La ceinture l'a plaquée contre le siège. Véronique lève les yeux pour évaluer les dommages. Le moteur fait un bruit de mort prochaine. L'aile gauche est kaput. Tous les voyants du tableau de bord scintillent. Véronique lève les yeux au ciel. Elle aura du retard pour son rendez-vous avec le galeriste. *Je devrais l'appeler...* Cellulaire en main, elle remarque la présence d'un message texte. *Super, il peut pas... il remet à demain... parfait... ça veut dire que j'ai scrappé mon char pour rien...* Véronique referme son cellulaire, le dépose dans un porte-gobelet, prend sa tuque, ses gants, son foulard, remonte la fermeture éclair de son manteau. Elle tente une sortie par la portière (coincée) et sort du côté passager. Le vent est glacial, chargé d'une poussière de neige qui râpe la peau laissée à découvert. Véronique contourne l'avant du semi-remorque. Elle plisse les paupières pour mieux discerner les formes qu'elle croit voir. Des voitures, beaucoup de voitures. «Oh mon Dieu...» Elle voit un autre véhicule s'ajouter à très grande vitesse au carambolage. *Il doit y avoir des blessés, c'est sûr...* Véronique court à sa Hyundai, saisit son cellulaire, patiente de longues secondes pour accrocher un réseau. Dès qu'elle voit une barre apparaître sur l'indicateur de signal, Véronique signale le 9-1-1. Elle tient son cellulaire avec tant de force qu'elle le brisera avant la fin de l'appel.

André Soucy, Audi A4

André a cru voir des silhouettes humaines se faire avaler par une rafale de poudrerie. Ensuite, ce furent les voitures, trois ou quatre, il n'en est pas certain. À peine le temps de braquer le volant à gauche pour éviter un FX45, qu'il frappait l'arrière d'une New Beetle et d'une Chrysler 300. André roulait passablement au-dessus de la limite. Malgré son freinage d'urgence, il percuta les voitures à plus de 90 km/h.

André reprend son souffle. Le coussin gonflable donne une saveur de condom à cette bouffée d'air. L'angle de l'Audi s'est modifié. Du pare-brise fissuré, il entrevoit les lignes floues de ce qui semble être un semi-remorque immobile. *Je vois pas clair...* André a perdu un verre de contact lors du déploiement du coussin gonflable. Ses chevilles sont douloureuses. Il tente de mettre du poids sur l'une d'entre elles. « Fuck ! » Sa cheville gauche est cassée. *La droite doit pas être mieux...*

Jacques Samson, vingt secondes plus tôt

Jacques s'inquiète de la lenteur des secours. Plus ils tardent, plus les collisions risquent de s'accumuler. La bande de poudrerie voile toujours la route bloquée par le carambolage. Jacques a réussi à toucher la jambe d'Yvan de la pointe de son soulier. Son chauffeur n'a rien bougé. Le froid s'insinue dans l'habitacle, Jacques en sent la morsure un peu partout sur son corps sans manteau. Il n'a pas d'autre choix que d'attendre les secours. Les pompiers, les pinces de désincarcération. *J'ai pas un bon feeling.* Une voiture tape à l'arrière. Elle monte sur la Chrysler tel un cheval en rut. Ce qui restait de la cage de sécurité est arraché. Jacques n'a pas le temps de penser. Il reçoit un solide coup de parechoc sur le côté du crâne. Le coin de la semi-remorque absorbe la grande partie de l'impact, autrement c'était la décapitation. Jacques tourne de l'œil. Il est sonné, ses paupières frétillent comme s'il rêvait. Du sang s'échappe de sa bouche. Ses incisives ont tranché le bout de sa langue. L'une d'entre elles s'est fissurée. Jacques revient à lui, ce goût de sang l'empêche de se perdre dans les limbes.

Nadine Riel

Nadine n'a rien senti ni entendu. Son corps lutte pour sa survie au meilleur de ses capacités. Son cœur a ralenti, sa respiration s'est amincie. Les hémorragies sont essentiellement internes. Une de ses côtes a perforé son estomac. Sa hanche fracturée en plusieurs points ne retient plus la jambe gauche. Une fracture ouverte déforme son bras gauche. Sa colonne vertébrale est brisée aux vertèbres lombaires et cervicales. Sa fracture du crâne induit une pression constante sur son lobe pariétal. Si une équipe chirurgicale chevronnée ne se met pas au travail dans l'heure qui suit, Nadine mourra. Sitôt les secours arrivés, elle sera le cas prioritaire.

Sam Wang

Sam eut à peine remarqué une silhouette à côté du semi-remorque qu'il vit un chauffard foncer dans le tas. *Comme s'il avait jamais freiné... C'est la grosse Chrysler qui a tout reçu... Ils doivent être morts... ça a pas d'allure...* Sam aimerait se porter au secours des accidentés, même s'il n'a pas les connaissances ni les compétences requises. D'instinct, il irait à la Chrysler. *Ou peut-être vers la silhouette que j'ai vue proche du camion...* Mais l'intuition de Sam lui suggère de s'éloigner, de reculer d'une trentaine de pas. *Il va y avoir d'autres accidents, je vois pas de policiers pour bloquer le trafic... ça va encore taper...*

Océanne Beaudry-Lachapelle, autocar Limocar

Océanne écoute du Justin Timberlake sur son iPod rose. Elle ne prête guère attention au paysage, pas plus qu'elle ne songe au chauffeur qui s'acharne à faire avancer l'autocar dans ce jour de poudrerie. Océanne déteste l'autocar, même s'il le mène chez son père. Elle préférait quand ce dernier venait la chercher, et qu'ils s'arrêtaient pour manger au St-Hubert de Richelieu. *Visiblement, je suis pas la seule à détester ça...* L'unique passager présent à son arrivée dans l'autocar s'est fait déposer au milieu d'un village sans intérêt. Depuis, Océanne a le véhicule à elle seule, comme si elle se trouvait dans une limousine. Cette idée lui a traversé l'esprit entre deux chansons. À une autre époque, elle aurait provoqué un sourire. Océanne note un de ses rares points de repère, le bar de danseuses. Son père lui avait dit que des gens « font du sexe » dans cette bâtisse, même si c'est interdit. Océanne ne pouvait comprendre qu'on puisse « faire du sexe » dans un endroit si minable. *La moitié du chemin est passé... pas trop tôt...* La chanson de Justin Timberlake s'atténue dans ses oreilles. Océanne relève la tête pour regarder dehors alors que dehors a disparu dans une énième vague grise. Elle fronce les sourcils. Le chauffeur a crié quelque chose.

Émile Thibaudeau, autocar Limocar

Émile roulait vite pour les conditions en vigueur. Cette information figurera dans le rapport final du coroner. Il aurait mieux fait de lever le pied et de compresser le moteur à la vue de la bande de poudrerie. Émile n'avait pas exclusivement la tête à la conduite de l'autocar, il songeait aux questions qu'il poserait à Sereda, surtout à propos de sa présumée rencontre avec Jésus, prétentions qui, selon lui, n'aidaient pas les ufologues à être pris au sérieux. *Rencontrer Jésus... comme si ça se pouvait... et ça a rien à voir avec les ovnis...* Juste après La Caboose, ce bar à gaffes, célèbre pour ses danses privées à deux cents dollars, Émile vit une bande grise avaler la route. Il enregistra l'information sans réagir. *Encore une autre...* Émile avait ses raisons de ne pas ralentir : depuis Sherbrooke, l'autocar avait traversé plus d'une vingtaine de ces bandes sans incident. *Je vois pas ce qu'elle aurait de différent...*

Émile aimerait revenir en arrière, cinq cents mètres lui suffiraient. Il pourrait freiner, allumer les feux de hasard, se ranger sur le côté. Mais il n'a pas le pouvoir de manipuler l'espace-temps à sa guise. Et ce qu'il voit lui glace le sang.

D'abord, il y a le cri : *« WATCH OUT! »*

Ensuite, il y a l'autocar qui se met à glisser. Émile voit approcher une forme rectangulaire à grande vitesse. L'autocar frappera cette forme de plein fouet. Émile est debout, les pieds sur le frein. Par inattention et un brin de mauvaise habitude, il a omis de boucler sa ceinture de sécurité après l'arrêt de Magog.

Le rectangle approche. *Ma ceinture...* Émile fait un mouvement vers le côté du siège. Trop tard. L'autocar s'enfonce dans le rectangle immobilisé au milieu de la route. Pour Émile, le temps s'étire, comme si dans ces deux secondes six dixièmes, sa conscience décuplait sa capacité d'analyse. *Je vais mourir, je vais mourir.*

L'épais pare-brise de l'autocar se fissure dès le premier contact contre la tôle de la semi-remorque. Émile est propulsé vers l'avant, tête première. Le pare-brise se détache de son cadre sitôt que le crâne d'Émile fait pression sur lui. Un large morceau de tôle de la semi-remorque éventrée laisse passer le morceau de pare-brise suivi d'Émile. Autour, le chargement du Joyce Forever se brise en centaines d'éclats de verre et de PVC. Émile a le temps de voir la matière qui viendra stopper son vol. *Mort.*

L'autocar a frappé la semi-remorque avec un angle de 32°, dans la partie arrière. Émile sera retrouvé sans vie, lacéré de partout, la tête à deux mètres de la paroi avant du conteneur. Mais pour l'instant, il est en vie. Émile sent une multitude de déchirements contre sa peau. Le morceau de pare-brise n'est plus là. Sa tête traverse des empilades de fenêtres. Sa peau, ses muscles sont lacérés en trop d'endroits pour être dénombrés. Émile vole toujours, traverse des vitres de plus en plus intactes. Son corps brûle, chaque millimètre lui fait mal. Les deux secondes et six dixièmes achèvent. Émile traverse une succession de fenêtres fissurées, droit comme un missile. Sa tête donne durement contre un cadre de PVC. Il n'avance plus.

L'exact inventaire de ses blessures ressemble à ceci : lacérations (trois cent quarante-sept), coupures profondes (soixante-dix-neuf, majoritairement obstruées par des éclats de verre), fractures (crâne, clavicules, douze côtes, les avant-bras, mâchoire), organes vitaux percés par des morceaux de verre (foie, intestins, vessie). Émile perd quatorze millilitres de sang par seconde. À ce rythme, il sera exsangue dans six minutes. Il ouvre un œil, le droit. La paupière gauche refuse de bouger. Émile sent trop de douleur pour en être affecté, l'adrénaline qui le garde en vie lui permet ces dernières minutes conscientes. *J'espère que la petite a rien eu...*

Océanne Beaudry-Lachapelle

Ça a cogné dur. Océanne s'est frappé le visage sur le dos d'un siège. Le choc a cassé son nez à plusieurs endroits. Elle ne s'est pas évanouie. Ses yeux se sont embrouillés. Elle a senti du liquide ferreux couler sur sa bouche et dans sa gorge. Près de deux minutes passèrent avant qu'elle puisse voir. Son sac et son iPod s'étaient volatilisés. Elle repéra son manteau dans l'allée centrale, à mi-chemin de la sortie. Océanne se doutait que l'autocar avait eu un accident. *Le chauffeur va pouvoir me dire quoi faire...*

À l'avant, Océanne ralentit ses pas pour ne pas glisser sur les nombreux éclats de verre. Elle regarde en direction de la porte. *Comment je vais faire pour sortir ?* L'unique voie menant à l'extérieur donne sur un étrange couloir, rempli de fenêtres brisées. Océanne tourne la tête vers le siège du chauffeur. *Maudit, il est où ? Il peut pas être sorti sans m'aider...* Océanne essuie son nez avec sa manche de manteau, elle saigne. Un sang rouge foncé qui coule sans ménagement.

Ayoye !

Son nez est fragile, le moindre contact provoque d'intenses douleurs. *Il faut que je sorte d'ici...* Océanne ne remarque pas les inscriptions marquées « sortie de secours » au bas des vitres panoramiques. Elle a cru percevoir un mouvement à l'avant. *C'est peut-être le chauffeur qui a trouvé la sortie...*

Finch Clayton

Avant d'être projeté contre son volant, Finch a entendu le bruit de sa cargaison réduite en miettes. *What the hell is that ?* Finch cogna sa tête contre le pare-brise du Joyce avant de retomber dans son siège. Quelque chose de gros venait de frapper et de détruire sa cargaison. *The insurances are gonna double kill me...* Finch s'assura que le nouvel angle du Joyce ne menaçait pas sa sécurité. La cabine penchait légèrement sur la droite, pas assez pour verser sur le côté. Il pensa aux voitures embouties au bas du Joyce. *That last crash sure didn't help them...* Finch se souvient d'un autocar croisé au dernier village. Son clignotant signalait la direction ouest. *« GOD DAMN IT ! »* Une main plaquée contre la bouche, Finch ne peut s'empêcher d'imaginer des dizaines de passagers blessés par son chargement de fenêtres. Cette idée lui noue la gorge. Finch sait qu'il est contraire aux consignes de sécurité de sortir avant l'arrivée des policiers. *« Fuck, I didn't call an ambulance ! »* Finch saisit son poste de bande publique, place l'émetteur sur la fréquence d'urgence. *Come on... come on...*

Jacques Samson

Suite à l'avant-dernière collision, Jacques se croyait pris dans une immobilité complète, entouré de métal tordu, de plastique brisé, de vitres éclatées en fins granules. L'arrivée de l'autocar dans la semi-remorque changea cette donne. Jacques entendit le bruit, immense, violent. Sans penser – s'il avait réfléchi avant d'agir, c'était la mort –, il comprima le torse, abaissa les hanches, blessa ses jambes en les enfonçant dans le métal tordu. L'impact de l'autocar déplaça le coin de la semi-remorque jusqu'au parechoc de l'Audi. L'exact endroit où se trouvait sa tête.

Maintenant, Jacques ne peut plus bouger. Son menton est collé à plat contre sa poitrine, son avant-bras gauche s'est fiché dans un repli de tôle coupante, sa langue saigne sur son veston. Il devra composer avec le froid, désormais présent partout autour de lui. Le froid, comme une meute opaque qui multiplie les morsures.

Jamel Nazari

L'arrivée de l'autocar dans le chargement du Joyce Forever eut un effet inespéré sur la Honda de Jamel. Une expulsion. Puissante, rapide, à la manière d'un balancier de Newton. Le transfert d'énergie ne s'est pas effectué sans mal pour Jamel. Avant la catapulte, il y a eu compression, essentiellement sur la structure de la Honda, mais aussi sur lui, déjà coincé entre le siège arraché et le volant. Jamel sentit ses côtes se briser l'une à la suite de l'autre, de bas en haut. Il sentit chaque craquement sec, semblable à ceux d'un poulet que l'on travaille à cru. À cet instant, Jamel fut persuadé qu'était venue sa dernière minute. Il vit le visage de Nour, souriant, doux, printanier. Sa Honda s'est immobilisée dans un banc de neige. Plus de mouvement ni de bruit. Jamel se calme et ferme les yeux. Il s'accorde le droit de ne plus respirer.

Nadine Riel

Ce nouvel impact, Nadine n'en a pas eu conscience. Deux blessures mineures ont été transformées en blessures moyennes par le contact entre l'autocar et le chargement du Joyce Forever. Rien pour modifier la stase de Nadine. Un coma traumatique qui s'enfonce vers le non-retour. Niveau 7 sur l'échelle de Glasgow où 15 signifie que tout va bien alors qu'à 3, c'est la fin. Aucun rêve pour l'occupante de cette New Beetle bonne pour la casse. Elle n'est qu'une masse biologique trop affaiblie pour défendre une identité. Nadine n'est plus qu'un corps qui attend ceux des autres pour revenir à elle, sinon à l'idée de ce qu'elle croyait être.

Lydia Champoux-Foisy, vingt secondes plus tôt

Un bruit de vitres brisées. Des centaines de vitres. Un mouvement brusque. Le nez d'un camion s'enfonce un peu plus dans la petite New Beetle. Le FX45 recule sous l'impact, se dégage du piège de tôle. Les sacs gonflables se sont vidés après le premier impact. Lydia s'était détachée pour chercher son iPhone, histoire de rassurer Justin, de décommander le client, d'appeler une remorqueuse. Elle cherchait à tâtons entre la pédale de frein et l'accélérateur. Lydia a reçu le volant en plein visage à l'arrivée de l'autocar dans le Joyce Forever. Deux incisives ont cédé, cassées à demi. Son nez fragilisé par les chirurgies s'est fracturé à trois endroits. Son arcade sourcilière gauche s'est ouverte. Lydia est sonnée, confuse, ses yeux sont voilés de larmes et de sang. Elle entend le iPhone qui sonne à nouveau. *« Love, love will tear us apart, again... Love, love will tear us apart, again... » Je vois rien... je vois rien...*

André Soucy

André n'est pas certain de ce qui a pu frapper. Il pense que c'était un mastodonte. L'angle de la voiture fait qu'il ne voit plus maintenant que les hautes lumières du semi-remorque. *J'ai bien fait de rester attaché... même si ça tape en arrière, je suis protégé comme ça... sauf si c'est un camion...*

Shit !

André réalise qu'il n'a aucune idée du véhicule qui pourrait l'emboutir par-derrière. Il porte une main à sa bouche, ronge l'ongle de son pouce, de l'index, du majeur. *Si je sors, je peux pas marcher, mes chevilles peuvent pas...*

CÂLISSE !

Aucune option n'est sécuritaire. André ne peut sortir sans risquer d'être heurté par un véhicule. S'il reste dans l'Audi, il est protégé par la cage de sécurité toujours intacte, mais pas contre un impact massif. *C'est pas juste... je peux rien faire...* Si André croyait en une forme divine quelconque, il profiterait de ce moment pour s'en remettre à son dieu. Prier, méditer, se recueillir. *J'ai plus de chances de m'en sortir si je suis protégé... je reste ici.* André pose les mains sur le tableau de bord de sa voiture, inspire doucement pour ralentir son cœur emballé.

Écoute, c'est à toi de m'aider, OK... tu vas tenir si quelque chose te frappe... OK ? Tu vas me protéger.

Véronique Choinière, trente secondes plus tôt

Oui, c'est ça, juste passé le petit bar de danseuses, juste après Rougemont, il faut des ambulances, des pompiers, il faut AH FUCK...

L'opératrice 9-1-1 répète les messages de rappel : « Madame ? MADAME ? » Il n'y plus de contact humain au bout de cette ligne, juste un bruit de ferraille noyé dans les parasites. Elle contacte immédiatement les autorités. Policiers, ambulanciers, pompiers. Elle ignore que la femme avec qui elle parlait il y a trois secondes est emportée par l'impact d'un autocar contre un semi-remorque. Véronique, elle, serre les dents, plaquée de pied en cap contre son pare-brise. Sa Hyundai s'est dressée sur le nez, entraînée par le mouvement du semi-remorque. Véronique s'est cognée à plusieurs endroits avant de se retrouver étendue sur le pare-brise. Au-delà des ecchymoses et de son pied coincé dans le volant, elle n'a rien de cassé. Elle espère que sa voiture retombera sur ses roues plus tôt que tard. *Mieux vaut pas bouger avant qu'elle retombe, c'est plus safe...*

Brigitte Després, Volkswagen Jetta (très vieille)

Brigitte conduit toujours avec une prudence excessive. En plus de surveiller le comportement des autres, elle fait un suivi constant des multiples problèmes de sa vieille Jetta (les essuie-glaces s'activent d'eux-mêmes, le volant tremble, la suspension rebondit, le moteur cale dès qu'elle loupe son mince point de friction). Aujourd'hui, il y a sa petite panique qui consomme une part de cette attention ; ses sueurs froides à l'idée de développer un cancer. Brigitte serait allée plus tôt à l'hôpital si sa patronne ne l'avait pas obligée à travailler jusqu'à 15 h. Elle aurait également pu choisir un hôpital près de son travail. *Mais ils ont pas mon dossier...* Et le dossier de Brigitte, comme celui de ses enfants, se trouve à Granby, à une heure de route du magasin (dans des conditions normales). Quinze minutes avant de partir, sa patronne lui glissa un mot à propos d'un gros carambolage sur l'autoroute 10. Brigitte pensa à ces pauvres gens à l'agonie dans un froid sibérien, porta une main à sa bouche, glissa un « c'est horrible » bien senti. Maintenant qu'elle roule depuis près d'une heure dans ces conditions désagréables, Brigitte serre le volant comme s'il était un trésor. Devant le parc de maisons mobiles de

Marieville, elle eut une bonne pensée pour Chuck qui gardait les garçons, chez lui. Il avait pris congé pour l'accommoder. « Écoute Bri, si tu penses que ça peut être un crabe, comme tu dis, faut pas niaiser avec ça. »

De semaine en semaine, Chuck marquait de nombreux points. Elle avait de plus en plus envie de lui, de goûter ses lèvres, de voir son visage au moment de la jouissance, de sentir l'odeur de sa peau après l'amour. *Aussitôt que je suis fixée sur le grain de beauté, je prends une décision pour Chuck...*

Brigitte croise le chemin du Vide, là où elle achète ses légumes au temps des récoltes. La visibilité est mauvaise, presque nulle. Elle lève le pied par habitude, connaissant la funeste réputation de cette section de route. Brigitte approche de La Caboose, là où la mère de la blondasse gagne encore sa vie à faire des pipes à cent dollars et des complets pour le double. Elle lui avait déjà offert de venir un soir faire un essai en vue de « gagner ben plus d'argent qu'avec ta petite job de vendeuse ». Brigitte avait considéré l'offre une dizaine de secondes.

Non, merci. J'ai trop peur des maladies, j'pense.

Brigitte revoit les gigantesques feux sauvages que la mère de la blondasse traîne depuis des mois. *Yark... Tiens, c'est quoi ça ?*

Coup de frein. Elle a vu des lumières immobiles sur la route. *Shit de marde...* La voiture commence à déraper vers une masse aux multiples formes. *Un accident...* La Jetta tamponne le coffre arrière d'une Audi A4 à 40 km/h. Dommages superficiels. Brigitte regarde autour pour évaluer la situation. À travers l'épaisse poudrerie, elle voit plusieurs voitures immobilisées, toutes déformées. *Mon Dieu, qu'est-ce qu'y faut que je fasse ?*

André Soucy

Merci, merci... André caresse le tableau de bord de sa voiture comme s'il s'agissait du dos dénudé de Milly. La collision qu'il anticipait n'a rien eu de violent, un simple accrochage, un froissement de tôle inoffensif. *J'ai pris la bonne décision.*

Martin Labonté, Subaru Impreza WRX

Martin ne prend pas de risques inutiles. Il roule sur ses quatre roues motrices avec les phares antibrouillards allumés. Il écoute un album de God is an Astronaut à plein volume et vient de décélérer sous la barre des 70 km/h. Le rideau de poudrerie ne lui dit rien qui vaille. Malgré son amour de la vitesse, des virages brusques et des dépassements douteux, Martin ne veut pas risquer d'abîmer son bijou roulant. *Question de priorités...* Avant de pénétrer dans la bande grise, passé La Caboose, il rétrograde de deux vitesses pour ralentir la voiture au moyen de la compression. *Je le savais.* Martin voit les dix-huit lumières clignotantes d'un autocar. D'un geste sûr, il braque à droite, lève le frein à main, dérape sans perdre le contrôle de son véhicule, met les gaz. Il frôle une voiture qui tient debout sur son parechoc avant. Son rétroviseur latéral ne résiste pas au contact et s'arrache de sa Subaru qui s'immobilise, non sans violence, dans le banc de neige de l'accotement. Le sac gonflable touche à peine le visage de Martin qui serre les dents. *Ça fait même pas quatre mois que je l'ai...* Juste comme il inspire pour retenir sa colère, quelque chose tape à l'arrière.

CALVAIRE !

Fiona Tremblay, Ford F-150

Fiona se fiait aux feux arrière de la Subaru pour se guider dans la poudrerie. *Mauvaise idée.* Machinalement, elle met le pick-up en marche arrière pour se dégager. *Ben non, voyons... on est pas à Kandahar...* Elle devra sortir pour évaluer les dommages, signer un constat à l'amiable. Par chance, elle a le nécessaire pour combattre le froid. Fiona regarde sur la droite. *Rien, même pas de paysage...* Regarde sur la gauche. *C'est pas vrai...* Fiona voit le dessous d'une voiture placée debout ainsi qu'un autocar enfoncé dans le chargement d'un semi-remorque. Fiona cesse d'être la civile qu'elle a été depuis une douzaine de jours. Elle saisit sa trousse de secours, sort ses fusées éclairantes, enfile ses gants, ajuste sa tuque, remonte sa fermeture éclair. Son pied touche la route gelée, glissante comme une patinoire. Elle allume une première fusée qu'elle garde en main pour être visible. Elle marche une cinquantaine de pas en amont du carambolage, dispose ses fusées éclairantes pour baliser la zone. *Devrait être correct...* La bande grise se dissipe peu à peu sur le lieu de l'accident. Malgré l'obscurité naissante, Fiona voit l'autocar encastré dans le semi-remorque. Elle devine que d'autres voitures sont accidentées de l'autre côté. *Aucune voiture de police... les secours sont pas arrivés...* Fiona réfléchit aussi rapidement que si elle était sous attaque. Elle doit porter secours aux blessés. *L'autocar, c'est là que je dois aller...* Fiona inspecte le véhicule pour trouver un point d'entrée, une sortie de secours ouverte par les passagers. Côté gauche. *Rien.* Côté droit. *Non plus, c'est pas bon signe...* Fiona retourne à son F-150. *J'espère que j'ai encore mon pied-de-biche.* Elle voit un jeune homme mal vêtu pour affronter l'hiver qui analyse l'arrière de la Subaru.

Eille, t'as scrappé mon bumper !

Fiona fait comme si elle n'avait rien entendu, saisit son pied-de-biche, regarde le jeune homme en pointant l'autocar de sa main libre. Le visage du jeune homme change aussitôt.

Voyons donc. J'avais pas vu ça...

T'es blessé ?

Non.

Viens m'aider.

Océanne Beaudry-Lachapelle

Océanne n'a pas trouvé d'autre chemin vers l'extérieur. Il fait trop noir dans l'autocar pour qu'elle puisse lire les instructions d'utilisation des issues de secours. Elle examine le contenu de la semi-remorque. Des fenêtres, des dizaines de fenêtres cassées. L'un des phares de l'autocar éclaire cette apocalypse de verre, lui donne un air presque surréel. L'espace d'une expiration, Océanne trouve l'image jolie à voir. *C'est quoi ça ?* Ça, c'est Émile, une tache sombre et luisante au fond du conteneur. Océanne se demande ce que le chauffeur peut faire dans cette position. *Pourquoi il m'aide pas à sortir ?* Elle plisse un œil, assaillie d'un désagréable doute. *Est-ce que je vais le voir ?* Océanne risque un pied dans l'amas de verre brisé. Ses énormes bottes d'hiver résistent bien. Elle prend appui sur un cadre de fenêtre. *Ça va.* Sans rien brusquer, Océanne se fraye un chemin jusqu'au chauffeur parmi les vitres éclatées. La vue de ce corps lacéré ne l'émeut pas plus qu'une image de film d'horreur.

Monsieur... monsieur ?

Émile Thibaudeau

C'est quoi, c'est déjà le temps des anges ? J'suis mort, c'est ça ? J'aimerais ça le savoir, s'il vous plaît...

Monsieur, est-ce que vous avez mal ?

Émile tourne la tête. Oui, il a mal. Atrocement mal. Il a froid de la peau à la moelle. *Je suis froid...* De son œil, il voit le visage rond de sa jeune passagère découpé sur un halo de lumière. Ses cheveux détachés tracent de fines lignes luisantes. *C'est mon ange de la mort.*

Monsieur, est-ce que vous avez mal ?

Émile ignore s'il arrivera à parler. Parmi l'immensité de ses douleurs, il préserve une minuscule joie. Sa passagère est en vie.

MONSIEUR ?

Il doit parler. La douleur est si vive qu'elle bloque l'apparition d'idées valables. Émile n'a plus les ressources pour ce genre de choses. Il gonfle ses poumons, plonge son œil dans le visage à contre-jour devant lui.

Aide...

Quoi ?

Émile aimerait se faire dire qu'il ne va pas mourir. Qu'il vivra, peu importe la gravité de ses blessures. Il voudrait entendre sa passagère lui confirmer qu'il s'en sortira, qu'une ambulance arrive dans la minute. La jeune fille ne parle pas.

Océanne Beaudry-Lachapelle

Océanne repense au lièvre d'hier, à l'expression de son regard. Cette peur si puissante qu'elle prend la forme d'une conviction inébranlable. Elle comprend que le chauffeur veut mourir. *Il est très blessé... faut que je l'aide à mourir.*

Ses yeux ne quittent pas celui d'Émile. Océanne hoche la tête, son regard se durcit.

OK, monsieur. Je vais t'aider.

Elle regarde à ses pieds, prend un éclat de PVC qui retient un triangle de vitre. Océanne sait comment tuer un homme, elle l'a appris dans Splinter Cell. Elle doit couper sa gorge sur le sens de la longüeur. Le chauffeur a fermé son œil. Il semble inconscient. *Est-ce qu'y faut que je dise quelque chose avant ? Non, je pense pas...* Océanne place la pointe du triangle de vitre sur la pomme d'Adam du chauffeur et appuie sur le morceau de PVC pour l'enfoncer d'un mouvement. Le chauffeur ouvre son œil, sa bouche. Il tire la langue jusqu'au menton. Des bruits d'étouffement sortent de sa gorge. L'œil a terriblement peur. Non, il ne voulait pas mourir. Océanne le comprend désormais, tout comme elle sait qu'il n'y aura pas de retour en arrière. Elle appuie sur le morceau de PVC une deuxième fois. Elle sent le verre qui frotte contre une vertèbre. Elle aimerait dire quelque chose, des mots rassurants, bien pensés. Sa main relâche le morceau de verre, se pose contre le front ensanglanté du chauffeur. « C'est presque fini, monsieur. T'auras plus mal bientôt. » Le chauffeur répond avec un spasme qui aggrave la majòrité de ses blessures. Son corps refuse cette mort inévitable. Il se cambre par trois fois devant la neutralité médicamenteuse du regard d'Océanne.

Monsieur, es-tu mort ?

Le chauffeur a cessé de remuer. *C'est fini pour lui.* Océanne retire sa main qui n'avait pas quitté le front du nouveau cadavre. Elle doit trouver sa tuque et ses mitaines, le froid commence à mordre.

Jamel Nazari

Jamel n'arrive pas à mourir. Il tente de garder les yeux fermés. De profiter de l'engourdissement causé par le froid. Par ce vent qui remplit son oreille droite de granules neigeux. Les douleurs aux jambes ont cessé avec la dernière collision, celle qui lui a broyé les côtes. Jamel hésite à porter un diagnostic. *Soit je suis paralysé, soit c'est mon thorax qui efface les autres douleurs.* Le vent s'introduit par chaque trou de la carcasse ferrailleuse qu'est devenue sa Honda. De fins chuintements à peine perceptibles. Jamel ne sait pas qu'un carambolage s'est formé autour de lui. Il pense au conducteur qui l'a frappé de biais, se dit qu'il doit être aussi mal en point que lui, incapable de venir l'aider.

HÉ !

Jamel n'est pas certain s'il confond le vent avec une voix d'homme, il aimerait que cette voix soit réelle.

HÉÉ !

Pas de doute, c'est quelqu'un. Jamel voit une silhouette approcher de la portière côté passager, une masse sombre vêtue d'un manteau bouffant au tissu synthétique. Un homme. Sa présence bouche le trou béant de la vitre éclatée, bloque le vent qui sifflait dans la Honda.

J'PEUX-TU FAIRE QUELQUE CHOSE ?

Jamel n'a pas assez d'air dans les poumons pour répondre autrement qu'avec un râle morbide. *Pourvu que ce soit un type du SAMU.*

Sam Wang

Les collisions avaient cessé depuis plus d'une minute. Sam avait couru pour sortir de la bande de poudrerie, pour arrêter la circulation en amont, pour éviter de nouvelles tragédies. Sitôt sorti de la purée, il vit deux phares s'approcher, à vitesse modérée. Il agita les bras en l'air, cria de toutes ses forces. L'occupant de la voiture roulait avec les phares à haute intensité. Il vit une masse sombre s'agiter sur le fond blanc et grisâtre du paysage routier. L'homme décéléra, baissa la vitre avec sa commande électrique.

Qu'est-ce qui se passe ?

Sam expliqua la situation en parlant si vite que l'homme arrêté crut entendre une autre langue. Après ajustement, l'homme vira à 180°, garda ses phares allumés, actionna ses feux de détresse.

Tu veux-tu te réchauffer, le jeune ?

Faut les aider.

L'homme expliqua qu'il préférait rester dans sa voiture pour s'assurer que personne ne passerait. Sam opina du chef et se dirigea vers le carambolage. Il vit que sa voiture ainsi qu'une carcasse de Honda s'étaient déplacées. Il passa à sa Yaris pour prendre foulard, tuque, gants, tous glacés. Son intention première était d'aller à la Chrysler 300, certain qu'elle renfermait des passagers en danger de mort. Il regarda à nouveau la Honda déformée, plissa les paupières. *Oh shit.*

HÉ ! HÉÉ !

Lydia Champoux-Foisy

Lydia a abandonné l'idée de retrouver le iPhone. Le FX45 est pris. Enfoncé dans une New Beetle à l'avant, retenu par une Audi à l'aile arrière gauche. *Faut que je sorte, faut que je sorte.* Lydia ignore quelle partie de sa raison la pousse à se jeter dans le froid polaire. *Il faut.* Elle s'est cognée plus fort qu'elle ne croit. Elle est sonnée, trouve difficilement ses repères. Elle s'y prend à trois fois pour ouvrir sa portière bloquée, se résigne à sortir par le côté passager, remarque la lueur du iPhone sans le prendre, oublie ses gants, son foulard. *Dehors.*

Lydia pose les pieds sur la croûte neigeuse qui recouvre la route. Les talons pointus de ses bottes entament à peine sa surface. Lydia avance, dos au vent, vers l'accotement. Elle pose un pied sur un amoncellement de neige durcie, un autre plus loin devant. La croûte de neige cède et ses pieds s'enfoncent. Lydia cale jusqu'aux genoux, elle sent que le terrain est en pente descendante. *Avancer.* Un autre pas devant. Le terrain descend toujours. Si elle tournait la tête, elle verrait que le banc de neige de l'accotement arrive au niveau de ses yeux. Un autre pas. Un de trop. Lydia ne touche plus le sol, mais une eau lourde, glacée, gardée liquide par cet hiver tardif et l'isolation d'une épaisse couche de neige. En voulant remonter, sa seconde jambe glisse et s'enfonce avec l'autre. « EILLE ! » Lydia revient à elle comme d'une promenade de somnambule. Elle a de l'eau glaciale jusqu'aux cuisses. Lydia crie, se débat, plante ses mains dans la neige pour trouver une prise, elle agrippe des objets filandreux, tire. Elle rugit sous l'effort, ses bras bandent leurs muscles jusqu'à la douleur. Les herbes gelées résistent. Lydia se hisse sur le sommet du banc de neige. *La route...* Le vent revient la cingler de face. Lydia sent son pantalon de laine former une croûte contre elle. Elle doit trouver de la chaleur dans les prochaines minutes. *Par là.* Elle a cru entendre un klaxon résonner dans ce début de nuit déjà noire.

Finch Clayton

Is it over? Finch décide qu'il est temps de sortir. Il fouille sa cabine arrière, sort une lampe de poche, un sac de couchage, une couverture de polar, une valise de premiers soins, un douze onces de cognac. Il enfile son épais manteau, resserre les attaches de ses bottes, ajuste son capuchon. Finch jette un coup d'œil par la fenêtre. Avec sa puissante lampe de poche, il balaye la scène pour évaluer le meilleur chemin à prendre. Droit devant, il voit un FX45 avec la portière passager ouverte. Derrière, une vieille Jetta recule. Finch devine qu'il y a une voiture contre le parechoc du Joyce. *Priority number one.* À sa droite, il discerne les restes d'une grosse voiture noire surmontée par une Audi. Un peu plus loin, il voit un homme assister un blessé dans une carcasse si abimée qu'il est impossible d'en deviner la marque. Finch sait qu'il doit regarder du côté gauche, vers l'arrière. Il espère encore trouver un camion, un semi-remorque – n'importe quoi sauf un autocar. Il dirige sa lampe de poche, glissant son faisceau contre la route. Il voit deux pneus de bonne dimension, une carlingue blanche, les lettres « MOCAR ». *Holy shit.*

Des dizaines d'images viennent à son esprit, toutes horribles. Il voit des morts, trop de morts. *« STOP THINKING ABOUT YOUR FUCKING SELF. »* Finch se surprend de cette invective qu'il se lance à lui-même, comme si son propre père était venu l'habiter, le temps d'une remontrance. *« Go. »* Finch ouvre sa portière, il voit la New Beetle et sa conductrice, inanimée. Sans prendre la peine de vérifier ses signes vitaux, Finch la recouvre de son sac de couchage, résume une prière à son intention. *Now, that bus...*

Martin Labonté

Il n'aurait jamais cru la chose possible. Martin pensait que l'autocar s'était immobilisé à cause d'un bouchon de circulation. Avoir su que des gens souffraient, il n'aurait pas perdu ces secondes à se plaindre des égratignures de sa Subaru. Il aimerait dire ces choses à cette femme qu'il accompagne. *Tantôt, quand on aura le temps.* Ils en sont à leur quatrième tentative. La femme a bien fracassé une fenêtre de l'autocar à l'aide de son pied-de-biche, mais au lieu d'ouvrir une voie d'accès, elle s'est contentée de produire un cercle fissuré semblable à une toile d'araignée. Par trois fois, Martin a essayé de faire la courte échelle à cette femme. *Pourtant, elle a pas l'air aussi lourde...* Cette fois, il a préféré se transformer en marchepied. Il s'est positionné à quatre pattes le long de l'autocar, a bandé ses maigres muscles. La femme a posé un pied, puis un deuxième. Cela fait dix secondes qu'elle se tient sur ses reins. Martin l'entend forcer sur la fenêtre. Douze secondes.

Ça commence à faire mal !

Juste un peu plus, juste un peu.

J'pourrai pas, j'pourrai pas.

Fuck !

Martin s'aplatit et fait tomber la femme qui s'attendait à plus de ténacité de sa part. Elle ne s'est pas fait mal. Le pied-de-biche reste planté dans la fenêtre.

Fiona Tremblay

Je l'avais presque, cinq secondes pis je l'ouvrais.

Ça va nous prendre un autre gars.

Calme-toi, c'est un civil, il est pas entraîné pour ça, reste cool. Fiona voit une lumière balayer le sol.

CAN I HELP ?

Fiona répond à cet homme à la voix grasse. Elle lui demande de la hisser jusqu'à la fenêtre avec Martin.

La revoilà avec le pied-de-biche en main, elle appuie sur le cadre pour le faire céder, pour activer de l'extérieur le mécanisme d'ouverture d'urgence, comme elle l'avait appris pendant sa première année de service. *« YES ! »* La fenêtre s'ouvre. Fiona la relève d'une main et passe l'autre à l'intérieur de l'autocar. *« OK, PUSH ME UP ! »* Les deux hommes font la courte échelle pour hisser Fiona à l'intérieur. *Pourvu que j'arrive pas sur quelqu'un.*

Océanne Beaudry-Lachapelle

Le retour à l'autocar est plus difficile que prévu. Les phares se sont éteints sans prévenir. Océanne s'est coupée à la main en glissant. L'entaille est longue. Elle traverse sa paume en diagonale, comme un signe d'interdiction. Quelque chose avait frappé une fenêtre de l'autocar à plusieurs reprises. *De l'aide.* Océanne délaissa le cadavre du chauffeur sans plus de cérémonie. Elle a ralenti sa démarche après s'être coupée.

Quelqu'un a ouvert une fenêtre de l'extérieur. Océanne voit un halo de neige qui voltige au-dessus d'un siège. Elle est presque arrivée au plancher de l'autocar.

Y'A QUELQU'UN ?

Une femme se tient debout dans l'allée avec une torche électrique à la main. Elle balaye les rangées de sièges vides à grande vitesse. Les crépitements de verre sous les bottes d'Océanne attirent la lumière vers sa position.

EST-CE QUE ÇA VA ?

Océanne fait signe que oui. La femme s'approche d'elle. Son souffle crée de longs traits de vapeur dans l'habitacle de l'autocar. « T'es toute seule ? »

Oui.

Le chauffeur, il est où ?

Océanne pointe en direction de la centaine de vitres brisées. La femme glisse le faisceau de sa torche sur la ligne tachetée de rouge pour s'arrêter sur une masse brunâtre, inerte.

Le monsieur est mort. C'est moi qui l'a aidé.

La torche redescend sur son visage. Océanne fronce les sourcils pour réduire l'éblouissement. Ce réflexe lui rappelle son nez cassé. « Qu'est-ce que tu dis ? »

Le monsieur, il était en train de mourir, il avait super mal. Il m'a dit de l'aider.

Fiona Tremblay

Fiona n'arrive pas à croire ce qu'elle entend. Cette fillette obèse dit avoir tué le chauffeur de cet autocar. *Ça se peut pas, elle doit être sous le choc... elle a pas l'air en état de choc.*

Écoute, c'est vrai ce que tu me dis ?

Oui madame, c'est vrai.

Pourquoi tu as fait ça ?

Pour pas qu'y souffre.

Fiona oriente la torche vers le cadavre du chauffeur. *Il serait mort de toute façon...* Elle se penche légèrement pour regarder Océanne droit dans les yeux. « C'est très important ce que je vais te dire, OK. On fait jamais ça, jamais... » Fiona lève la tête et regarde à nouveau en direction du mort laissé dans l'ombre. « J'suis certaine que tu pensais bien faire... Y faut que ça reste un secret, OK. Y faut pas que personne apprenne ça, OK ? »

Jacques Samson

Jacques revient à lui. Il a l'impression d'avoir trois marteaux-piqueurs dans le crâne. *Qu'est-ce que je fous ici ?* Jacques a très mal au bras gauche et il croit s'être sérieusement mordu la langue.

YSAN ! YSAN ! *Maudite langue...*

Yvan ne répond pas. Jacques ne voit pas que son chauffeur est désarticulé comme un pantin, l'arrière du crâne plaqué contre une omoplate, la bouche ouverte, les yeux vides. Jacques demande qu'on ouvre sa porte en zézayant. Pas plus de réaction. *Pourquoi j'ai autant de débris autour de moi ?*

Monsieur, monsieur.

Aisé-moua à sotir.

Je peux pas, vous êtes pris de partout. Avez-vous mal ?

Voui !

Je vois des lumières de police, y vont venir vous aider, lâchez pas.

Qu'est-ce qui s'est passé... où est mon BlackBerry ?

Sam Wang

Deux silhouettes accourent en direction de Sam qui agite les bras au-dessus de sa tête. Ce sont des policiers. Deux autres silhouettes approchent derrière eux, ils tiennent une civière. L'un des policiers braque une torche électrique sur le visage de Sam. « Êtes-vous blessé ? »

J'suis correct ; par là, il y a un gars qui est sûrement en train de mourir, il faut le réchauffer ; dans le char noir, il y a quelqu'un de pogné dans le métal.

Monsieur, allez dans l'ambulance là-bas, on va s'occuper des blessés.

Le policier envoie un message dans le micro qu'il porte à l'épaule gauche, quelque chose concernant les *jaws*. Sam repère l'emplacement de l'ambulance par la couleur de ses gyrophares. Arrivé à ses portes, il tire la poignée, utilise le parechoc comme marchepied, se hisse à l'intérieur. Une femme aux jambes détrempées avec un visage amoché est assise au bout d'une banquette. Un autre policier se trouve à l'avant. Il parle à un émetteur-récepteur radio, donne leur position. « Juste avant La Caboose, oui, c'est ça, les danseuses, entre guillemets. » Sam voit une autre ambulance approcher.

Nadine Riel

Les premiers ambulanciers ont identifié leur cas prioritaire. Le type à la Honda détruite pouvait attendre la deuxième ambulance, la femme qui avait reçu un semi-remorque dans les flancs, elle, méritait leur attention.

Nadine reste stable dans son coma Glasgow 7. Les ambulanciers peuvent la dégager sans utiliser les pinces de désincarcération, comme si l'accident avait placé Nadine en flottaison sur les débris. Un policier arrache la lunette arrière d'une main. Les ambulanciers vérifient la pupille de Nadine et notent les minces filets de vapeur de sa respiration. Ils immobilisent sa tête, glissent son corps sur une planche dorsale. « Elle doit avoir plusieurs hémorragies internes, on a pas beaucoup de temps… Il faut qu'on parte tout de suite. »

Y'as-tu des renforts qui arrivent ?

Oui, c'est bon, allez-y.

Martin Labonté

Une jeune fille dodue passe par la fenêtre de l'autocar. L'Américain l'attrape par une cuisse alors que Martin, sans le vouloir, la saisit par l'entrejambe. «Scuse.» La fille n'a pas remarqué. Son regard reste neutre, comme si elle regardait une viande crue. La femme sort la tête. Elle explique dans les deux langues qu'il n'y a personne d'autre dans l'autocar, à part le chauffeur, mort. Elle sort ses jambes par la fenêtre ouverte. Cette fois, par prudence, Martin arrête ses mains sur une cuisse particulièrement solide. La femme est au sol, elle regarde l'Américain, se tourne vers Martin.

Écoute, occupe-toi de la fille, elle a sûrement le nez cassé, fais le tour, je vois des lumières qui flashent de ce bord-là.

Martin est saisi par le ton autoritaire et mécanique employé par cette femme au visage pourtant doux. *«You, come with me, I saw a woman in this car.»* La femme et l'Américain se dirigent vers la Hyundai, toujours dressée sur son parechoc avant. Martin regarde la jeune fille dodue. Une large trace de sang descend jusqu'au milieu de son manteau. «Tu peux marcher? Je peux te porter si tu veux.» La jeune fille au visage neutre regarde longuement celui de Martin. Sans changer d'expression, elle accepte.

Véronique Choinière

Véronique commence à trouver la situation ridicule. En plus de son pied coincé dans le volant, sa hanche s'est prise dans l'espace restreint où se termine le tableau de bord, au commencement du pare-brise. *Comment je peux sortir de là ?* À sa décharge, le pare-brise s'est replié sur elle lors du redressement de sa voiture. Véronique déteste se retrouver à la merci des autres pour si peu. *Si j'étais vraiment blessée, je dis pas, mais là, c'est stupide.*

Quelqu'un marche dehors, Véronique entend parler anglais, une voix de femme. La voix s'approche.

EILLE, PAR ICITTE !

God, I'm so sorry!

Êtes-vous blessée ?

Véronique ne voit pas qui s'adresse à elle, cela ne l'empêche pas d'adjoindre une moue désapprobatrice à sa réponse.

Non, je pense pas, rien de grave, j'suis pognée ben raide par exemple.

J'vais enlever votre botte, comme ça vous allez pouvoir sortir votre jambe du volant.

Véronique sent deux mains tirer sur sa botte au cuir déchiré depuis deux hivers. Elle porte un bas de travail gris à bout blanc par-dessus un second, plus mince. Malgré ces deux épaisseurs, elle sent le vent glacial filer entre ses orteils. Elle replie le genou vers le levier de transmission, joue de la cheville, dégage enfin sa jambe du volant. Une main saisit sa cheville et enfile la botte déjà refroidie. Véronique sent que le bout de son bas gris s'est replié sous ses orteils, une sensation qu'elle déteste.

On va vous tirer par la jambe, OK ? Essayez de vous pousser avec votre main libre. « *Grab the foot, I'll take the leg.* »

La femme compte jusqu'à trois. À « *go!* » Véronique sent une bonne traction et pousse de la main droite contre un montant du pare-brise. Elle sent de l'air froid s'infiltrer sous sa hanche faiblement recouverte. « *All right!* » Sa hanche bouge. Véronique peut sortir de sa voiture. La voilà debout sur la route auprès de ses deux sauveteurs. Elle passe la main gauche sur son front pour replacer son toupet. *Voyons, j'suis plus capable de me placer les cheveux ?*

Madame, votre main.

Véronique est tentée de répondre « quoi, ma main ? », mais préfère plisser les yeux et vérifier.

Êtes-vous correcte ?

Véronique ne dit rien, ne pense à rien. À sa main gauche, il manque la moitié des plus longs doigts. Elle discerne la rondeur de ses phalanges au travers des écoulements sanguins.

We need to find them, they can put them back. I'm sure they can.

L'Américain se rue dans l'habitacle de la Hyundai verticale avec sa lampe de poche allumée. En moins d'une minute, il affirme les avoir trouvés. Véronique reste droite sur ses jambes. Elle voit un quinquagénaire barbu lui apporter les parties manquantes de son corps. *« I'm sure they'll be able to do it. »* Véronique tend la main droite, regarde les trois bouts de doigts au fond de sa paume. Sans comprendre pourquoi, elle éclate de rire, elle a un rire franc, libérateur. Elle vient de trouver un sujet pour une nouvelle série de tableaux.

André Soucy

Un policier cogne à sa vitre qui ne s'abaisse plus. André appuie sur le bouton marqué d'une icône de cadenas pour débarrer la porte. Aucune réaction du système. Le policier lui fait signe de se protéger le visage et brise la vitre à l'aide de sa matraque. « Vous êtes blessé ? » André répond qu'il a les chevilles en compote. Le policier explique qu'ils doivent retirer son véhicule de l'empilade pour dégager le passager de la voiture en dessous. André tend les bras, se fait tirer à l'extérieur avec difficulté. « Vous pesez combien ? »

Je sais pas, cent quatre-vingt-dix livres, à peu près.

ROBERGE ! Amène-le à l'ambulance.

André pose ses mains sur les larges épaules de ce dénommé Roberge qui le tire hors de l'Audi. Le vent et la poudrerie percent la ridicule barrière de cachemire et de coton qui protège son corps. André ressent la puissance de ce froid jusqu'à la moelle. Roberge attrape ses cuisses, place André sur son dos, comme s'il était un enfant. Après cent mètres, ils rejoignent une ambulance où l'on achève de charger une femme particulièrement amochée. Un des ambulanciers regarde Roberge. « Blessé ? »

Les chevilles.

OK, va falloir le coucher par terre.

André s'installe au sol de l'ambulance déjà occupée par un jeune Asiatique et une femme aux jambes trempées. André a mille pensées à la seconde : sa femme, Milly, le chalet d'hiver, l'Audi, Milly, son ordinateur portatif bourré de pornographie quelque part dans la voiture, ses chevilles brisées, les blessés, cette femme peut-être mourante sur la civière, Milly, sa femme, Milly. *Milly.*

Brigitte Després

Elle a vu un jeune homme qui portait une enfant glisser sur une plaque de glace. *Je peux les aider.* Brigitte cessa d'évaluer les dommages au nez de la Jetta et accourut vers le jeune homme et la fille.

CRISSE DE GLACE !

Le type est tombé sur le coccyx. Rien de cassé pour lui, mais sa douleur ne fait aucun doute. Brigitte regarde la fillette en train de se relever. Elle tend la main au jeune homme qui se met debout en grimaçant, une main sur les fesses. *C'est fou, on dirait que c'est moi à dix ans.* « Pourquoi tu la portais si elle peut marcher ? »

J'sais pas moi, je lui ai demandé pis elle a dit oui.

À part ton nez, est-ce que t'es blessée ailleurs, ma grande ?

La jeune fille montre sa paume coupée en diagonale. Brigitte regarde le jeune homme. *Dix-huit, dix-neuf ans, maximum... encore un adolescent.* « OK, venez avec moi, on va aller d'où viennent les policiers, ils vont pouvoir nous aider. » Brigitte reporte ses yeux sur le visage ensanglanté de la jeune fille. Elle analyse l'empilade de voitures sans dire un mot. La poudrerie s'est tempérée, la visibilité est presque revenue à la normale. Les phares des voitures de police jettent une lumière froide sur la scène, dominée par un semi-remorque baptisé Joyce Forever à la peinture dorée réfléchissante. Le jeune homme regarde aussi le carambolage. Il a cessé de se plaindre. « J'espère qu'il y a pas de morts. » Le jeune homme ne l'a pas écoutée, ébahi par ce chaos métallique. Trois secondes filent sur la scène où policiers et ambulanciers s'activent. Brigitte croit entendre parler la fillette.

Qu'est-ce que tu dis ?

Il y en a, des morts.

Océanne Beaudry-Lachapelle

Cela fait longtemps qu'une personne l'a serrée contre elle. Après avoir parlé du chauffeur, de sa mort parmi les vitres (sans mentionner les détails ultimes, tel que promis dans l'autocar), la femme corpulente la pressa contre elle. « Pauvre enfant, pauvre enfant. » Océanne sent sa chaleur, ses seins volumineux et mous contre sa joue tachée de sang. Elle ne pense plus au jeune homme qui l'a échappée, au chauffeur qui lui dit « aide », à son père qui sera fou d'inquiétude. Océanne profite de cette femme comme elle le ferait avec une immense peluche chauffante. Elle ne sourit pas, sa médication prévient ce genre de débordement, mais quelque part, dans son cerveau, quelques molécules engendrent une nouvelle manière de produire un réconfort.

Jamel Nazari

Pourquoi je suis pas fatigué, pourquoi mon corps lâche pas ? Le type venu à lui n'était pas des services d'urgence, c'était un accidenté. *Là, faut que ce soit un type du SAMU.* Une femme et un homme s'approchent de lui. Ils portent chacun un insigne de secouriste sur leur manteau, Jamel en est certain. La femme sort une couverture thermique en aluminium, la pose sur lui, du côté où le vent le congèle. Jamel a les narines qui collent, il respire par la bouche. On lui demande s'il peut bouger quelque chose. Jamel glisse un non sans souffle entre ses lèvres bleuies. L'homme lui demande s'il a sommeil, s'il est allergique à la morphine. Même réponse. Jamel voit la femme sortir un tube d'une trousse, il sent une piqûre, une chaleur tranquille monte de son bras jusqu'à son cerveau. Il a moins mal. Une autre couverture atterrit sur lui, plus près de sa tête. L'homme émet un commentaire relatif à l'arrivée d'un camion de pompiers. La femme dit qu'elle restera ici. Jamel l'entend s'excuser, elle affirme ne pas pouvoir le sortir de sa voiture sans pinces de désincarcération, qu'un deuxième camion de pompiers est en route. Elle dit qu'il y a deux personnes à assister en priorité, des cas plus urgents. Jamel ne répond pas. Il s'accroche à l'apaisement chimique.

Jacques Samson

Jacques comprend qu'il était dans la Chrysler, qu'un accident a eu lieu. Selon lui, Yvan ne s'en est pas tiré. *Vu l'état de la limo, c'est pas étonnant.* Jacques est entouré de métal tordu. Le froid commence à lui faire peur. Ses pieds, ses jambes, ses mains sont engourdis, lourds comme des prothèses de bois humide. Jacques a communiqué avec des gens, des ambulanciers, selon lui. Maintenant, il voit ce qu'il croit être un pompier – avec le faible angle de vue qu'il possède sur l'extérieur, il ne peut en être sûr. « Monsieur, c'est super important, écoutez : si vous commencez à avoir mal quelque part, criez très fort, OK ? » Jacques répond sans comprendre pourquoi il souffrirait. *À part le froid, je vois pas.* Un vif bruit de métal cassé le fait sursauter. Il est aussitôt suivi d'un autre et d'un autre. Jacques plisse les yeux, il cherche à savoir ce que ces pompiers peuvent faire. Il est certain de connaître la réponse. *Voyons... voyons...* Jacques tente de bouger un bras. Par réflexe, il a tenté de se palper les lèvres en pensant. Le bras n'a pas remué d'un décimètre, coincé dans un repli mécanique. *Comment ça se fait que mon bras est pris ? Ah oui, l'accident...* « Ysan ! YSAN ! »

Véronique Choinière

Le rire était nerveux, une réaction contre la tentation d'une panique sans borne. Véronique n'a pas mal, elle garde sa main relevée pour ralentir les saignements, comme le lui a conseillé la fille autoritaire. *Ça aurait pu être pire. Au moins, je suis droitière et j'ai une assurance pour mes mains... là-dessus mon oncle Gérald avait pas tort.* Véronique jette un œil aux trois bouts de doigts au creux de sa paume droite. Elle a du mal à se faire à l'idée que ces morceaux de chair sont les siens. Elle reconnaît les ongles, la courbure des bouts, les crevasses entre les empreintes digitales. *C'est vraiment fucké... et pourquoi ça me fait pas mal ?* Véronique ne sent presque plus le froid, elle prend garde de ne pas glisser en cheminant vers l'ambulance, en amont de l'accident. Elle n'a pas photographié le carambolage comme elle l'aurait fait en temps normal. Sa caméra numérique miniature est pourtant dans la poche intérieure de son manteau, intacte. Elle aurait pu cadrer des amas de ferraille, des pompiers au travail sur une carcasse de voiture noire, un semi-remorque légèrement incliné sur le côté, placé en travers de la route. D'autres idées de tableaux, des notes visuelles. *Pas envie de garder la trace de tout ça... et où je mettrais mes bouts de doigts, de toute façon.*

Lydia Champoux-Foisy

Personne ne parle dans l'ambulance. Lydia sent les roues glisser de temps à autre. Chaque fois, son cœur sursaute, comme si le moindre dérapage était garant d'un nouvel enfer. Lydia ne voit pas la route, aucun passager ne peut la voir. Elle regarde l'Asiatique sans marques ni égratignures – *il touche souvent ses tibias, peut-être qu'il est blessé* ; le type assis au sol – *il dit rien... on dirait qu'il est plus triste que souffrant... ses chevilles sont vraiment tordues* ; la femme inconsciente sur la civière – *on dirait qu'elle est déjà morte... l'ambulancier arrête pas de travailler sur elle... un peu jeune pour mourir...* Lydia évite de contracter ses muscles faciaux. Les fractures de son nez ne la font pas souffrir si elle reste impassible. Elle a du mal à ne pas glisser sa langue dans les trous laissés par ses dents cassées. L'ambulance glisse à nouveau. L'Asiatique croise son regard. Terrifié, lui aussi.

Il neige fin

LA VERTE PÂLEUR DES MURS

Martin s'est rendu à l'hôpital suite aux conseils d'un policier. « Va falloir faire plus de travail, y'a des morts. Ton char bougera pas d'ici minuit. » Martin regarda son bolide enfoncé dans la neige, tamponné à l'arrière par un pick-up F-150, son rétroviseur conducteur arraché, sa carrosserie rayée ; sa voiture, sa récompense, ruinée. *Tu dois ben rire, vieux crisse.* La mâchoire serrée, il récupéra son iPod et un vieux boîtier de film 35 mm contenant la cocotte de marijuana qu'il prévoyait fumer avec Gothdream91. D'un geste agressif, il ouvrit la boîte à gants, retira un vaporisateur à parfum de voiture neuve, lança l'objet dans le champ devant lui. *C'est plus un char neuf.*

Le trajet vers l'hôpital se fit en ambulance. Martin voyagea auprès de la jeune fille dodue, d'une femme avec trois doigts coupés, d'un Américain barbu et d'un type cravaté sous d'épaisses couvertures. *Sa tête me dit quelque chose.* Personne ne parlait dans ce cube roulant. La jeune fille regardait défiler les rares lampadaires par les petites fenêtres des portes arrière, la femme aux doigts fixait sa main mutilée en pâlissant, l'Américain murmurait des prières avec un air pitoyable, le type aux couvertures balayait l'ambulance du regard avec un air ahuri. Le trajet dura près d'une demi-heure. Martin dut regarder sa montre pour se convaincre que si peu de temps s'était écoulé.

Chacun fut accueilli par des préposés, infirmiers, médecins. Le cravaté fut le premier à sortir. La jeune fille suivit, dans un fauteuil roulant. *Capricieuse...* Une infirmière recueillit les doigts ensachés par un ambulancier, puis escorta leur propriétaire à l'intérieur. L'Américain présentait une large bosse au front, Martin n'avait pas remarqué à quel point elle était violacée. *Ça doit pas faire de bien...* Une infirmière quinquagénaire demanda à Martin s'il avait mal quelque part. *Ben j'ai mal au coccyx, mais c'est pas grave, me semble.* « Ben, j'ai mal là. »

Martin regarde sa montre : 5 h 12. Il n'a pas sommeil. La pile de son iPod est morte il y a une heure. *Aussi bien se promener.* En début de soirée, après s'être fait palper le coccyx par un jeune médecin aux yeux verts – *il avait vraiment de beaux yeux* –, Martin téléphona à Gothdream91 pour expliquer son absence. « J't'attendais à 5 h, *too bad,* j'attends pas après le monde qui niaise, moé. » Il avait à peine eu le temps de se nommer. Elle avait raccroché en terminant sa phrase. Il pensa la rappeler, lui dire qu'il s'était tapé un carambolage. *Pourquoi je ferais ça ?* L'ascenseur ouvre ses portes sur le rez-de-chaussée. Martin bifurque à droite par deux fois, avance dans un long couloir où les bruits ne dépassent pas les rumeurs lointaines ; un bourdonnement d'infirmière par là, une femme qui pleure contre une autre dans une salle d'attente, des ambulanciers aux yeux cernés qui sirotent du café de distributrice automatique. Martin tourne à gauche, regarde le miroir rond qui couvre le coin – *personne de l'autre côté...* Derrière, il y a le couloir où les accidentés sont couchés. La plupart dorment malgré les lumières. Les ronflements de la jeune fille dodue sont audibles jusqu'aux salles de radiologie. Martin regrette de ne pas avoir téléphoné à la maison pour rassurer sa mère. Il avait regardé le bulletin de 22 h pour voir si les médias montraient des images du carambolage. La femme aux doigts coupés et une, plus grande, aux dents cassées s'étaient approchées de l'écran. «Aujourd'hui le Québec a connu non pas un, mais deux carambolages. Le premier a eu lieu sur l'autoroute 10 à la hauteur de L'Ange-Gardien en début d'après-midi et le deuxième autour de 16 h, sur la route 112 peu avant Rougemont et il impliquerait paraît-il un des ministres du gouvernement fédéral. Alors nous rejoignons Pierre Leroux. / Oui Nadège, je me trouve en bordure du…» Martin voyait le journaliste, micro en main, devant la scène qu'il avait quittée six heures plus tôt. Dans l'image du petit téléviseur, sa Subaru demeurait invisible, cachée par l'arrière du semi-remorque. *Elle l'a pas vue, ça peut attendre. De toute manière, j'suis supposé coucher à Montréal ce soir.*

Depuis l'arrêt de son iPod, Martin s'est surpris à penser que sa mère avait peut-être regardé les nouvelles sur une autre chaîne, qu'elle avait passé les dernières heures à harceler les standardistes des lignes d'urgence. *Je pourrais l'appeler… il va bien falloir que je lui téléphone pour qu'elle vienne me chercher… je pourrais l'appeler.* Martin s'approche d'un téléphone public, une main dans la poche, deux pièces de vingt-cinq cents entre ses doigts. *Si je l'appelle, je me comporte pas en adulte… Le père va encore trouver un moyen de me faire chier avec ça…* Martin reste immobile devant le téléphone. Il a mal aux pieds à force de marcher. Sa tête tourne en direction des lits où dorment les accidentés. *Tellement déprimant comme endroit… comment les gens peuvent aller mieux en venant ici ? Par chance que mon rhume est fini, ils m'auraient obligé à porter un masque…* Martin pose une main sur le téléphone, inspire longuement sans morver, glisse les doigts sur le combiné, ramène la main contre sa cuisse. *Non, pas tout de suite.*

EN MARGE DE LA VIE

Nadine est étendue, couverte de deux draps blancs à lignes bleu délavé, vêtue d'une jaquette bleue lacée au cou et au dos. Un moniteur cardiaque indique 60, un respirateur souffle de l'air dans ses poumons, une machine d'hémodialyse filtre son sang, un sac de soluté distribue nutriments, vitamines et médicaments par l'une des veines du bras gauche, un tube file entre ses jambes jusqu'à une poche de plastique. « C'était une chance sur vingt », lance la Dre Lalonde, une des chirurgiennes qui a passé une partie de la nuit à réparer Nadine. « Glasgow 7, comme à son arrivée. Avec les dommages qu'elle a subis, ce serait étonnant qu'elle se réveille. » La Dre Lalonde consulte une fois de plus le dossier qu'elle tient d'une main. « On a pu joindre un membre de sa famille ? » L'infirmier debout à côté de la chirurgienne mentionne d'une voix neutre qu'elle n'a personne. « Pas de conjoint, pas d'ami, pas de second numéro de téléphone quelque part dans son dossier ? » L'infirmier regarde la chirurgienne en hochant la tête. « OK, merci. »

La Dre Lalonde s'approche du lit, pose une main sur le rebord du matelas. *Comment on peut se retrouver seule à cet âge. Trente-sept ans, à peine plus jeune que moi.* La chirurgienne pose le dossier aux pieds de Nadine, ferme les poings, frotte ses yeux pour chasser le sommeil. Cette patiente est arrivée hier à 18 h 30. Les urgentologues de Saint-Jean avaient fait un bon travail de stabilisation, meilleur qu'à l'habitude selon les observations vaguement cyniques du Dr Vivier. « Au moins, cette fois, elle était pas intubée dans l'œsophage. » L'accompagnateur estima que Nadine possédait une résistance cardiaque incroyable. « Pas de variation, précise comme une horloge. On l'a mise sous Trasylol. Ils vous ont appelée pour le deuxième ? Quand je suis parti, il était encore conscient… pauvre gars. » La Dre Lalonde prit Nadine en charge, palpa, écouta, scanna le corps inerte. Un neurologue allait être nécessaire pour sauver le cerveau. Elle garderait le travail abdominal et thoracique. *Grosse intervention.*

Nadine passa la moitié de la nuit sous anesthésie générale. Il avait fallu recoudre et cautériser l'artère iliaque, drainer l'hémorragie thoracique, réduire son intestin (perforé), éliminer un rein (perforé, lui aussi), replacer cinq côtes, recoudre l'utérus, remonter la vessie, réduire l'estomac, suturer les plaies mineures. Nadine sortit du bloc opératoire peu après 2 h, ce matin. Ses membres inférieurs ont été immobilisés en attendant la prochaine intervention, on a posé une attelle allant du coude à l'épaule sur le bras gauche, sa tête est maintenue par un collier cervical.

Aujourd'hui, Nadine n'est plus qu'un corps en stase. Elle a l'apparence d'une dormeuse, veillée par des machines. Ses paupières closes, enflées comme celles d'une fillette en pleurs, laissent croire à la félicité de cet état d'arrêt. La Dre Lalonde la regarde une dernière fois, imaginant son visage avant les meurtrissures, les plaies, les hématomes. Elle n'a jamais vu cette femme autrement qu'en marge de la vie. *Un autre corps qui passe.* Elle bâille. Un dernier patient à rencontrer et elle pourra regagner son condo à l'ombre des grands érables. La D[re] Lalonde marche jusqu'à la porte, se tourne une dernière fois vers cette femme qu'elle ne devrait plus revoir. « Je vous souhaite la meilleure des chances. »

L'ÉVEIL DES CATASTROPHES

Jamel ne s'est endormi qu'à l'aide de l'anesthésie. Sitôt le deuxième camion de pompiers arrivé, il vit un attroupement se former autour de sa Honda. Le travail fut effectué lentement, avec méthode. Jamel voyait le métal se faire découper comme une vulgaire feuille de papier par les pinces de désincarcération, quelques centimètres à la fois. « On devrait pouvoir sauver vos jambes, monsieur. » Jamel appréhendait le moment où on le placerait sur la civière. *Ça fait déjà un moment que je suis comme ça. Bouger, ça va être terrible...* Au premier mouvement ses douleurs thoraciques chassèrent le confort feutré de la morphine. À chacune des nombreuses étapes de son transfert vers la civière, Jamel crut atteindre le paroxysme de la souffrance, toujours ravivée par de nouvelles variations. Faute d'avoir le souffle nécessaire aux cris représentatifs de son supplice, Jamel se contenta d'émettre de brefs râles. Sitôt la civière atteinte, un ambulancier lui appliqua un masque à oxygène. « Respirez sans forcer, vous étoufferez pas. »

Jamel était le dernier accidenté à se faire mener à l'ambulance. Alité dans la nuit sans étoiles de cette campagne gelée, il regarda défiler un ciel absent traversé de halos jaunes, rouges, bleus, le corps protégé des bourrasques par des couvertures thermales. Jamel tourna la tête à gauche après l'installation de la civière dans le système d'ancrage de l'ambulance. Une femme en pantalon de l'armée était assise sur un banc latéral, deux longs sacs blancs à fermeture éclair occupaient le sol. La femme le fixa jusqu'à ce qu'il croise son regard. «Accrochez-vous.» Jamel cligna d'un œil en voulant fermer les deux. La femme interpréta ce signe comme une bonne nouvelle et le gratifia d'un sourire complice.

Le chemin n'avait rien de rassurant. Attaché sur la civière, Jamel sentait chaque dérapage de l'ambulance. *S'il fallait que ça tape encore, ce serait vraiment mauvais.* L'ambulancier lui expliqua qu'il y avait de fortes chances que les urgentologues le transfèrent à un autre hôpital après examen. *Pourquoi on me mène pas directement au bon hôpital dans ce cas ?* «Je sais que ça peut paraître stupide, mais ça prend absolument un médecin qui l'autorise.»

Au premier hôpital, Jamel vit descendre la femme au pantalon de l'armée ainsi que les deux sacs blancs à fermeture éclair. *Ils m'ont transporté avec les morts !* Il passa auprès d'une foule d'enfants morveux, de parents exténués et de vieillards hypocondriaques entassés dans une petite salle d'attente. Le médecin qui l'ausculta augmenta la dose de morphine, toucha son thorax à cinq endroits très sensibles, examina sa pupille sous la lumière d'une torche miniature avant de conclure : «OK, trauma 3 lui aussi, appelez Charles-LeMoyne.»

Lors du second trajet, Jamel luttait contre les assauts du sommeil. *Si c'était pas de cette sirène et de la grande gueule assise à côté, je dormirais.* Son accompagnateur parlait sans arrêt. La rudesse du climat, les performances de ses joueurs de hockey favoris, ses marques de voitures et d'ordinateur fétiches, les jeux vidéo à découvrir, les films à éviter. À l'arrivée, Jamel comprit qu'il était dans une de ces scènes où l'homme sur la civière ne doit pas dormir. Il remercia l'ambulancier d'un rictus tendu qui se voulait être un sourire.

Ses souvenirs se brouillent dès son arrivée au second hôpital. Il revoit des blouses bleues, un long tube, des aiguilles, des masques, des rectangles lumineux qui glissent comme des ponctuations de lumière au gré des plafonds.

Monsieur Nazari ? Monsieur Nazari ?

Mmmh ?

Jamel ouvre des paupières ankylosées par des heures de sommeil chimique. Il distingue une chevelure châtaine, une peau laiteuse, une blouse verte.

Bonjour, monsieur Nazari. Vous me voyez bien ?

Oui… je… moui.

Vous avez été opéré d'urgence cette nuit, vous vous rappelez pourquoi ?

Pourquoi… pourquoi… le… non… la… bordel, la douleur. Jamel fronce les sourcils.

Le… L'accident ? Non ?

Oui, c'est ça. Nous avons prévenu votre famille en France. Peut-on joindre quelqu'un qui serait plus près ?

Jamel reste enfoncé dans la mollesse relative du matelas. Il devine que bouger sera un supplice. *Je crois pas que ma tête pourrait remuer…* Néanmoins, il frotte les doigts de sa main gauche contre sa cuisse, couverte de sutures. Il appuie sur sa cuisse avec le majeur. *Je sens rien. Bordel, je sens rien.* Ses facultés cognitives reviennent en bloc. « Mes jambes. Elles ont quoi, mes jambes ? » La femme affiche une expression faciale empreinte d'une neutre sollicitude aggravée par la fatigue.

Vous avez subi plusieurs traumatismes hier. Nous avons tout fait pour minimiser les dommages. Pour votre vertèbre cervicale, nous avons pu éviter le pire, mais pour les lombaires, il n'y avait rien à faire.

Jamel garde les sourcils très bas, réduisant la taille de ses yeux déjà petits. « Je marcherai plus, c'est ça ? »

Je suis désolée, monsieur Nazari.

Jamel tourne son regard vers la fenêtre d'où émane une lumière grisâtre. Il savait avoir perdu ses jambes dès le premier impact. Il voit l'image de Stephen Hawking enfoui dans son fauteuil roulant. *C'est pas si grave… tant que j'ai ma tête.* Il voit Nour qui le laisse pour éviter de perdre sa vie à prendre soin d'un paraplégique. *Aussi bien en finir.*

La personne que vous pouvez rejoindre, elle s'appelle Nour Benkrid. On est quel jour ?

Samedi. Samedi le 6 janvier.

Elle arrive d'Algérie ce soir. Elle sera chez son père.

Je vous envoie une infirmière, elle va prendre son numéro en note. Je repasserai vous voir demain. On parlera plus en détail de ce qui vous attend. D'ici là, reposez-vous, plus vous dormirez, plus votre système reprendra des forces.

Jamel ne regarde plus la femme aux cheveux châtains. Son attention s'est fixée sur une section du plafond. « À demain alors. »

Bon courage.

I KILLED AGAIN

Finch s'était joint aux passagers de la seconde ambulance plusieurs minutes après la femme aux doigts coupés. Il se souvient d'un type en cravate au bras amoché, d'une jeune fille dodue au nez cassé, du jeune homme chétif ; il se souvient du silence qu'il avait gardé comme un bien précieux pour la durée du trajet, des visages qui s'ignoraient, des effrois à chaque dérapage sur la route glacée. Finch gardait la tête basse, posée sur son double menton. Les pompiers avaient retiré un homme à la nuque brisée d'une Chrysler démolie, ses yeux avaient repéré un sac mortuaire sur une civière roulante alors qu'il marchait vers l'ambulance. *Two, maybe three with the New Beetle girl... all because of me...*

La voix de Joyce, son épouse, n'apaisa pas les tourments de Finch. Sitôt son examen médical passé – de bonnes ecchymoses, des contusions mineures, une légère commotion –, Finch se jeta sur le premier téléphone public disponible. Il était tard. La sonnerie retentit quatre fois. «*Hello ?*» Joyce avait la voix empâtée par le sommeil. Finch sentit ses yeux s'embuer, un tremblement s'installa dans la main qui tenait le combiné. «*Hon...*»

Baby... ?

Joyce ne dit rien d'autre. Elle était soudainement éveillée, comme à l'époque où elle se levait pour réconforter les jeunots dans leurs paniques nocturnes. Finch entendit un froissement. Joyce venait de rapprocher le combiné de sa bouche. Elle répéta son dernier mot. Finch inspira par la bouche, une inspiration équarrie par les sanglots qui bloquaient sa gorge. *« Hon... I killed again... »* Sa voix n'avait pas été basse ni roucoulante. À *« killed »*, elle monta d'une octave. Finch porta l'autre main à sa bouche. Il aurait aimé s'asseoir. *« Baby, what happened ? Where are you ? »*

Finch parla plus d'une heure avec sa femme. Elle s'était efforcée de le convaincre qu'il n'y pouvait rien, que ces gens étaient morts par accident, que c'était une affaire de volonté divine, rien à voir avec les condamnés de Huntsville. Les bons mots de son épouse lui permirent de gagner un certain sommeil sur un lit étroit, dans un couloir de l'urgence. Mais ce matin, alors qu'il avale une rôtie molle dans une zone tranquille de la cafétéria, Finch est persuadé d'être l'unique responsable des morts de la veille. *I had no reason to cruise at that speed, the client knew about the bad conditions... I'm a monster...* Finch ne regarde pas la nourriture dans son cabaret, il la porte à sa bouche par automatisme, fixant un point inexistant sur un mur vide. Il repense à ce F-150 qu'il a dépassé. *That was the army lady's pick-up... If I had stayed behind her, nobody would have died.* Finch a parlé avec son client ce matin. L'homme disait comprendre la situation, lui souhaitait la meilleure des chances pour se remettre du choc, reprendre la route, continuer. *Keep going... how can I keep going ?*

Finch sera conduit à la fourrière où le Joyce est remisé. Les agents de police qui l'y mèneront demanderont sa version de l'accident sans enregistrer la déposition. Finch ne dissimulera rien, sachant que la boîte noire du Joyce a gardé en mémoire chaque information au détail près. Le plus vieux des agents rangera la voiture sur le bas-côté avant d'émettre un commentaire. Il descendra ses lunettes carrées sur l'arête de son nez, se tournera pour regarder Finch d'homme à homme. « *You know, you were driving exactly at the speed limit. There is no infraction and anyway, the no fault system prevails here. Between you and me, off the record, you should have been cruising at a lower speed in these conditions...* » L'agent fixera Finch avec une sévérité étudiée, sans cligner des paupières. « *Your truck has been inspected. Only superficial damages, you'll be able to drive back home today.* » Finch soutiendra le regard du policier jusqu'au bout, les lèvres scellées. Ses yeux rougiront sous un afflux de larmes trop ténues pour couler. L'agent gardera un œil sévère braqué sur lui pendant de longues secondes. Finch baissera les yeux puis la tête, expirant une bouffée d'air par le nez. Il aura la conviction d'avoir une roche au thorax, un boulet enchaîné au cœur. Il entendra le policier reprendre sa place derrière le volant, tournera les yeux vers le paysage blanc, glacé, peuplé d'arbres nus, droits comme des barres.

L'AMOUR MOLÉCULAIRE

André ne pourra marcher avant plusieurs semaines. Il reconnaît que la situation aurait pu être pire. *Perdre mes jambes, devenir quadriplégique, mourir... c'est pas si mal, vu les circonstances.* André ne s'attendait pas à tomber sur Bao Daï Nguyen à sa consultation. « Je savais pas que tu travaillais ici. »

Ça fait pas longtemps. Tu peux bouger comme ça ?

Non.

C'est pas joli. Écoute, il va falloir examiner plus en détail. Des chevilles cassées, ça reprend pas très bien si on fait pas attention. Et ta femme qui est pas là... c'est pas ce qu'y a de mieux.

Comment tu sais ?

On est sortis en même temps de nos maisons ce matin... elle voyage souvent... j'ai peut-être pas choisi la bonne spécialité finalement.

André papota un brin avec son voisin urgentologue. Les rénovations qu'ils devaient faire sur leurs maisons respectives, le talent exceptionnel de leur paysagiste portugais, les voyages prévus pour traverser l'hiver sans déprime. Dans son fauteuil roulant, les jambes relevées, André ressentait moins de douleur. « Alors, on fait quoi pour mes chevilles ? » Bao Daï expliqua qu'André devait rester à l'hôpital pour passer un test de résonance magnétique. « Je veux savoir si t'as besoin d'une chirurgie, à l'œil on dirait que ton calcanéum et ton os naviculaire sont amochés. Je vais te faire admettre en ortho. J'espère que t'as rien prévu pour les prochains mois. »

Un préposé aux bénéficiaires qui mâche une gomme à la cannelle roule André jusqu'à sa chambre privée. *Au moins, je sais ce qui m'attend.* Le test est terminé. Il aura besoin de fixations internes pour assurer une guérison optimale. Dès demain, il sera opéré. Bao Daï a eu la gentillesse de l'introduire auprès du chirurgien, un type sérieux qui disait avoir étudié avec sa femme. À la fin de l'entretien, Bao Daï tapota l'épaule d'André en lui glissant à l'oreille qu'il l'avait placé en haut de la liste d'attente. « Entre voisins, faut bien s'aider. »

André regarde le décor qu'il occupera les premiers jours de sa convalescence. Il attend Milly d'une minute à l'autre, elle doit venir lui porter de la lecture et quelques vêtements. André espère qu'il pourra récupérer son ordinateur portable, même s'il doute que l'appareil ait pu survivre au froid. *Au pire, je demanderai à Milly de m'acheter des trucs... pour Internet, je devrai payer un accès sans fil... elle pourrait m'apporter un de mes disques externes.*

André... Comment ça va ?

Milly ferme la porte derrière elle, fait quelques pas dans la chambre. Elle porte le manteau de laine bouillie qu'elle a reçu à Noël, des bottes mi-mollet en suède lacées aux trois quarts, un jeans fuseau moulant. D'une main, elle tient sa casquette, ses gants, son foulard ; de l'autre, un sac de voyage de toile grise. « Ça va, j'ai été chanceux dans ma malchance. »

J'ai croisé monsieur Nguyen dans le couloir. Il travaille ici ?

André opine du chef en évitant de regarder l'entrejambe de sa belle-fille. Il se retrouve dans la situation qu'il a cherché à éviter depuis ce défilé de mode improvisé, l'été dernier. *Tout seul avec elle... personne d'autre...* André blêmit. Il comprend qu'il sera souvent dans cette situation à son retour à la maison. Sa femme travaillera de soir, ils engageront quelqu'un pour s'occuper de ses fils et de Suzette, la plus jeune fille de sa femme. *Je pourrai plus foutre le camp...* Milly s'approche du fauteuil roulant, retire son manteau et le pose sur le lit, tire une chaise, s'assoit face à lui. Il voit la bretelle de son soutien-gorge par le large col de son chandail. La fine odeur de son antisudorifique mêlée à son jeune musc lui donne des palpitations. Elle le regarde. Des yeux de biche inquiète. Si ses chevilles étaient en état, André se jetterait sur elle, lécherait ses lèvres, son cou, sa nuque. « J'ai tellement eu peur quand l'hôpital a téléphoné, j'avais vu l'Audi aux nouvelles, j'étais certaine que c'était la tienne. » André voit les yeux de Milly se gonfler de larmes. « J'ai tellement eu peur... je veux dire... je t'aime beaucoup André, vraiment beaucoup. » Milly se lève et passe les bras autour de son cou. Avec l'angle peu naturel de cette accolade, un sein se presse contre la joue d'André, prêt à défaillir. Milly garde cette position plus longtemps qu'il ne l'anticipait, il l'entend renifler, reprendre son souffle. « Je vais prendre soin de toi, bien mieux que ma mère, tu vas voir. » *Mon Dieu, mon Dieu...*

LE VERTIGE AVORTÉ

Elle s'est vue dans le miroir dépoli des toilettes du couloir. Son nez brisé, ses dents cassées, les ecchymoses, les plaies faciales. *Trente mille piasses de chirurgies scrappées.* Lydia sait qu'elle sera horrible à regarder pour les prochaines semaines. *Pas question que Peter me voie dans cet état.* Elle fera replacer son nez, se paiera des incisives neuves, plus courtes que les originales. Elle ira à Boston dès que possible pour gommer les cicatrices. *Il faut pas attendre, ce serait terrible si je restais marquée.*

Justin est allé la voir peu après son admission à l'hôpital. Il avait laissé les enfants chez la voisine, sauté dans sa voiture sans prendre la peine de mettre des vêtements chauds sous son manteau. Lydia sortait des toilettes lorsqu'elle le vit arriver dans le couloir. Elle le regarda comme s'il était une illusion ; ses cheveux clairsemés, ses lunettes sévères, sa tête d'homme invisible, son polo à manches courtes rayé, sa canadienne sous le bras, son jeans sans style, ses bottes brunes aux bouts usés. De la même manière qu'elle avait cru marcher vers le salut en se dirigeant dans un fossé d'eau glaciale, Lydia ne put croire que son mari était devant elle. Justin s'approcha, la pressa contre lui. Lydia resta quelques secondes les bras ballants, le regard creux. « Justin, t'es vraiment là ? »

Lydia sentit une série d'éclairs traverser son cerveau. Elle cligna des yeux tant et si bien qu'elle réveilla ses douleurs nasales. Elle pensa à Peter, à Justin, à cet appel étrange du centre commercial, aux collisions, à l'eau glacée sur ses jambes, au vent, à son pantalon gelé, à l'ambulance, à son visage abîmé. Le sol devint mou sous ses pieds, elle s'enfonçait dans une vase tiède, tournoyante. Des points traversaient ses yeux, une chaleur gagnait sa gorge, son souffle s'épaississait – « Hakkk ! » Lydia vomit une substance rougeâtre sur le polo de Justin qui appelait déjà à l'aide.

Lydia revient à elle. Avant même l'ouverture des yeux, l'éveil devient douleurs : céphalée profonde, élancements au nez, raideur au cou, picotements aux jambes, étrange fraîcheur entre les dents. Elle grogne, entend un mouvement, un bruit de chaise qui recule, quelques pas. « Mon amour, c'est moi. » Lydia a l'impression d'avoir livré un combat de boxe où elle aurait bu de la vodka entre les rounds. Elle lève les paupières, laisse entrer un mince fil de lumière éblouissante, grogne à nouveau. « Tu as eu un gros accident, mon amour. Le médecin a dit que tu t'es fait une bonne commotion cérébrale. Prends ton temps. » Elle bouge ses chevilles pour déplacer le drap, chasser les fourmis imaginaires qui les recouvrent. Autre tentative d'ouverture des yeux. Cette fois, l'éblouissement devient une masse claire marquée d'une silhouette sombre. Une main chaude sur la sienne. Elle voit le bras nu de la silhouette, le torse sombre avec des inscriptions marquées en grosses lettres blanches. Lydia sait que l'homme à son côté est son mari, sa main et sa voix sont reconnaissables entre toutes. Les yeux ont presque achevé leur adaptation à l'éclairage de ce couloir d'urgence. Elle peut lire l'inscription sur le t-shirt noir :

« *Wish U were here* ». Elle ne comprend pas. Lydia voit un lumineux sourire métamorphoser le visage de son mari. *Il est beau comme ça.*

LA GUERRE N'ATTENDRA PAS

Fiona ne pouvait manquer son retour sous aucun prétexte, sauf en cas de force majeure. *Et encore... force majeure... c'est selon leur définition.* Arrivée à l'hôpital, elle téléphona au standard de la base militaire de Saint-Jean pour avertir Trenton de son problème. Après les explications, le capitaine en poste demanda qu'elle subisse un test médical complet. *« If you're clear, report to Saint-Jean base. How many people did you rescue soldier ? »* Fiona répondit qu'elle avait assisté quatre personnes dont deux avant l'arrivée des secours. *« Good work Tremblay, I think you'll be eligible for the distinguished conduct in the months to come. Come back soon, they need you out there. »*

L'urgentologue avait effectué le test physique prescrit par les Forces canadiennes. Il était peu habitué aux procédures. « Désolé, je suis nouveau ici. Vous êtes postée à la base ? »

Non, je suis à Trenton.

C'est pas votre régiment qui est en Afghanistan ?

C'est ça.

Le médecin regarda Fiona avec une expression nouvelle au visage. Un mélange de respect et de froideur qu'elle nota sans difficulté. « Mhhh, la guerre... »

Fiona prit le temps de lire le nom sur l'épinglette. Dr Bao Daï Nguyen. *Vietnamien.* Elle comprit que cet homme dans la quarantaine était né en plein conflit, qu'il avait connu des victimes, peut-être même perdu des frères, des oncles. « Vous n'avez rien de grave. » Il plissa ses yeux bridés jusqu'à les transformer en de minces fentes avant de poursuivre : « À moins que vous ne souhaitiez avoir quelque chose de grave. » Fiona ne comprit pas tout de suite la signification de cette suggestion. Elle répondit sans réfléchir, de manière quasi mécanique : « Personne souhaite avoir quelque chose de grave. »

En quittant l'hôpital, tôt ce matin, Fiona croisa les lits où dormaient les accidentés du carambolage. Elle s'attarda devant la jeune fille dodue, déjà meurtrière malgré ses dix ans. La froideur de cette enfant l'avait troublée. *Comme un petit robot.* Fiona détailla son visage avec soin, désireuse de mémoriser ses traits juvéniles, au cas où leurs vies devaient se croiser de nouveau.

Fiona roule en direction d'une fourrière proche de l'endroit où le carambolage s'est produit. Un soldat peu bavard conduit la jeep avec un évident dédain. Le véhicule dégage la même odeur d'essence qu'à Kandahar. Elle s'y croit presque. Le soldat grogne et fait un signe de tête vers la droite. « Oui, ça doit être là. » D'un geste brusque, il freine, braque à droite, s'introduit dans l'entrée de la fourrière. « Par là, je le vois. » Le F-150 est intact, à peine quelques bosses sur le chrome du parechoc avant. Une pellicule neigeuse recouvre sa carrosserie. Fiona descend de la jeep, pose un pied dans la neige fraîche.

C'est beau ?

Oui, c'est correct, merci.

Le soldat répond d'un salut mollasson, tourne le volant, quitte la fourrière. Fiona voit l'ensemble des véhicules, tous cordés les uns aux côtés des autres. L'autocar n'a plus de nez, une masse noire au sigle de Chrysler est bonne pour la casse, une New Beetle ressemble à une boule de ferraille. *Une autre forme de violence.* Cinq heures de route séparent Fiona de Trenton où elle est attendue en soirée. *Bon, pas le temps pour les sentiments, on est en guerre.*

LES CONGÉLATEURS DU DEUXIÈME SOUS-SOL

La pièce aurait l'allure d'une cuisine pour quelqu'un qui regarderait en vitesse. Les portes carrées, les poignées à loquet et deux comptoirs vides ont la couleur argentée de l'acier inoxydable. Le plancher de céramique grise et le plafond blanc, sans aspérités, reflètent l'éclat verdâtre des néons allumés en permanence. Les rares personnes qui visitent ce lieu remarquent les bruits étouffés, comme si le ronronnement des compresseurs fabriquait un silence mécanique. Les talons ne claquent pas sur la céramique. Les visiteurs ne parlent qu'à demi-voix, sans raison réelle sinon une obéissance au folklore, ces croyances sur le repos des morts.

Un employé entre dans la pièce, affichant un air de contrition professionnelle, un flacon d'antidépresseurs tricycliques dans la poche. Il est suivi d'un visiteur aux épaules lourdes, aux cheveux en bataille, à la barbe rugueuse. « C'est ici. » L'employé fixe le visiteur dans les yeux sans comprendre ce qui cloche avec ce regard. Il actionne la poignée, tire sur la porte du casier de morgue numéro 7, puis sur le plateau où repose un corps nu, couvert d'un drap. Le visiteur plisse un œil, l'autre demeurant identique depuis son entrée dans la morgue. *C'est ça, il porte un œil de vitre, il me semblait aussi.* « Vous êtes prêt ? » Le visiteur acquiesce.

L'employé replie le drap jusqu'aux pectoraux du cadavre. Le corps n'a pas bonne mine, son visage est lacéré à plusieurs endroits, sa langue reste tirée, pointue, sèche. Son cou fait mal à voir, cassé comme une brindille. Le visiteur regarde ce visage qui ressemble au sien comme s'il y cherchait un signe de vie. L'employé doit lui demander de signer des papiers. Règle générale, les répondants préfèrent éviter de voir le mort avant son passage chez le thanatologue. *C'est moins pire que les cas d'identification, toujours ça de pris.* « C'est OK ? Je dois vous demander de signer des formulaires. »

Mhhh... OK.

L'employé regarde par la fenêtre qui donne sur son bureau. Un homme vêtu d'un manteau où se trouve brodé le nom d'une compagnie d'autocars attend, les bras croisés. L'employé traverse du côté du bureau, étale trois formulaires devant le visiteur à l'œil de verre, donne les instructions de base pour simplifier sa tâche. L'homme au manteau fait deux pas vers lui, il décroise les bras. « Euh, moi je viens pour Émile Thibaudeau. »

Un instant, monsieur, je vous prie.

Y'as-tu d'autres papiers ?

Non, c'est tout. Je suis sincèrement désolé monsieur... *ah, il a signé en lettres carrées...* Monsieur Jolicœur. *Jolicœur, ce doit être son frère dans le numéro 7...*

Le visiteur à l'œil de verre a tourné le dos sans saluer, il marche en direction des ascenseurs, les épaules plus basses qu'à l'arrivée.

Oui monsieur, vous venez pour... Thibaudeau, Émile... numéro 4. Je vous sors les papiers.

J'me demandais si je pouvais pas le voir avant ?

Qu'est-ce qu'y ont aujourd'hui ? Surtout le numéro 4... un vrai massacre.

Bien sûr, comme vous voulez.

MONSIEUR LE MINISTRE

Jacques n'est pas si mal en point, vu de l'extérieur. Ecchymoses, coupures, écorchures et bandages mis à part, il ressemble à l'homme qu'il a été, au ministre qu'il est toujours. L'urgentologue n'a pas fait cas de la fonction de ce patient, en accord avec le serment d'Hippocrate. Au plus, il l'a placé dans un coin, derrière un rideau. La secrétaire de l'urgence eut à composer avec quelques journalistes. Sans perdre son sang-froid, cette femme aux courts cheveux teints en noir, aux lunettes carrées et au front bas souligna que l'identité des patients n'était révélée qu'aux personnes autorisées. Voyant les journalistes rester devant son bureau, elle appela la sécurité. «Désolée, procédure normale, c'est une salle d'urgence ici.» Derrière le rideau, Jacques resta attentif, inquiet d'être repéré par la petite meute médiatique. Jacques se doutait qu'un malheur s'était produit sans pouvoir déterminer sa nature. Tamara le visita peu avant la fin des heures réglementaires. Au premier regard, Jacques crut qu'il s'agissait de sa mère, venue à son chevet. Il analysa le visage de Tamara, non sans similitude avec celui de la jeune femme qui lui avait donné la vie, il y avait une cinquantaine d'années. Tamara le salua. Les voix n'étaient pas identiques. Jacques revit des seins, des cuisses. Cette femme n'était pas sa mère. Assise sur le rebord du lit, Tamara expliqua qu'Yvan était décédé, que le premier ministre lui faisait part de ses vœux de prompt rétablissement, que les médias seraient informés pour les bulletins du matin, pas avant. Jacques écoutait attentivement, opinait de la tête sans souplesse (son cou était raide). Lorsque Tamara s'éloigna du lit, disant devoir rentrer chez elle, il demanda si Yvan pouvait venir lui expliquer ce qui s'était passé.

Tamara est à nouveau auprès de son ministre. Elle est arrivée tôt ce matin. Jacques dort toujours, bien qu'il soit presque midi. À la demande de Tamara, il a été transféré dans une chambre privée. Le médecin, un neurologue cette fois, explique à Tamara que ce sommeil prolongé est normal. « C'est possible que sa mémoire à court terme revienne dès son éveil. »

Possible ?

Tout dépend de la violence du trauma, des zones affectées.

Si ça revient pas, c'est quoi la solution ?

Mieux vaut que ça revienne.

Tamara pince ses lèvres. Le premier ministre doit passer d'ici une heure. Les médias n'auront droit à aucune entrevue. Par la fenêtre, elle voit les camions de retransmission déployer leurs antennes télescopiques. Elle n'aurait jamais cru mettre en branle les mesures exceptionnelles. Jacques avait établi des paramètres en cas d'inaptitude temporaire, la procédure était claire : Tamara devenait ses yeux, ses oreilles et le cas échéant, son cerveau.

Jacques dort toujours d'un profond sommeil malgré la grise clarté qui inonde la chambre. Il rêve à sa mère, le même rêve qu'avant-hier. Il la voit mourir d'un cœur explosé, le corps crispé par la douleur. Jacques s'éveillera bientôt, Tamara repère les signes d'un retour au sommeil paradoxal sur son visage. Elle regarde Jacques tourner la tête dans l'allégement du sommeil. Il ouvre un œil. « Maman ? C'est toi ? »

TOUT CE QUE TU VEUX

T'es prête, ma puce ?

Oui, on peut y aller papa.

Est-ce que t'as mal au nez ?

Ça va, faut pas que j'y touche.

Attache ta ceinture. Ça te tente d'aller au St-Hubert ?

Ça serait l'fun.

Océanne n'avait jamais été seule dans un hôpital. *Ça fait bizarre d'avoir juste des adultes autour...* Elle avait apprécié la gentillesse des infirmières de l'urgence (l'une d'elles lui avait offert du chocolat). Le médecin avait été courtois. Ni brusque ni infantilisant. *Il était gentil pour un Chinois.* « Tu m'as l'air d'une petite fille intelligente, alors tu vas me dire pourquoi il y a du Ritalin et du Zoloft dans ton sang. »

C'est parce que j'étais malheureuse, mon docteur a dit à ma mère de me donner ça.

Et maintenant, tu te sens plus heureuse ?

J'le sais pas. PAPA ! PAR ICI !

Le père d'Océanne arriva alors que l'urgentologue palpait le ventre de sa fille. « Comment tu vas ma puce ? » Océanne souleva les épaules en affichant un timide sourire. « Je peux vous parler, monsieur ? » Les deux hommes marchèrent jusqu'au comptoir des infirmières, son père tournait constamment la tête vers elle. Elle les vit parler pendant près de cinq minutes. Son père gardait une main posée contre la bouche et hochait la tête. Océanne commença à croire qu'elle était atteinte d'une maladie incurable. Il revint vers elle, embrassa longuement son front. Elle sentit sa repousse de barbe râper sa peau. « Maintenant, je vais toujours venir te chercher, ma puce. C'est fini l'autobus. »

Océanne resta pour la nuit à la demande de l'urgentologue. Son père approcha une chaise et sommeilla à son chevet.

Qu'est-ce que tu vas manger, ma puce ?

J'pense que je vais prendre... une brochette. Ils font des brochettes ?

Faudra voir.

Le père d'Océanne est blême, cerné. Sa repousse de barbe a doublé. Il conduit la Saab avec une prudence excessive, scanne les environs à la recherche du restaurant de prédilection de sa fille.

Oups, j'ai pas pris mes pilules. J'pense qu'elles sont dans mes bagages, dans l'autobus.

Son père garde les yeux sur la route, pose une main amicale sur la cuisse d'Océanne. « Écoute, le médecin à l'urgence, il m'a donné une nouvelle prescription. Avec celle-là, tu vas pouvoir arrêter les pilules dans un mois... elles ont un effet permanent, elles vont te rendre heureuse toute la vie. » Océanne regarde son père. Elle sait qu'il ment. *Chaque fois qu'il dit pas la vérité, il regarde ailleurs... mais c'est pas grave, avec ou sans pilules, je pense pas que ça change quelque chose.* La Saab s'engage dans le stationnement du restaurant. Océanne sent la salive affluer à la vue du logo de l'endroit. « J'pense que je vais prendre un poulet complet, finalement, j'ai super méga faim. »

Tout ce que tu veux, ma puce.

BON APPÉTIT

Véronique ne peut quitter sa main des yeux. Les trois doigts ont été recousus. *Pas fumer... rien fumer pendant au moins dix jours... ça ralentit la circulation qu'y disent...* Elle palpe le bout du majeur de la main gauche. Cette chair livide ne perçoit aucune sensation, comme si ce doigt appartenait à une autre personne. *Le doc avait dit combien ? Deux centimètres et demi par mois pour les nerfs... ça va me prendre un mois avant de sentir quelque chose... c'est fucké.* Sur chaque doigt replanté, le chirurgien a disposé deux sangsues. Elles y sont depuis une heure à se gaver sans relâche. Véronique s'est habituée à leur présence. Le chirurgien avait été catégorique. « Non seulement elles vont nettoyer vos doigts, mais ça va activer la reprise de la circulation en diminuant votre douleur. » *C'est vrai que ça fait moins mal...*

Le chirurgien la garde en observation quelques jours. *De toute façon, mon char est scrap pis le galeriste, il doit être parti.* Véronique n'a pas relevé les messages de sa boîte vocale, son cellulaire ayant été brisé dans l'accident. Elle attend l'arrivée du dîner pour trouver un téléphone public et clarifier la situation. *J'ai trop faim pour être capable de parler en anglais.*

Véronique s'interroge sur l'identité de la personne qu'elle joindra quand viendra le temps de rentrer chez elle.

Avant Noël, Paul aurait fait l'affaire – *mais là, pas question. Il y a peut-être Louis... non, ce serait pathétique, pas un ex...* Véronique fouille un carnet d'adresses imaginaire, passe chaque identité au crible : *lui, fait longtemps que j'y ai pas parlé... elle, j'ai pas envie de m'expliquer pour la dernière fois... Dan, non, il fume trop, des plans pour qu'on se ramasse encore à l'hôpital...* Véronique cherche pour ne pas avoir à joindre son père. *J'ai trente-neuf ans, je devrais connaître quelqu'un qui peut m'aider!* Un employé de la cafétéria apparaît dans le couloir, il tire un chariot rempli de plateaux couverts. *Manger, ça va m'aider à réfléchir.*

Véronique masse son front du bout des doigts. Les sangsues travaillent toujours sur l'autre main. Elles ont doublé de volume. Véronique a un haut-le-cœur à la vue de l'ondoiement hypnotisant des corps oblongs sur ses doigts. L'employé de la cafétéria pose un plateau sur la table de lit. Véronique perçoit un effluve de sauce brune et de chou de Bruxelles. Le retrait du couvercle confirme son appréhension olfactive. Véronique ferme les yeux. La faim lui donne un mal de tête minéral, froid comme le marbre. Elle regarde la boulette de bœuf haché reposant dans une flaque de sauce, la boule de pommes de terre reconstituées moulée par une cuillère à crème glacée, l'empilade de macédoine décongelée, les deux choux de Bruxelles coincés au centre de l'assiette. *J'aurai juste à faire comme si j'y étais, à leur souper de la fête des Rois.* Véronique jette un dernier regard vers les six sangsues qui se gorgent de sang. Elle rigole intérieurement. « Bon appétit. »

LA MAISON PÈRE

Papa est encore trop fâché, qu'il dit. Il peut pas croire que tu as tenté de la tuer.

Elle avait juste à rien manger. Je lui ai quand même pas mis la nourriture dans la bouche.

T'en parleras avec lui, Sam.

Comment elle va ?

Sally immobilise la voiture à un feu rouge avant de tourner la tête du côté de son frère. Elle sourit, discrète.

Et puis, comment elle va ?

Elle pourra pas quitter l'hôpital avant longtemps. Pis après, elle va avoir besoin de soins constants.

Ça veut dire quoi ?

Le feu tourne au vert, Sally redirige son visage vers le pare-brise. Un camion de pompiers roule à grande vitesse dans le sens contraire. « ATTENTION ! » Sally n'a pas levé le pied du frein.

Sam, je l'ai vu, OK ? On avançait pas. Relaxe.

Sam se cale dans le siège, honteux d'avoir eu si peur. Il revoit des images de tôle froissée, de corps brisés. « J'ai suggéré un centre d'accueil asiatique, tu sais, celui où les Fong ont placé leur vieille. »

Papa a dit quoi ?

Rien.

Sam se souvient des nombreuses discussions avec son père. Dès qu'il mentionnait la grand-mère, le ton montait, transformait l'échange en guerre ouverte. Le père disait qu'il ne pouvait trahir sa propre mère. « Et toi tu trahis MA mère, TA femme, c'est mieux ? »

Sally garde son attention sur la route, clignote à droite pour annoncer un changement de voie. Elle tapote sur le volant, en accord avec le rythme qui s'échappe en sourdine des haut-parleurs.

Papa est vraiment fâché.

La voiture s'engage sur la rue des Wang. Une succession d'habitations surdimensionnées, en brique, en pierre, en bois, quelques arbres, des bancs de neige, trois ou quatre voitures par adresse, parfois plus, d'autres garées dans la rue. Un Hummer arrive à contresens, Sally doit frôler les voitures garées pour l'éviter. Sam a le sang glacé, sa colonne vertébrale n'est qu'un long frisson. Il voit la maison, la voiture du père, de la mère, la sienne, très amochée, exposée comme une pièce à conviction. « Il a déjà fait revenir ma Yaris ? » Sally ne dit rien, entre dans la cour, immobilise son véhicule. Sam met pied à terre, il voit un carton collé sur le plastique qui bouche le trou laissé par la vitre éclatée. Il plisse les yeux pour mieux lire les caractères chinois écrits au crayon-feutre. « À vendre. » Sam frotte les mains contre son visage, de haut en bas, étirant ses traits d'une manière disgracieuse. Il reste devant la voiture accidentée, sachant que le reste de la famille l'observe par la fenêtre du salon. *Il veut vraiment la guerre. Il veut vraiment jouer à ça. Sophie va m'aider. Elle va m'aider.*

Sam n'entre pas, il laisse cette fine neige couvrir ses cheveux d'un voile blanc comme la mort. *Non. Pas question.* Il tourne le dos à la maison paternelle, marche en direction de l'arrêt d'autobus en répétant : « Je n'ai plus de père, plus de famille. »

LA TÊTE CALME
DES FABRICANTS D'AMOUR

Brigitte avait reconnu Roberge dans la cohue du carambolage. « Je savais que c'était toi. » Roberge avait souri. Il aimait être identifié en fonction de sa stature. Dès le secondaire, il s'était enorgueilli des divers surnoms qu'on lui attribuait. Le Bœuf, Mister Muscle, Les Bras, Big Berge, Killer, Taureau. Brigitte l'avait surnommé Bâtisse. *Il était vraiment bâti.* « Officier Bâtisse, ça te va bien. » Roberge avait négocié avec le sergent pour laisser Brigitte partir avec sa voiture. La Jetta n'avait causé aucun dommage significatif. « C'est évident que c'est pas elle la cause. » Lorsque Roberge mentionna les trois enfants qui l'attendaient à cinq minutes de là, le sergent leva les yeux au ciel. « Écoute Roberge, on peut pas bouger son char, c'est de même. » Roberge resta devant lui, immobile. Une montagne devant un buisson. Le sergent bougea les yeux de droite à gauche, à la manière d'un gamin qui prépare un mauvais coup, murmura deux phrases qui satisfirent Roberge.

Pis, officier Bâtisse ?

Il répondit par un clin d'œil. « Service de taxi privé. »

Le Police Interceptor de Roberge était d'un confort presque dérangeant. Meilleur qu'un sofa de luxe. « Il faut ben avoir deux, trois avantages, tsé, quand tu perds ton après-midi à pogner des gens qui brûlent un stop, mieux vaut avoir les fesses tranquilles. » En moins de cinq minutes, la voiture de police entrait dans la cour de Chuck. « C'est con, un accident de même. Juste à côté de chez moi. » Roberge la salua, promettant de repasser, histoire de revisiter quelques souvenirs du secondaire. Chuck parut dehors, sans manteau ni bottes. « Bri ? Bonyeu, qu'est-ce qui se passe ? »

Faute de véhicule, Brigitte utilise un congé de maladie. Chuck lui avait offert de la conduire au travail. *Quand même, faut pas abuser.* « Ben, au moins, je vais te reconduire pour que t'ailles chercher ta Jetta. » Par la fenêtre du salon, elle regarde les jumeaux construire un fort de neige, en prévision d'une éventuelle bataille avec les voisins. Il y a la blondasse qui sort de sa maison mobile rouillée. Cette fois, Brigitte ne lui a laissé aucune chance. Elle a téléphoné dès son retour. « Écoute les nouvelles à soir, tu vas voir pourquoi il faut que j'aille chercher mon char. » Blondasse porte un jeans fuseau qui lui fait des jambes allumettes, des bottes noires à franges, un curieux manteau bouffant serré à la taille, des gants ultraminces. *Elle doit se geler les fesses habillée comme ça... l'adolescence...* Brigitte répond au geste de Chuck qui l'invite à sortir. Il a terminé de déglacer sa vieille Mazda.

En arrivant à la fourrière où la Jetta a passé la nuit, Chuck fera une évaluation rapide des dommages et conclura qu'il n'y a rien d'important de brisé. Brigitte demandera si elle peut continuer à rouler sans la faire réparer. « J'ai vraiment pas les moyens pour ça. » Chuck rigolera, les yeux petits, l'air joueur. « Je me trouvais nul de pas t'avoir donné de cadeau de Noël. » Brigitte froncera les sourcils. « On va l'amener au garage tout de suite, joyeux Noël en retard,

Bri. » Chuck la regarde, chasse les flocons venus se loger dans son toupet. Brigitte le trouve beau dans ce paysage de ferraille enneigée. Elle approche son visage du sien. « Merci Chuck… merci. » Brigitte se dit qu'il faut reculer la tête, rester prudente. Elle opte pour un quart-baiser, celui des coins de bouche accrochés, par hasard. *Ma version du hasard, en tout cas.*

3

Le livre des renonciations

Il n'y a pas d'accidents. Je ne sais même pas ce que ce mot signifie, et je ne fais jamais confiance à ceux qui prétendent le savoir.

RUSSELL BANKS,
De beaux lendemains

Avril

LA FORCE FAIBLE DU SILENCE

André boit sa deuxième coupe en quinze minutes. Il traverse l'heure neutre, l'unique période solitaire de la journée. Les enfants arriveront d'ici peu. Ils rejoindront Yordanka au sous-sol. Depuis l'accident, cette gouvernante s'occupe des plus jeunes. Une Bulgare sans attrait particulier, une masse de chair apte à contenir les débordements en levant le doigt. André reste dans le bureau, un œil sur la rue pour confirmer l'arrivée des petits. À côté de la table de travail où reposent son plus récent ordinateur, les disques externes et la bouteille de vin, André garde son fauteuil roulant. Bien qu'il marche sans difficulté depuis trois semaines, ce fauteuil lui apporte un réconfort presque aussi puissant que le mélange de vin rouge et de Subutex. *Je vais réussir à en prendre juste une dose aujourd'hui, je vais réussir.* Le Subutex avait été un cadeau spécial de Bao Daï. «Avec ça, tu sentiras rien, mais attention, faut pas abuser, autrement le sevrage sera difficile. Mais pour un gars comme toi, j'ai pas de crainte, tu feras pas de conneries.» *Des conneries, je fais que ça, des conneries.*

Les enfants sont dans l'entrée. André les entend frotter leurs bottes de printemps sur le tapis. Comme ils en ont pris l'habitude, ils filent au sous-sol pour faire leurs devoirs. *Elle devrait plus tarder.* André déplace sa chaise pour mieux voir l'arrivée de Milly. L'autobus du Collège Français la dépose au coin de la rue. Il la voit ajuster la sangle de son sac sur une épaule, saluer d'une main une de ses amies. André sent les papillons sortir de leur cachette, il lèche ses lèvres. Milly sera avec lui d'ici dix minutes, comme tous les jours depuis son retour à la maison.

C'était en compagnie de sa femme qu'André avait quitté l'hôpital. Elle répétait ses questions de la première visite (Qu'est-ce qui s'est passé ? / Pourquoi t'étais là-bas ?), intégrant quelques exclamations (J'm'en veux tellement de pas avoir été là ! / Pauvre chéri ! / Je vais prendre congé !). André répondait par phrases simples, parfois incomplètes ou interrompues (Je sais pas, je me souviens pas comment… / J'allais visiter un chalet / C'est pas ta faute / Pas avec les pilules / Non, change pas tes plans pour ça.)

Devant la maison s'étirait une longue rampe en pente douce. André roula, poussé par sa femme, jusqu'à l'entrée de la maison de ses anciens rêves. Sa femme expliqua qu'une gouvernante s'occupait des plus jeunes au sous-sol et qu'un système d'élévation sur rail avait été installé pour lui permettre d'accéder à l'étage. André regarda l'étrange mécanique normalement réservée aux invalides, glissa les yeux sur l'installation. « Je sais, faudra changer la rampe après, mais c'est pas grave. Au moins, ils l'ont posée vite. » Sa femme expliqua le fonctionnement du système sans se presser. André tenta de produire un sentiment amoureux en l'écoutant. *Un pincement au cœur, un papillon. Un seul, s'il vous plaît.* « Fais pas cette tête-là chéri, c'est pas si compliqué. »

André monta l'escalier sans quitter son fauteuil roulant. Sa femme l'escortait sur la gauche. Il dégagea le fauteuil du mécanisme de rétention, roula en direction du bureau. Sa femme le regardait du couloir. Elle devait partir. Le travail. « Si y'a quoi que ce soit, Milly m'a dit qu'elle allait prendre soin de toi. Elle t'aime beaucoup, tsé. Bon, faut vraiment que j'y aille. » André roula jusqu'au bureau, pensant y trouver Milly. *Où elle est ?* Une note l'attendait dans la vitre : « Reste ici. J'ai une surprise pour toi. » L'estomac d'André se noua. Déjà, à l'hôpital, Milly lui avait fait de chastes massages des mollets, vêtue d'une blouse au col ouvert, dévoilant les dentelles de son soutien-gorge. Il n'en avait jamais tant espéré, bien qu'il souhaitait davantage.

André se tourne vers l'unique porte du bureau comme il l'avait fait en cette brunante de fin janvier. Il avait vu Milly entrer, souveraine, une bouteille de vin à la main, le visage illuminé d'un sourire frôlant la malice. Elle portait des vêtements d'intérieur ordinaires et fripés, André décela pourtant dans ceux-ci une touche de sensualité. Elle vint s'asseoir sur ses cuisses, pressant le visage d'André contre sa poitrine. « J'suis tellement contente que tu sois revenu. » André se soûla de l'odeur de Milly, retint cette impulsion de lécher le vêtement qui couvrait le sein. Milly l'embrassa. Sur les joues. Des baisers malhabiles, différents de ceux qu'elle donnait autrefois, mécaniquement, par obligation familiale. C'est à ce contact qu'André comprit qu'il ne s'en sortirait pas. Ils burent le vin presque en silence, échangeant des regards mêlés de gêne et d'excitation. *Exactement comme l'été dernier.*

Milly arrive à la maison. Elle retire ses bottes, suspend son manteau au crochet qui lui est dédié, monte l'escalier, se dirige vers la salle de bains. André marche jusqu'au sofa où traîne un exemplaire de *Lolita,* roman qu'il est incapable de terminer. Il écoute l'eau de la douche frapper les portes de verre trempé, visualisant chaque geste de Milly sous cette averse. La coupe et la bouteille sont maintenant posées sur la table basse, face au sofa. Il laissera Milly boire tant qu'elle aura soif.

La douche ne coule plus. André profite des papillons qui lui remuent les tripes. Ils sont moins nombreux depuis quelques jours, comme si des filets étaient venus les compartimenter, amoindrir leur effet groupé. En laissant libre cours à son ultime fantasme, André avait accepté l'éventuel divorce, la perte de la maison et de la garde de ses enfants. Il s'attendait à ce que Milly évente le secret après quelques semaines, que la gouvernante monte pour les surprendre dans leurs ébats, que cette histoire se consume à la vitesse et dans l'éblouissement d'un feu de magnésium.

Milly passe à sa chambre pour enfiler des vêtements plus stylisés que l'uniforme scolaire. André entend ses pas légers sur le plancher qui craque. Il songe au premier contact avec les lèvres de Milly, à cet infime coup de langue qu'elle donna aux siennes, à sa main, jeune, étonnamment agile, qui palpait ses pectoraux. « Ça fait tellement longtemps que j'attends ça. » C'était elle qui avait parlé. Elle se leva, roula le fauteuil d'André jusqu'au sofa, lui demanda de s'étendre. « Qu'est-ce que tu fais, Milly ? » Elle le regarda d'un air joueur d'une troublante maturité. « Couche-toi. » L'image de pureté juvénile de Milly vola en éclats dans l'esprit d'André, non sans plaisir. Elle déboutonna son pantalon, remonta son chandail jusqu'au nombril, lapa son ventre jusqu'à l'élastique du caleçon, retira le vêtement tendu par l'érection. « Ça, c'est une vraie queue. » André traversait un vortex, il vivait la scène pornographique de tous ses fantasmes. Lorsque Milly le lécha des testicules au gland, il contracta chaque muscle disponible pour retarder sa jouissance. Il résista deux maigres minutes à la fellation de Milly qui insista pour recevoir sa décharge en plein visage.

Au-delà du choc de cette première fois, André chercha à comprendre cette ferveur sexuelle. Milly la résuma avec une déconcertante aisance : « J'ai fait mon premier blow-job en sixième année, pis ma première baise, c'était en secondaire un. Je sais ce que je fais. » André tentait d'effacer l'expression d'incrédulité de son visage, il avait l'impression de visiter un univers parallèle. Milly termina en lançant un regard d'une foudroyante lucidité. «Tsé, j'suis la meilleure pour garder des secrets. »

Milly sort de sa chambre. Elle marche vers le bureau. Cette rencontre est devenue routinière depuis deux mois et demi. *Belle routine, quand même.* André prendra les commandes aujourd'hui. Il a une envie de levrette. Voir sa verge s'enfoncer entre les fesses de ce minuscule derrière jusqu'à l'explosion. Pilonner tendrement, écarter les fesses. André commence à croire qu'il devra provoquer le destin pour se faire prendre. En finir avec l'étrangère amicale qu'est devenue sa femme. Il souhaiterait attirer l'attention en menant Milly à un orgasme si puissant qu'elle ne pourrait réprimer ses cris. La gouvernante monterait pour vérifier, les surprendraient encore emboîtés, haletants. Milly arrive, referme la porte derrière elle. «J'ai tellement pensé à toi aujourd'hui, j'ai été obligée de me passer le doigt aux toilettes de la cafétéria pour finir ma journée. J'ai super envie de toi. »

André presse le jeune corps contre le sien, à la fois ivre de vin, de Subutex et de testostérone. Alors qu'il embrasse cette jeune bouche déjà experte, il a l'impression qu'il pourra berner sa femme jusqu'à la fin des temps s'il évite les faux pas. Milly ne dira rien. Elle l'aime d'un amour brut, pornographique, sans nuances. *Elle dira rien, elle est capable.* André dégrafe le pantalon, libère un cul sans culotte ; soulève le chandail, révèle deux seins menus, pointus, fermes. Milly approche la bouche de son oreille, y glisse un murmure. André sourit, presse à nouveau son corps vieillissant contre son idéal de perfection esthétique. *Je cours à ma perte et j'accélère.* Il glisse la main du cou aux fesses, frôlant chaque vertèbre du majeur, descend toujours, les doigts tendus entre les fesses de Milly, effleure l'anus, flatte le périnée d'une souple rotation, insère la première phalange à l'orée du vagin moite. *Ça pourra pas continuer.* Milly oscille du derrière et souffle, la bouche ouverte, contre sa chemise. André regarde ce corps qu'il fera jouir par tous les moyens qu'il connaît. Il se sent bien, affreusement bien. *Je suis fou... je suis fou...*

LES SENSATIONS DÉPASSENT LE RÊVE

Véronique n'y croit toujours pas. Elle voit ses œuvres accrochées, les cartons collés au bas avec des prix à quatre chiffres, trois d'entre eux sont déjà marqués d'un point rouge. *Et ce sont pas les plus faciles... ça me fait presque huit mille... et le vernissage est pas commencé...* Les événements s'étaient enchaînés trop rapidement pour qu'elle accepte la nouvelle version de sa réalité. Le galeriste était venu la voir, chez elle, dans l'atelier. Il avait garé sa Maserati à l'arrière de la Golf payée sept cents dollars, une semaine après le carambolage. Le type ne cessait de ponctuer ses phrases avec des points d'exclamation. *Wonderful! Brilliant! Strong! Powerful!* Il disait avoir un trou en avril, une occasion rêvée pour présenter du sang neuf. Le galeriste laissa un contrat d'exclusivité nord-américaine sur le rebord d'un comptoir, entre des pinceaux lavés et trois pots d'acrylique. *« I really have to go back to TO. Read it. If I get a fax from you in the next week, we'll be in business! »*

Le contrat resta sur le comptoir environ trente secondes. Sitôt la Maserati hors de vue, Véronique se rua sur le document. À la quatrième lecture, elle détermina que le papier était honnête, le signa à deux endroits, le parapha à cinq autres. Le lendemain, dès la réception du bordereau confirmant l'envoi du fax, elle sentit que la guigne arrivait à son terme, que le rêve devenait réel.

So, Veero. I open the door in ten minutes. You're ready?

Little nervous.

Want some medication?

What kind?

Snort med.

Sure!

Le galeriste enlace Véronique par l'épaule et l'escorte jusqu'au bureau. D'un tiroir, il sort un miroir, un sac de poudre, une carte de crédit Platine, un billet de cent dollars. Avec une économie gestuelle trahissant l'habitude, il trace quatre longues lignes sur le miroir, roule le billet d'une main, sniffe la première ligne, relève la tête en papillotant des paupières, l'index pressé contre la narine poudrée. « *Woah, that's stuff you won't find anywhere!* » Véronique répond d'un sourire. Elle n'a pas sniffé depuis l'accident. Son médecin le lui avait déconseillé. « Pas bon pour la circulation, ça excite le cœur. » Elle pince le billet de cent dollars entre le pouce et l'index de sa bonne main, approche la tête du miroir, porte le billet à son nez, renifle.

Wow!

Told you.

Véronique comprend n'avoir jamais sniffé de véritable cocaïne avant cette ligne. Elle consommait des mélanges bourrés de speed, de bicarbonate de soude, de sucre, de lactose.

Now, that's the stuff!

Les secondes lignes rejoignent les narines aussi rapidement que les premières. Véronique sent qu'elle pourrait trouver une solution au réchauffement climatique tant son cerveau travaille en accéléré. Elle entend un extrait de *In the Upper Room* de Philip Glass, c'est le cellulaire du galeriste. « *Devon! Oh baby, you HAVE to come and see this, believe me...»* Véronique retourne à la salle d'exposition où s'active le traiteur. *«Can I?»*

Go ahead!

Véronique se sert un verre de rouge portugais pour rincer l'arrière-goût amer de la cocaïne au fond de sa gorge. Elle regarde ses œuvres comme si elles étaient d'une autre main. *Franchement, j'suis vraiment bonne... sérieusement. Je mérite ça.* Une rumeur filtre par la porte opaque au loquet tourné. Des gens attendent dans la rue. *Il y a peut-être une file... ce serait vraiment fou qu'on fasse un line-up pour voir mon stock!*

Le galeriste revient vers Véronique. Il a vendu une œuvre par téléphone. Il explique avoir envoyé une photo au client. *«He went crazy... I told him this one was going tonight. This is gonna be a gooood evening.»* Véronique voit un point apparaître sous le portrait de son frère éventré. La pièce centrale de l'exposition. Neuf mille dollars. *Ben voyons donc, c'est complètement fou.*

Véronique frappe ses doigts replantés contre sa cuisse, une habitude depuis le retour progressif des sensations. Selon son médecin, ses nerfs repoussent à un rythme plus lent que la normale. «Rien de très grave, ils vont revenir un jour ou l'autre.» Véronique pose sa mauvaise main sur la table du buffet. Le verre de vin est déjà vide. Toujours par habitude, elle tape la table du bout de ses mauvais doigts, vaguement amusée par l'idée d'entendre ce qu'elle ressent à peine. *Attends une minute...* Véronique porte son index gauche à sa bouche et mordille le bout. *OK...*

La sensation est revenue, Véronique ne saurait dire quand ni pourquoi, mais elle est là. Un picotement interne, similaire à ceux qui la gênaient le soir, à mi-doigt, peu après l'accident. *Oui, sauf que là, ça commence à faire mal...*

Véronique a l'impression que ses nerfs ignorent qu'ils ont atteint le bout des doigts, comme s'ils voulaient pousser au-delà de la peau. Elle accroche le galeriste pour demander s'il a des Advil. *« Sorry, I'm out. I can send my assistant to grab a bottle if you want. »* Véronique garde ses mauvais doigts enserrés dans sa bonne main, la chaleur atténue les picotements devenus de minuscules déchirements.

Are you OK Veero ?

My fuckin' fingers decided to become sensitive again.

Right this moment ?

Don't worry, it won't show.

Véronique saisit la bouteille de vin portugais, avale la moitié de son contenu en deux gorgées. *« Better than Advil. »*

Le galeriste sourit. Il aime que ses artistes soient des cas spéciaux, particulièrement s'ils exhibent leur extravagance lors des vernissages. Véronique vide la bouteille en trois autres gorgées, éructe sans faire de bruit, essuie ses lèvres du revers de sa mauvaise main sans relâcher la bouteille. *« Can you still walk ? »*

Sure I can.

Véronique marche droit. Elle a l'air normale. Elle réclamera une ligne de cocaïne aux quinze minutes pour garder son esprit alerte. Elle avalera trois Advil avec une lampée de rouge dès que l'assistant reviendra. Elle papotera avec les invités, excitée par la perspective d'encaisser de jolies sommes, sidérée par les raisons motivant les achats. Mais en ce moment, Véronique regarde son galeriste ouvrir la porte à une petite foule de corps parés de vêtements hors de prix. Ses doigts lui démangent et picotent, le vin n'a rien réglé. *J'ai juste l'impression d'avoir moins mal. Je devrais peut-être déposer la bouteille.* La galerie se remplit de corps élitaires, la plupart ont déjà les yeux rivés aux tableaux. Véronique voit une image, celle qui la fera sourire pour le reste de cette soirée : une kamikaze dans la foule, vingt millisecondes après avoir déclenché sa ceinture de bombes ; son organisme déchiré, ses éclats d'os plantés dans les corps qui l'entourent. À la fin du vernissage, Véronique parlera de cette idée au galeriste. Elle dira vouloir en faire un format géant, de la taille de *Guernica*. *« Veero, that's just fucking perfect. »*

I WISH EVERYBODY A GOOD LIFE. EVERYTHING IS OK

Le Joyce Forever est garé sans remorque à côté de la maison. Les dommages causés par le carambolage sont disparus. Deux autocollants en forme de croix ornent la portière conducteur, en mémoire des victimes. Finch les avait appliqués de bonne foi, se disant qu'il aurait une pensée pour ces pauvres gens chaque fois qu'il prendrait le volant. *« Look's more like those icons bombers gained after their run. »* Le commentaire était venu de madame Grieg, sa voisine octogénaire. Finch en avait perdu le sommeil pour trois nuits. La première, il tenta de décoller les croix du bout des ongles par -28 °F. La seconde, il chercha un moyen d'éliminer ces collants sans abîmer la peinture du Joyce. La troisième, il retourna dehors pour regarder sa portière décorée, se faire à l'idée que ces croix allaient le suivre qu'il le veuille ou non. Il demanda pardon une énième fois à ses victimes, rentra chez lui, sortit une bouteille de Jim Beam de l'armoire à fusils.

Deux mois plus tard, Finch a pris l'habitude de la bouteille lorsqu'il reste à la maison. *Drowning remorses... better than feeding them.* Il a bu cet après-midi, une demi-bouteille. Joyce siège au conseil municipal, les enfants sont à l'aréna pour voir Leroy jouer. Joyce a laissé un message il y a quelques minutes, elle disait en avoir pour longtemps. Le conseil allait voter des lois pour redresser la situation économique. « *We might have to stay past midnight, darn opposition... always in the way... Don't wait up for me. There's some boiled chicken leftovers in the fridge. Love you, baby.* » Finch est resté près du répondeur pour écouter la voix de sa femme. S'il avait répondu, Joyce aurait deviné son ivresse.

Finch voit le nez du Joyce Forever par la fenêtre du salon. Il devra conduire demain. Partir pour Wichita, Kansas, avec un chargement de poulies qu'il prendra à Lebanon, à deux heures de route de Berlin. Finch renifle, il traîne un rhume depuis deux semaines. La maison baigne dans un silence relatif : le cliquetis des radiateurs, le ronronnement du frigo, le vent qui soulève les panneaux d'aluminium à l'extérieur. Le téléviseur éteint reflète le salon dans la courbure de son écran. Finch se voit, assis dans le La-Z-Boy, les pieds relevés, la bouteille de bourbon entre les jambes ; il y a le sofa vide, les quelques plantes qui résistent aux sécheresses accidentelles (l'arrosage incombe à Leroy qui oublie une semaine sur deux). Il y a le tableau peint à l'huile par l'ancien propriétaire de la maison (un obscur pont couvert entouré d'arbres à tendance impressionniste), la table basse couverte de tabloïds, d'exemplaires froissés de *Time Magazine, Sports Illustrated, Trucking Magazine, The Hockey News*. Finch ne voit plus la moquette à longs poils qui couvre le sol comme un gigantesque pelage artificiel. Elle occupe pourtant une vaste part du reflet, au bas de l'écran, qu'elle peuple de ses saillies, de ses poils retournés, tachés, comprimés par d'anciens meubles. L'unique lampe allumée jette un éclairage froid sur la pièce. Finch analyse la tubulure de l'ampoule fluorescente, trop contemporaine pour s'intégrer à la vieille torchère achetée chez Ward Furniture, à une autre époque, dans un autre monde. *Another century...*

Finch ne pense plus aux victimes dont il n'a pas appris le nom. Il avait su, par personne interposée, qu'un ministre avait perdu son chauffeur. « *I don't wanna know.* » Du temps où Finch tuait pour gagner sa vie, des procédures strictes lui avaient été inculquées, histoire de maintenir le moral à un niveau acceptable : ne jamais regarder le condamné dans les yeux, ne pas s'intéresser à lui, ne pas communiquer hors des contacts obligatoires, éviter de croiser les spectateurs de l'exécution tant avant qu'après, ne pas publiciser la spécificité de son rôle, ne rien dévoiler sur les procédures de l'antichambre. Finch n'appelait jamais les détenus de *death row* par leur nom, le matricule suffisait. « *You ain't killin' people Clayton, you're just erasin' bad numbers, that's all.* »

C'était Finch qui avait injecté le pentothal à Charles Brooks, Jr. le 7 décembre 1982 à 12 h 09. Baccall s'était chargé du Pavulon, Fat Murdoch avait couvert le chloride de potassium. Il y avait un monde fou à Huntsville ce jour-là. Brooks était le premier condamné à qui on administrait l'injection létale. Finch s'était convaincu qu'il éliminait un numéro. Qu'il libérait une cellule pour le prochain client, sans plus. Il ne vit rien de la mort de Brooks. Un homme qui marche, que l'on immobilise et pique. Trois boutons appuyés à distance, un cadavre qui sort, un sac mortuaire à mener au frigo. Les vingt-neuf autres exécutions auxquelles il participa se déroulèrent de la même manière. Une routine macabre. *A job like any other, just pressing buttons.*

Finch pose les pieds au sol sans rabaisser le repose-pied du La-Z-Boy qui reste droit entre ses jambes. *Why am I thinking about that ?* Les reflets dans le téléviseur éteint ont à peine changé. « *Well, cheers to you all.* » Finch salue le téléviseur en levant sa bouteille. Sa gorgée lui cause un frisson des cuisses aux épaules.

Le dernier détenu de Finch est le seul autre dont il se souvient du nom. Jerome Butler, nº 842. C'est lui qui revient le hanter occasionnellement comme un horrible souvenir. Celui d'un condamné aux veines fuyantes piqué quatre fois avant que la bonne veine soit atteinte. *Fucking Butler.* L'homme avait eu les dernières paroles d'un type serein, résigné à mourir, presque digne. Finch n'avait pu ignorer ses yeux lorsqu'il parla. « *I wish everybody a good life. Everything is OK.* » Fat Murdoch envoya les quatre grammes de pentothal qui assommèrent le condamné. Baccall activa l'arrivée du Pavulon, en accord avec la procédure. C'est à ce moment qu'il y eut un problème. Butler commença à crier. Pour une raison qui échappait au médecin légiste censé confirmer le décès, le Pavulon l'avait réveillé. Finch savait que la dose de pentothal suffisait pour tuer un homme, que les deux autres injections ne faisaient qu'accélérer le travail. Il ne comprenait pas qu'un homme puisse lutter contre ces chimies mortelles. « *CLAYTON! Push your button right now!* » La procédure stipulait qu'il devait attendre trois minutes pour laisser travailler le Pavulon. Le médecin légiste, hors d'haleine, lui résuma l'affaire : soit il laissait souffrir ce condamné trois minutes, soit il injectait le chloride de potassium pour arrêter le cœur. « *I take full responsibility.* » Finch appuya sur le bouton, sûr de mettre fin au calvaire de Butler. *If only I had known.* La troisième injection intensifia les douleurs de Butler qui combattait les poisons avec la moindre de ses cellules. La procédure ne prévoyait pas ce genre de réaction. Après une minute de cris d'une horreur insurpassable, Baccall suggéra qu'on lui mette une balle dans le crâne. Le responsable fit non de la tête. La loi disait injection. Une autre méthode, c'était un meurtre. Baccall jura, alluma une cigarette. Butler lutta trois minutes et douze secondes contre les doses mortelles. *An eternity.* Baccall, Fat Murdoch et Finch entrèrent dans l'antichambre pour récupérer le corps. Butler avait brisé trois des cinq sangles avec lesquelles il était attaché. *« Good grief, look at his face ! »* Le visage du condamné s'était figé dans ses dernières douleurs, celles des poumons paralysés, du cœur figé ; il avait les yeux ouverts sur l'antichambre claire. Le visage régulier, presque enfantin, de Butler s'était métamorphosé. Fat Murdoch promenait ses yeux entre Finch et le cadavre, Baccall ne cessait de murmurer des jurons. Finch regarda longuement le visage du mort. Quelque chose clochait. *« Guys, why in the world does he look like me ? »*

Finch se lève. *Enough bourbon for today.* Il s'approche du téléviseur, voyant son reflet enfler à chaque pas. Le voilà face à l'appareil éteint. La barbe qu'il porte dissimulait mieux son visage à l'époque, les poils bruns effaçaient certains traits. Dès les premiers poils gris, il s'était mis aux colorants pour hommes. Mais depuis le carambolage, Finch s'est laissé aller et le gris a repris ses droits. Il le constate en palpant son menton. Il a le visage du mort ; plus il vieillit, plus il lui ressemble. *Fucking Butler...* Finch n'avait plus pensé à Butler depuis près d'une décennie. Les enfants n'arriveront pas avant une heure. Ils seront affamés. Finch devra improviser un repas avec les restes de poulet, sinon commander une pizza. Il aura le temps d'y penser, le téléviseur allumé sur une reprise du *Oprah Winfrey Show,* la tête flottante, le corps ivre, l'œil terne comme la mort. *Fucking hell.*

LA MÉMOIRE DE TROIS MINUTES

Jacques n'a jamais aimé l'appartement d'Ottawa, trop austère, trop banal. L'ancien locataire avait été ministre de l'Industrie dans le gouvernement précédent. Un homme sans saveur ni culture désormais assis de l'autre côté de la Chambre des communes, celui des opposants, de ceux qui alourdissent le processus parlementaire par principe. « Qu'est-ce qu'ils peuvent faire, à part chialer ? Ils peuvent rien faire. »

Jacques, je crois qu'on devrait recommencer le briefing ?

Encore ?

Il y a beaucoup de gens à convaincre. Qu'est-ce que je viens de poser comme question ?

Jacques hésite, plisse les paupières. « Quelque chose à propos du briefing. »

Jacques Samson ignore qu'il fait désormais partie d'un plan, que son rôle est celui d'un pantin, d'un vulgaire outil. Même s'il était en mesure de déceler le moindre signe d'effritement de ses réels pouvoirs, il ne pourrait y consacrer une seconde de réflexion. Les commandements de Tamara saturent déjà sa mémoire malade.

Alors, on recommence. Demain, nous allons où ?

Franchement, Tamara…

Je suis sérieuse.

Demain je vais en Chambre, je prends mon siège et je me tais.

Si un député de l'opposition vous pose une question?

Je t'écoute et je répète.

Tamara décoche un sourire digne d'une maîtresse d'école. Elle sort un micro-casque de sa mallette. «Un dernier test.» Replaçant une mèche blonde derrière son oreille, elle passe à la salle de bains.

Jacques s'est progressivement habitué à son implant dentaire, même s'il a encore quelques difficultés à écouter et à répéter en simultanée. Cette idée était de Tamara. Un récepteur à micro-ondes incorporé à une molaire, retransmettant le signal au canal auditif par résonance osseuse. «C'est le seul moyen, Jacques, votre mémoire est trop mauvaise. George W. Bush fonctionnait comme ça pour ses discours.» L'intervention avait été plus douloureuse que prévu, sans parler des ajustements, de cette désagréable sensation d'avoir une voix étrangère dans le crâne.

Tamara installe le micro-casque, active le contact. Elle murmure quelques mots. Du salon, la réponse est immédiate. «JE VOUS ENTENDS.»

Dans les semaines qui suivirent le carambolage, Jacques pensa donner sa démission. La faiblesse de sa mémoire à court terme alourdissait chaque tâche. Jacques avait l'impression d'être un ordinateur amputé de sa mémoire vive. *C'est comme si j'étais toujours dans un entre-temps.* Encouragé par Tamara, Jacques s'adonna à de nombreux exercices mnémotechniques. «Le cerveau finit toujours par se reconfigurer, suffit d'y mettre les efforts.» À la mi-février, Jacques parvint à redéfinir un accès minimal à sa mémoire à long terme. Il s'était assis, BlackBerry en main, l'écran montrant l'agenda du jour. Le haut de l'écran affichait «jeudi». Seule tâche du jour : «Téléphoner PM 23 h 30.» Il regarda l'écran pendant plus d'une heure. Le soir venu, à l'arrivée du générique des nouvelles sur CBC, Jacques fit venir Tamara à son bureau. Le regard creux, les cernes maquillés, les cheveux gras, Tamara délaissa les masses de documents empilés sur son bureau. «Je me souviens de quelque chose. Il faut que je téléphone au PM à 23 h 30.» Tamara regarda sur le bureau de Jacques, histoire de vérifier s'il n'avait pas lu l'information sur l'agenda du BlackBerry. L'appareil était en mode veille. «Bravo Jacques. C'est splendide.»

Tamara sort de la salle de bains. Elle veut prendre l'air. «Allez dormir, plus vous serez reposé, mieux ce sera.» Jacques regarde son assistante enfiler un manteau de printemps avant de sortir. Il aura oublié cette vision d'ici quelques secondes, mais saura que Tamara est sortie, sans en connaître la raison. *Au moins, le PM est d'accord avec la solution... il fait confiance à Tamara...* Jacques déteste cette situation. *Même si c'est le moins pire des choix.* Jacques se doute qu'il est devenu la marionnette de son assistante, bien que sa capacité d'analyse soit atrophiée, il reste conscient. *Impossible de retourner pratiquer le droit, pas envie de me retirer tout seul... ma mère... j'aiderais rien avec ma foutue mémoire. La seule action logique, c'est de continuer le travail au Parlement, tant que ça dure.* Une voix résonne dans son crâne. Tamara. «C'est seulement pour tester la portée.» Jacques formule une réponse affirmative. «Activez votre micro, j'entends rien.»

Je disais que j'entends.

Splendide.

Jacques retourne s'asseoir devant le téléviseur allumé qui diffuse en mode sourdine une chaîne de nouvelles en continu. Tamara et lui n'ont plus joué depuis le carambolage.

Faut dire qu'elle fait le triple du travail, je la comprends. Maintenant que Tamara tient les rênes, Jacques comprend qu'il ne peut plus réclamer de faveurs. *J'ai plus de monnaie d'échange... Elle a tout en main... c'en est presque dangereux.* Jacques inspire profondément. Un nouveau chauffeur lui sera attribué demain. Tamara s'est chargée du recrutement, il y a une semaine. *Même ça, c'est elle qui contrôle... pathétique.*

Dans le salon de cet appartement mal-aimé, Jacques se dresse sur son siège, regarde autour de lui. Dans huit secondes, il aura oublié sa dernière pensée pour retourner dans l'équilibre bancal de sa perception normale. Il verra le téléviseur allumé sans le son, lira la manchette écrite sous le présentateur à lunettes. Sur la porte, il lira le mot griffonné par Tamara et se souviendra non sans mal qu'elle est sortie. « Jacques, allez dormir, vous devez être reposé pour demain. » Jacques lèvera les yeux au plafond, répondra qu'il va au lit avant de fermer son micro, revisitant des idées qui lui paraissent vieilles, sans qu'il puisse l'expliquer. *Elle contrôle tout, pire qu'une mère... je suis pathétique. Je devrais l'écrire sur un post-it, m'en rappeler...* Il prendra un crayon, écrira « je suis p », retenant son geste. *Est-ce que je veux me souvenir que je suis devenu pathétique ?* Jacques hésitera devant le carré de papier jaune, le crayon en main. Juste assez pour ne plus se souvenir. Demain matin, il complètera sa phrase, comme s'il participait à un jeu-questionnaire : « je suis politicien ».

LES MAINS PROPRES

Nadine respire par elle-même depuis huit semaines. Les tubes ont disparu, à l'exception de celui menant le soluté à son organisme. Selon le plus récent examen, Nadine est toujours en Glasgow 7, le cœur battant un coup chaque seconde, comme une horloge. La plaie de lit sous son omoplate est pratiquement guérie, ne reste qu'un bandage de gaze à l'odeur médicamenteuse pour prévenir les infections. Un infirmier s'occupe des comateux ce soir. Un type dans la trentaine, taciturne, le regard assombri par des sourcils souvent froncés. Cet infirmier est nouveau, il en est à sa quatrième semaine sur l'étage, sa seconde en solo. Son CV le menait naturellement à ce travail. Diplôme d'infirmier brillamment acquis, expérience des traumas en urgence, certification en ergo, physio, massothérapie. L'infirmière en chef du secteur avait blagué à ce sujet. « C'est comme si tu voulais tout faire pour te ramasser avec les légumes. »

Leur présence, ça me repose.

T'es un drôle de gars.

Ce jeudi 12 avril, jour pair, l'infirmier priorise les patients dans les lits adossés au mur de gauche, dont Nadine, placée au début de la rangée. L'infirmier consulte le dossier. Le dernier nettoyage de cette patiente remonte à quatre jours. «Un petit *clean up*... ça va vous rafraîchir.» De ses mains solides et poilues, l'infirmier soulève le torse de Nadine en retenant la tête pour éviter qu'elle bascule. Du bout des doigts, il délace les attaches de sa jaquette, retire le vêtement. «Votre pansement a été changé il y a pas longtemps, on va pouvoir le laisser là.» L'infirmier recouche Nadine, toujours en retenant la tête, comme il le ferait avec un nourrisson. La nudité de Nadine ne dure qu'une seconde et demie, un drap recouvre rapidement ses épaules osseuses, ses côtes saillantes, ses seins dégonflés.

Si Nadine se voyait, elle ne pourrait se reconnaître sans pleurer. Ce corps si précieux, cette machine sculptée par les entraînements, par les programmes aérobiques, par le *power yoga*; ses seins autrefois galbés et fermes ont maintenant une allure d'outres vides; ses jambes, maigres et veineuses, sont couvertes de poils; ses bras ont une consistance de gélatine. «Voilà, j'ai apporté des bassines avec de l'eau juste assez chaude.»

L'infirmier replie une part du drap du pied à l'épaule gauche, gave son éponge d'une eau savonneuse, l'applique sur le ventre, le sein, le bras. L'infirmier soulève la jambe, appuie le pied contre son épaule, mouille l'éponge une seconde fois, savonne la cuisse, le mollet, dépose la jambe, nettoie le pied, portant une attention particulière aux espaces entre les orteils. À l'aide d'une seconde éponge, il rince les résidus savonneux, prenant garde de ne pas mouiller les draps. Avec une minutie équivalente, il nettoie l'autre côté après avoir recouvert la partie propre d'un drap chaud. «Je ferai pas les cheveux, je trouve qu'ils sont bien comme ça.»

Dans la salle adjacente, l'infirmier remplit une autre bassine d'eau tiède à laquelle il ajoute un savon pour bébés. Il enfile une paire de gants médicaux sans les faire claquer. «C'est un nouveau savon, il devrait pas causer de vaginite, en tout cas, j'espère.» Le drap qui recouvre Nadine est à nouveau plié, vers le haut, cette fois. D'un regard attentif, l'infirmier s'assure que la mycose de sa patiente soit terminée. Écartant les grandes lèvres avec ses index, il ouvre la voie vaginale d'un rose relativement sain, sans rougeurs ni écoulement. « Bravo, votre système immunitaire fonctionne bien, c'est une très bonne nouvelle. » Avec une lingette adoucie par l'usure, l'infirmier nettoie la vulve de Nadine en vérifiant les moindres replis. Il relève la peau recouvrant le clitoris, mouille chaque millimètre de muqueuse, plisse les yeux pour s'assurer qu'il n'oublie aucun recoin. « Mieux vaut éviter les mycoses dans votre état, désolé de mettre autant de temps sur votre région intime. »

Nadine ne remue rien, sinon l'oscillographe de l'électrocardiogramme silencieux, à côté du lit. Le drap n'est toujours pas baissé. L'infirmier retire les gants et s'apprête à masser les jambes. Rien d'exhaustif comme traitement, une faible stimulation musculaire pour aider la circulation. Du point de vue de Nadine, les talents de massothérapeute de l'infirmier seraient rudimentaires, voire douteux. De la technique, du copié/collé sans personnalisation des méthodes. L'infirmier glisse ses fortes mains poilues de la cheville à l'aine, touchant une zone qui, autrefois, aurait poussé Nadine à émettre de fins frémissements. L'infirmier garde ses doigts à quelques centimètres de l'entrejambe de Nadine. « Bon. Désolé, le téléphone. » L'infirmier recouvre les jambes de Nadine avant d'aller au bureau. Il répond sans prendre la peine de baisser la voix.

Salut… Non, je viens juste de commencer mon *shift,* je suis de nuit maintenant… … … … Come on, tu vas pas recommencer… … … Eille, ça fait quatre ans que je veux aller m'occuper des comateux… … … … Maudit que t'es cave… … … Faut vraiment que je t'explique encore… … OK, *check* : je vais travailler huit heures *straight* pis j'aurai pas d'urgence, pas de *call* pis personne autour de moi… … … Non j'aime ça moi, le calme… … … … Écoute, ça, c'est un hasard, mon gars. Je pouvais-tu savoir que je tomberais sur mon ancienne masseuse ?... ... ... Ben oui, faut que je la voie toute nue, on lave pas le monde habillé... ... ... Quoi ? Eille, t'es pervers en cibole... Elle est dans le coma, c-o-m-a... ... ... On est pas dans un film icitte. *Check,* faut que je retourne travailler, OK ?... ... ... C'est ça, on se voit demain.

Nadine n'a pas entendu cet échange. Elle n'en saura rien puisqu'elle ne se réveillera pas. En septembre, pour une raison difficile à déterminer, son activité cérébrale tombera à zéro. La Dre Lalonde sera la chirurgienne de garde ce jour-là. Elle intubera Nadine en la remerciant d'avoir autorisé les dons d'organes. Elle supervisera trois autres chirurgiens qui prélèveront son foie, son cœur, ses poumons. En fermant le dossier de Nadine, la Dre Lalonde demandera aux responsables du service si cette patiente avait eu des visites depuis son arrivée. L'infirmier sur place lui répondra d'une voix grise que personne à sa connaissance n'a visité Nadine Riel. « Comme c'est triste. »

Oui... triste.

LE VILLAGE

Martin a tranché à la mi-février. La Subaru avait été réparée. « Comme neuve », avait dit le débosseleur. Derrière le volant, Martin réfléchissait, un café à la main, dans le stationnement du Tim Hortons qui l'employait alors. La voiture, cette ville, cette vie. *Faut que je change tout ça.* Le lendemain, Martin roula jusqu'à Montréal, arpenta les rues jusqu'à trouver une bâtisse marquée d'une pancarte « À louer ». Il sonna, croisa un vieil homme aux cils étouffés sous le mascara, visita un étroit appartement meublé, signa un bail jusqu'en juillet. *Je touche plus à l'argent du vieux. Il restera placé. Je me servirai juste des intérêts. De l'argent neuf, pas celui qu'il a ramassé. Ce sera mieux comme ça.* De l'une des fenêtres de cet appartement, Martin vit l'enseigne d'un Tim Hortons. *Pourquoi pas.* À tout hasard, il marcha jusqu'au restaurant, remarqua la pancarte « baker de nuit recherché ». Au comptoir, une femme d'allure masculine l'accueillit avec un sourire à peine visible. « C'est pour la job de *baker.* »

T'as-tu de l'expérience, le jeune ?

Pas pire.

Minute, j'vas chercher le boss.

Le patron se pointa, cerné jusqu'aux joues, la peau grise comme un trottoir. Martin lui fit part de son expérience. Le patron, un type qui zézayait assez pour déranger l'oreille, demanda combien Martin demandait par boulange. «Combien vous offrez ?»

Ze te donne cent vingt-cinq piasses du *bake.* Ça fait trois semaines que ze dors plus.

Deal.

Martin quitta le Tim Hortons de Granby au profit de celui de la rue Sainte-Catherine. Le travail était identique, mêmes recettes, mêmes instruments, même disposition de cuisine. *C'est fantastique les franchises...* La différence majeure était le chèque de paie plus gras et la clientèle nocturne, plus nombreuse. *C'est mieux de même, comme ça j'ai pas l'impression de faire des beignes pour des fantômes.*

Cette nuit, sa dernière de la semaine, Martin travaille à grande vitesse. «T'es vraiment hot Mart, je veux dire, man, tu vas finir à 4 h si tu gardes ton beat.» Régine a du mal à suivre avec le fourrage des beignes à la crème pâtissière, à la crème fouettée, à la confiture de fraises. Son comptoir est rempli de retards. *Si elle avait pas jasé une demi-heure avec sa blonde, elle serait correcte.* Les premiers beignes ont été sortis dès 1 h 30. Avant d'apporter son premier cabaret (des roussettes au chocolat, ses favorites), Martin s'est arrêté devant le miroir pour ajuster sa casquette, replacer son col de chemise, essuyer la farine à son menton. *Je savais qu'il était là.* Depuis lundi, un client s'assoit à la table numéro 8, celle d'où l'on voit une partie de l'action dans la cuisine. Cet homme avait passé les trois dernières nuits à cet emplacement, un café grand format à la main, le nez dans un épais livre de poche. Dès que Martin sortait pour exposer ses confections, les yeux verts du client quittaient le livre, le détaillaient langoureusement. Pieds, mollets, cuisses, fesses, ventre, mains, avant-bras, épaules, cou. Son regard finissait par croiser les yeux timides de Martin. À ce moment-là, le client souriait, prenait une gorgée de café, mouillait ses lèvres, retournait à sa lecture. *Cette nuit, je lui parle.*

Martin connaissait peu de chose de Montréal. Il avait roulé sur les quelques rues qu'il avait explorées lors de ses rares visites. Une tante décédée avait habité à deux rues de son actuel appartement, dans un quartier que ses habitants surnommaient Le Village. Les premières semaines, Martin avait cherché à comprendre en quoi ce secteur de la ville différait des autres. À ses yeux, les rues et leurs immeubles se confondaient. La réponse vint de l'acheteur de la Subaru, un homme svelte, bien rasé, parfumé à l'eau de Cologne. «Pourquoi tu veux vendre ton char?»

J'en ai plus besoin, je travaille juste à côté, pis le métro, je trouve ça cool.

Ah, tu viens d'arriver en ville.

Martin regarda le sol, gêné d'être si transparent devant un étranger. «Ça paraît tant que ça?»

Ben, quand quelqu'un trouve le métro cool… J'suis curieux, pourquoi t'es venu dans le village gay?

Martin se figea. *Village gay?* L'acheteur de la Subaru attendait une réponse. Martin bafouilla que ce secteur était le seul qu'il connaissait à Montréal. «Ah… t'es quand même bien tombé.»

À la réception du chèque visé confirmant la transaction, Martin ne pensait qu'à cette dernière phrase. *Pourquoi je suis bien tombé? Qu'est-ce qu'il veut dire par là?* Pendant un mois, Martin se tortura les méninges. Il réfléchissait en se censurant : *pourquoi je serais* ***; *je peux pas être* ***, *ce serait donner raison au vieux pervers; j'ai rien de* ***. Ce n'est qu'au début d'avril que Martin osa mettre fin à cette pudeur intellectuelle. *Il y a juste un moyen de savoir si je suis gay.* Quelques jours après ce constat, le client au livre venait s'asseoir à la table 8 du Tim Hortons de la rue Sainte-Catherine.

Martin regarde l'horloge murale : 3 h 32. Il a terminé. La salle à manger s'est remplie de fêtards éméchés trop usés pour rejoindre les nombreux *after-hours* et saunas du quartier. L'homme au livre est rendu aux dernières pages de sa brique. Martin retire sa casquette, place ses cheveux, défait un bouton de son col de chemise. Il sait que ses vêtements de travail lui donnent une belle allure, que le blanc du tissu jette une lumière soyeuse sur son visage plus adolescent qu'adulte. Martin regarde son reflet dans le miroir de la salle de bains des employés. Il ressent un tremblement et songe que le passage d'un poids lourd fait vibrer l'édifice. *Ben non, c'est moi qui shake.* Martin regarde sa main vibratile, ses oreilles rougies par une montée de pression. *Je devrais peut-être m'asseoir.* Son souffle s'empâte à chaque expiration, ses jambes ramollissent. *Calme-toi, calme-toi...* Régine cogne à la porte, elle veut pisser. « Peux-tu m'apporter de l'eau, Régine, j'ai super soif. »

Ça va pas ?

J'ai juste soif.

Y'a un lavabo pis des verres drette à côté de toi.

Martin relève la tête, il y a bien une pile de verres en carton et un lavabo, trente centimètres à sa gauche. « Martin, t'es-tu correct ? »

Oui, oui. J'vas sortir dans pas long.

Martin regarde le lavabo, fasciné par l'idée qu'il n'avait rien vu. *C'est pas possible être aveugle de même...* Sa main ne tremble plus, ses oreilles reprennent leur couleur normale. « C'est que j'ai super envie, Martin. » D'un tour de main, il ouvre la porte pour laisser la place à Régine. « Pis, t'as bu ? »

Non, j'ai pas pensé.

Hostie que t'es *weird,* man.

Martin sourit. Son visage est magnifique. « Oui, j'sais. »

L'AMOUR SURPRISE

Ce serait plus facile si je l'aimais pas... ça finirait comme ça, aujourd'hui. Je passerais à autre chose... Brigitte sort un mouchoir d'une boîte presque vide, elle doit tirer par à-coups. Elle a le nez qui coule. Un autre rhume rapporté de la garderie par William. Chuck est parti au garage pour régler son départ hâtif, le cœur plié en portefeuille, la barbe mal rasée. *Ce serait tellement plus facile si je l'aimais pas autant.*

Brigitte avait été rassurée par les tests effectués quelques jours après le carambolage. Le grain de beauté était sans danger. Bénin, mais inesthétique. Par une succession d'occurrences qu'elle eut du mal à expliquer, elle obtint un rendez-vous pour son ablation la semaine qui suivait. Anesthésie locale, quatre coups de bistouri, bandage et voilà ; Brigitte voyait tomber le dernier mur entre elle et Chuck. À sa demande, le pansement avait été discret, couleur peau, bien camouflé. Le soir suivant, avec les trois enfants confiés aux soins approximatifs de la blondasse, elle embrassait les lèvres de Chuck, léchait l'intérieur de sa bouche, palpait ses épaules, ses pectoraux, ses abdominaux, ses fesses. Chuck n'avait pas couché avec une femme depuis sa séparation. Brigitte, elle, était au régime sec depuis comptable

Antoine. « Faut pas qu'on ait de grandes espérances, on doit être rouillé comme c'est pas permis. » La pénétration en bonne et due forme ne dura qu'une minute, les caresses, les baisers, ces contacts bouche contre peau, peau contre peau, main contre sexe, eux, durèrent des heures. « J'ai l'impression d'avoir quinze ans, c'est fou ! »

Moi aussi, c'est pareil.

Chuck prit un évident plaisir à enfouir son visage dans l'opulence mammaire de Brigitte. « Tu me trouves grosse ? » De ses mains usées, il caressait les vastes surfaces de peau tendre, rondes, particulièrement fermes. « T'es encore plus belle que dans mes rêves. » À la fin de la soirée, vingt minutes avant l'heure limite pour la blondasse, Chuck descendit son visage entre les jambes de Brigitte, tira une langue pointue, lécha les grandes lèvres, le pourtour du vagin, le clitoris. Il resta dans cette position près de quinze minutes. *Comment il fait pour rester aussi longtemps... on m'a jamais fait ça.* Relevant la tête, le menton luisant, un sourire amoureux aux lèvres, Chuck murmura qu'il était hors de question qu'elle retourne chez elle sans avoir joui.

Les trois mois qui suivirent définirent ce que Brigitte nommera éventuellement « la plus belle période de ma vie ». Elle partageait ses soirées entre sa maison mobile et celle de Chuck, sortait chaque fin de semaine avec les enfants (glissades, patin, raquette en forêt, marchés aux puces, combats de balles de neige), passait des soirées à regarder des films loués au dépanneur. *Une vie comme il faut, enfin. Je l'ai méritée, me semble.*

Les filles de Chuck n'avaient pu résister à la bonté naturelle de Brigitte. Dès leur troisième visite, d'un air étonnamment solennel pour leur bas âge, elles approuvèrent la relation avec leur père. « On s'est parlé, pis on a compris que tu pouvais pas être méchante. Tu as le droit de l'aimer notre papa. Est-ce que tu as fait des biscuits au chocolat comme la dernière fois ? »

Le bonheur de Brigitte allégea la morosité hivernale au magasin. Les employées, toutes séparées, divorcées ou célibataires, voyaient en elle une preuve que l'amour était plus qu'un mythe, que le conte de fées était possible pour quiconque avait la capacité de le reconnaître à temps. « T'as tellement l'air heureuse Bri… Il a pas un frère ton beau Chuck ? »

Oui, mais il travaille dans le pétrole, en Alberta.

Trop loin pour moi !

Le commentaire anodin de sa gérante revient à l'esprit de Brigitte ce soir. *Trop loin… Il faut pas que ce soit trop loin.*

Vendredi soir dernier, Chuck parla trois heures au téléphone avec son frère. Brigitte était retournée chez elle, au grand plaisir de Blondasse, qui disait avoir des devoirs de mathématiques en retard. Les enfants étaient au lit lorsque Chuck traversa chez Brigitte. « Mon Dieu, pourquoi tu fais cet air-là. Ton frère est pas malade quand même ? » Non, son frère n'était pas malade, bien au contraire. Il roulait sur l'or noir, engrangeait d'indécentes masses d'argent. Chuck parla de gros chiffres, de possibilités. « Où tu veux en venir ? »

Il dit qu'il a une job pour moi. De la mécanique comme j'ai étudié. Super payant.

En Alberta.

À Fort McMurray. Il m'a dit qu'en un an, si je dépense pas beaucoup, je peux faire cinq fois le salaire que je fais ici.

Brigitte pensa d'abord à elle. À son bonheur en péril. *Non, pense avec amour, pense avec amour, tu aimes cet homme.*

Qu'est-ce que tu ferais pour tes filles ?

Chuck ne put retenir une montée de larmes. Brigitte ne sut pas s'il avait perçu cette question comme une preuve d'amour ou s'il pleurait l'éventuelle séparation d'avec ses enfants. *Les deux, il est trop intelligent pour pas penser aux deux.* « Bri, si tu me dis de rester, je pars pas. »

Brigitte serra Chuck. Pour la première fois, son amoureux s'était transformé en corps fragile. Délicat comme celui d'un garçon triste. « Mon frère m'a dit que le contrat durait dix mois. Cent cinquante mille en salaire. Un travail de fou, qu'y dit, toujours sur appel. Ça pourrait payer des études à tous les enfants, de l'argent de même. » Un sanglot cassa la voix de Brigitte lorsqu'elle voulut répondre. *Il a dit les enfants... il parle aussi des miens... pourquoi il est aussi bon ce gars-là, pourquoi il est pas plus normal ?* « Dix mois... sur une vie, c'est pas tant que ça. »

Le billet pour Edmonton est arrivé ce matin par courrier recommandé dans une enveloppe avec le logo de la compagnie Suncor. Chuck décolle lundi prochain. Avec l'avance de paie reçue à la signature du contrat, il a acheté deux ordinateurs avec webcam. « Au lieu de faire des téléphones, on va pouvoir se parler face à face. » Les jumeaux regardent leur ordinateur avec une envie totale. Brigitte espère que cette machine pourra survivre plus de dix jours dans cette maison. La fin de semaine qui arrive sera la dernière auprès de Chuck avant la fin de juillet, date prévue pour des vacances de dix jours. La gérante du magasin a consenti à libérer Brigitte pour la journée, à la demande de Chuck. Elle a reçu l'appel il y a quelques heures. « Reste avec ton amoureux, ma belle. Profites-en comme il faut. » *Tiens, il arrive.* Chuck descend de voiture, les bras chargés de paquets. Il entre, retire son manteau de printemps. « C'est quoi tous les sacs ? »

C'est une robe pour toi, pis un complet pour moi.

Comment ça une robe, pis un complet? *Non... c'est pas vrai... c'est pas vrai.*

Chuck pose un genou au sol, met la main dans la poche de sa chemise. Il en sort une petite boîte. « Parce que j'aimerais ça que tu deviennes ma femme. »

Brigitte reste abasourdie de longues secondes. L'air ne passe presque plus. Sa gorge se pétrifie. Son cœur s'emballe. Une frayeur apparaît dans le visage de Chuck. Brigitte tente de répondre à nouveau. Sa gorge fait mal. Elle souffle un « oui » d'un filet de voix si ténu que Chuck la fait répéter. « Oui… c'est oui… » Brigitte essuie ses yeux. Elle voudrait moucher son nez. Toujours ce rhume. Chuck se redresse et l'enlace. Brigitte renifle et avale sa morve. « C'est toi qui l'as dit, ma belle, dix mois, sur une vie, c'est pas tant que ça. » En se pressant contre lui, Brigitte n'a qu'une pensée à l'esprit. *T'es mieux de revenir, sinon je te tue.*

INCH ALLAH

Jamel ne lui avait rien caché. Encore alité, le corps tuméfié un peu partout, les jambes figées dans une complète immobilité, il avait dit à Nour qu'il préférait rompre. « J'allais te le dire dès ton retour. » Nour confirma qu'elle voulait le laisser, elle aussi. « Je veux pas te mentir, Jamel. J'ai rencontré quelqu'un à Oran. »

Tout est parfait, dans ce cas. De toute manière, j'pourrai plus marcher. Ni bander, d'ailleurs. Pas une femme veut de ça dans sa vie.

Jamel…

Nour vint le visiter une dizaine de jours après son retour à Sherbrooke, au début de mars. Son père l'accompagnait. « Qu'est-ce tu fais ici ? » C'est le père qui prit la parole. « Monsieur Nazari, ma fille m'a beaucoup parlé de vous. Je suis heureux de vous rencontrer. Elle m'a fait part de vos prouesses académiques et de votre situation particulière. » Le père de Nour expliqua qu'il était prêt à l'aider pour son retour aux études, qu'il autorisait sa fille à l'assister. « Nour m'assure que votre relation est platonique et j'ai confiance en elle. » Jamel restait muet, incrédule. « Bon, maintenant je vous laisse discuter. Je serai à la cafétéria. » Jamel n'eut pas le temps de parler. Nour expliqua qu'elle n'avait rien changé, qu'elle et lui ne formaient plus un couple. « Mais j'ai trop de respect pour toi. Et il faut que tu continues tes recherches. » Nour expliqua qu'elle allait quitter son appartement au profit d'une chambre sur le campus. « Il va falloir que tu changes de chambre, la tienne est trop petite pour un fauteuil roulant. Mon père va payer la différence. » Jamel écouta, la bouche close, les yeux petits.

Pourquoi tu fais ça ?

Parce que : « Ceux qui, parmi vous, jouissent de sa faveur et de l'aisance ne négligeront pas de donner à leurs proches, aux pauvres et à ceux qui émigrent dans le chemin de Dieu. »

Tu crois que j'émigre dans le chemin de Dieu ?

Non, Jamel. Je le sais.

Ce soir, Jamel fait travailler les chiots sur de nouveaux programmes expérimentaux. Il corrige une pile de travaux d'étudiants du bac pour son directeur. Nour est retournée dans sa chambre il y a près d'une heure. L'université a autorisé Jamel à prendre la session pour se remettre en état. La plupart de ses fractures ont repris sans difficulté, il n'y a eu qu'une côte qui a demandé un ajustement. Tant qu'il évite de tousser, Jamel ne ressent aucune douleur. *Ça fait drôle de plus avoir mal...* Nour le visite six fois par jour. Elle a pris l'habitude de venir prier dans sa chambre. « Comme ça, j'accomplis mon devoir envers toi et envers Allah. » Une fois sur trois, elle vient avec un fruit, des gâteaux, un livre, un DVD, toujours pour lui. Le soir, elle l'aide dans les moindres détails. Repas, ménage, nettoyage. Aux deux jours, elle lui fait couler un bain, le dévêt jusqu'au caleçon, noue une serviette autour de sa taille, retire le caleçon, lui sert d'appui pour entrer dans la baignoire. Jamel se nettoie d'une main, gardant l'autre accrochée au rebord de la baignoire pour éviter de s'enfoncer. Nour reste en retrait, prête à intervenir.

Hier soir, pour la première fois, pensant pouvoir bloquer ses genoux d'une pression de la main, Jamel a glissé. Nour arriva avant même qu'il ne l'appelle. Elle le rattrapa d'un bras en déployant une étonnante force pour le redresser dans la baignoire. La serviette autour de sa taille avait glissé, révélant son sexe paralysé, décoré par l'embout plastique de l'implant urinaire. « Sois pas gêné, ça devait arriver un jour ou l'autre. »

Bien qu'il travaille, Jamel ne cesse de penser à Nour, à la puissance de sa dévotion. *Elle vaut une dizaine de vies, cette fille. Je lui arrive pas à la cheville.* Par respect, depuis un mois, il prie avec elle. Il s'est également remis à la lecture du Coran, pas tant pour se convaincre d'une reconversion, mais pour trouver ce qui pousse Nour à agir avec une telle bonté. Jamel bute toujours sur les mêmes sourates et s'acharne à leur prêter un sens plus compatible avec ce qu'il observe chez Nour. Comme prescrit, ni elle ni lui ne discutent du Coran. « Parce que ça doit rester entre toi et Allah. »

Jamel note le dernier travail de la pile. Sur son bureau, le Livre est ouvert à la sourate 40, surlignée en jaune au verset 4 : « Seuls les incrédules discutent les Signes de Dieu. Que leur agitation dans ce pays ne te trouble pas ! » Pour se convaincre d'attaquer le problème au meilleur de ses capacités, Jamel s'est persuadé qu'il s'agissait d'une équation à résoudre. $\textit{Jamel} < \textit{Nour}^{\textit{Coran}} = \textit{Allah}$*. Non ça fonctionne pas... mon rapport à la mystique passe par elle... C'est ça... j'ai trouvé !*

Sur une feuille de papier, Jamel scribouille cette équation : $\text{Jamel}^{\text{Nour}} = \text{Allah}$.

Jamel recule son fauteuil roulant de quelques centimètres. Il a trouvé. *C'est elle, c'est en elle que je crois...*

Par la fenêtre donnant sur le campus, Jamel voit la lune monter à l'horizon. Il se demande qui est cet homme d'Oran dont Nour n'a parlé qu'une fois. *Peut-être qu'elle m'en parle pas pour me laisser tranquille... peut-être qu'il était juste une invention de sa part pour éviter les épanchements sentimentaux... c'est une question de probabilités... faudrait que je calcule tout ça...* En noircissant d'autres papiers avec des chiffres sans fondement, Jamel viendra à souhaiter que l'homme d'Oran soit une chimère, un argument pour tenir l'amour en laisse. Il regardera son reflet dans le miroir posé à côté de son ordinateur. Il hochera la tête, l'œil ailleurs, un petit sourire au coin de la bouche. « *Inch Allah*, mon vieux, *inch Allah.* »

PAPA EST OCCUPÉ

Océanne regarde la peinture craquelée du plafond de sa chambre montréalaise. Le matelas est posé à plat au sol, un cadran marque l'heure à la droite de sa tête. *Presque 1 h du matin.* Océanne a du mal à retrouver le sommeil. Beaucoup de bruit en ce jour de semaine. Elle dormait quand une ambulance – *c'était peut-être un camion de pompiers* – est passée en trombe. Depuis, elle observe les discrètes variations de la pénombre. Elle entend la musique en sourdine émanant de la chambre de son père, des craquements, des souffles, des petits cris. Par sa fenêtre sans rideaux, elle voit le ciel plus rouge que noir malgré l'absence de nuages. Un point clignotant traverse le cadre. *Avion... peut-être la Station spatiale.* Depuis les fêtes, cette nuit de semaine est la première qu'Océanne passe en ville. Sa mère s'était opposée mollement à cet accroc à l'entente initiale. «Je pourrais prendre congé. On pourrait faire des choses ensemble. J'ai moins de travail au bureau, de ce temps-ci.»

Non, je préfère aller chez papa.

Son père était venu la chercher à la maison, sans prendre la peine de franchir le seuil. Il chargea les bagages d'Océanne dans le coffre arrière, demanda si sa mère avait quelque chose à lui communiquer. «Non, elle est pas là.

Elle travaille.» Son père opina du chef, pinça ses lèvres. «Ça va papa?»

Bien sûr que ça va! Est-ce que t'as faim, ma puce?

Toujours!

Pour une raison qu'elle ne put déterminer, son père emprunta la route 112. Océanne n'était pas repassée sur le chemin du carambolage. À l'approche du bar La Caboose, des images du chauffeur ensanglanté se superposèrent au paysage de boue et de neige. Deux larmes coulèrent sur ses joues rondes. «C'est ici que le chauffeur est mort.» Son père la regarda sans comprendre. Il analysa la circulation dans le rétroviseur, puis se rangea sur l'accotement. «C'est ici que ça s'est passé?» Son père détacha sa ceinture pour presser sa fille contre lui. «C'est important de pleurer pour ces choses-là, ma puce. Il faut pas garder ça en dedans.» Océanne releva la tête. «Avant, je sentais rien en dedans.» Son père l'embrassa sur le front. «Avant, tu prenais trop de pilules pour ressentir des choses.»

Au repas, dans un restaurant italien cette fois, Océanne demanda ce qu'il y avait au programme pour les prochaines journées. Son père prit une bouchée de ravioli, mâcha longuement, se rinça la bouche avec une gorgée de Brio. «Hum, ce soir, je vais te présenter quelqu'un.»

Qui?

Une femme que j'aime bien.

Océanne prit un air mauvais. «Tu t'es fait une blonde?» Son père prit une autre bouchée de ravioli, but à nouveau du Brio. «Disons qu'on se voit souvent, elle et moi.»

TU FAIS DU SEXE AVEC ELLE?

Les rares clients d'après-midi dirigèrent leurs yeux en direction du père qui ne perdit pas la moindre fraction de son flegme. «Océanne, ma puce, s'il te plaît, on crie pas au restaurant.»

Est-ce que tu fais du sexe avec elle ?

Pourquoi ça t'intéresse ?

Parce que.

C'est pas une bonne raison, ma puce.

Océanne regarda la pointe de pizza dans son assiette, coupa le bout, la porta à sa bouche. Son père souriait. « Ça m'intéresse parce que je veux savoir si tu vas divorcer pour de vrai. »

Et si je fais du sexe avec une autre femme, ça veut dire ça ?

Oui.

Dans ce cas, oui, on va divorcer pour de vrai.

La femme arriva à l'heure du souper avec un iPod Touch en cadeau pour Océanne. Elle était plus grande que sa mère, ses yeux bruns produisaient une impression douce et persistante. Océanne posa de nombreuses questions : âge (trente-sept ans) – *comme papa,* métier (avocate) – *comme papa et maman,* enfants (aucun) – *j'aime mieux ça,* acteur préféré (Al Pacino) – *connaît pas,* chanteur préféré (Justin Timberlake) – *tout à fait d'accord,* jeu vidéo préféré (aucun) – *poche,* livre préféré *(Harry Potter) – très d'accord pour ça aussi, elle est pas mal...*

Océanne se coucha trente minutes après l'heure habituelle. Elle souhaita bonne nuit à la femme, marcha main dans la main avec son père jusqu'à sa chambre. Depuis l'interruption de sa médication, Océanne fait souvent de l'insomnie, mais ce soir, elle s'endormit presque au contact des couvertures contre sa poitrine. Elle n'entendit rien des bons commentaires lancés à mi-voix par la femme restée au salon, pas plus qu'elle n'eut conscience de l'ouverture d'une bouteille de vin.

J'suis sûre que c'était une ambulance... les pompiers, ils ont un genre de klaxon de bateau avec leur sirène. Les bruits venant de la chambre de son père se sont intensifiés depuis son éveil. Elle entend surtout la respiration de la femme. *Comme si elle était en train de courir... Non, il y a pas de place pour courir dans la chambre de papa...* Un nouveau bruit vient à son oreille, un gémissement cristallin, aigu, comme sur Internet. *ILS FONT DU SEXE! C'est ça, ils font du sexe... Ça veut dire que papa et maman vont divorcer pour vrai de vrai...* Océanne colle son oreille au mur. La femme prononce des mots qu'elle a du mal à cerner. Des « oui » répétés. Des « plus fort » dont elle comprend mal le sens. Des « Là, là, oui, là » très abstraits. Océanne songe à cette femme nue, à l'allure probable de ses seins, à la rondeur de ses fesses, à la présence possible de poils entre ses jambes. Le lit de la chambre paternelle grince au moindre coup de hanche. *Si papa fait du sexe, moi aussi je vais en faire.* Sans bouger l'oreille du mur, Océanne glisse la main sous sa culotte de pyjama. Comme le bout de son majeur effleure accidentellement son minuscule clitoris, elle poursuit la descente de sa main jusqu'au bas de la vulve. *Oh...* Le glissement a provoqué une sensation nouvelle. *J'ai les jambes qui bougent toutes seules... faut que j'essaie encore... ah oui... c'est pas mauvais... ils font pas la bonne affaire, les filles sur Internet... c'est pas comme ça que ça fonctionne le sexe...*

Océanne glisse sa main de haut en bas entre ses jambes, toujours sous sa culotte de pyjama. Dans la chambre du père, la femme fait de plus en plus de bruit. Les mots sont plus clairs. « Plus vite, plus vite, oh oui, oui, oui... » Des sons ressemblant à des claques entrecoupent les paroles de la femme. Océanne sent que ses jambes lui désobéissent ; elles rebondissent sans prévenir, prises de spasmes incontrôlables. Elle pense aux seins de la femme à qui son père fait l'amour, de gros seins lourds, pulpeux. *Faut pas que je fasse de bruit...* Océanne sent que sa main se mouille. Elle arrête ses mouvements. *J'ai fait pipi ? Pourquoi c'est mouillé ?* Océanne porte la main à son nez, renifle les doigts luisants dans la pénombre rougeâtre de sa chambre. Ses jambes ont cessé de rebondir. L'action s'est calmée de l'autre côté du mur. Elle entend quelqu'un entrer dans la salle de bains. *C'est quoi ce liquide ? Va falloir que je fasse une recherche sur l'ordi demain matin. C'est bizarre.*

ENTRE DEUX PEINES

Sam anticipait cette fin comme le condamné attend son dernier repas. Depuis des semaines, le climat était lourd, les regards brefs, l'affection évanouie. L'épuisement professionnel d'une collègue de Sophie avait doublé sa charge de travail. Elle rentrait tard, lasse, vidée. *Je pouvais rien faire de plus...*

Suite au carambolage, Sam avait installé ses pénates chez elle, une solution «en attendant», comme il répétait. Pour l'université, il établit une série d'ententes avec ses professeurs. «Donnez-moi les plans de cours, les dates d'échéance. J'vais tout lire ce qu'y faut, faire tous les travaux.» À sa surprise, ces derniers acceptèrent sans négocier. Fort de ce premier succès, Sam tenta d'obtenir des prêts étudiants. *Avec une bourse, ce serait bien.* Il remplit les formulaires avec application, laissant quelques cases vides. *Le montant à la ligne 199 de mon rapport d'impôt... j'ai fait un rapport d'impôt l'année passée ?* Sam fondait de grands espoirs dans cette entrée d'argent; selon le site Internet du gouvernement, il pouvait espérer près de dix mille dollars. La réponse arriva au début de mars. Un refus. En fonction du revenu de son père, il n'avait pas accès aux prêts. Après une journée perdue au téléphone, deux options s'offraient à lui. *Soit un psychiatre prouve que j'ai plus de lien avec mon père, soit je me marie...* Sam médita longuement sur cette seconde option. *Je peux pas... non. Si je demande Sophie en mariage, ce sera par amour, pas pour une question d'argent... je dois trouver un psychiatre.* Au bout d'une semaine, il obtint un rendez-vous avec un psychiatre de l'hôpital de Sophie. *En juin... qu'est-ce que je vais faire en attendant ?* En dernier recours, Sam se présenta au bureau d'aide sociale. *Ça, ils pourront pas refuser.* Dans cette salle d'attente remplie de pauvre monde, Sam découvrit l'étroitesse de l'impasse dans laquelle il s'était fichu. « Êtes-vous aux études ? »

Oui, à l'université.

Temps plein ou partiel ?

Temps plein.

Désolé, faut voir avec les prêts et bourses.

Ils disent que je peux pas en avoir.

Ça veut dire que votre famille est capable de vous aider.

Mais j'ai plus de contacts avec eux.

Faut le prouver.

J'ai pas pu avoir de rendez-vous avant le mois de juin !

Je peux rien faire pour vous, monsieur. SUIVANT, NUMÉRO 73, LE 73.

Sam regarda l'imposante barre de métal devant le comptoir l'obligeant à garder ses distances. De la salle d'attente, il ne comprenait pas la logique de cette installation. *Pas étonnant... ils devraient mettre des vitres pare-balles tant qu'à faire, parce que si j'avais un fusil...* Le cœur en panne, l'esprit atone, il regagna l'appartement de Sophie, devenu le sien, par défaut. Sophie était étendue sur le sofa, un sac de graines gelées sur la tête, les pieds relevés, posés sur une pile de coussins. « Ça va, Sophie ? »

Je pourrai pas continuer longtemps comme ça. Il va falloir qu'ils engagent une autre infirmière...

Sam pensa glisser un mot sur l'étanchéité du cul-de-sac dans lequel il se trouvait. Il allait parler lorsque Sophie poursuivit : «Pis si tu faisais un peu ta part, ça m'aiderait. Tsé, la vaisselle, le lavage, le balai... Crisse, Sam, j'suis pas ta mère.» Sam bégaya qu'il ferait de son mieux. «Fais pas de ton mieux, fais-le. Déjà que t'es logé pis nourri gratis...»

Le lendemain, Sam téléphona à sa sœur. «Encore vivant ? T'es plus *tough* que je pensais, j'étais sûre que tu appellerais avant... Tu dois être cassé comme il faut, j'imagine. Ah oui, faut que je te dise. La vieille, elle prend du mieux. Papa dit qu'elle va revenir vivre à la maison d'ici une semaine. J'espère qu'on a hérité de sa résistance, ça ferait ça de gagné.» Sally transféra mille dollars dans le compte bancaire de Sam par Internet, peu avant la fin de la conversation. «Fais-toi pas d'illusions, c'est un prêt. Je te charge cinq pour cent par année, parce que t'es mon frère. À mes amis, c'est huit pour cent.» Sam offrit l'argent à Sophie le soir même, dès son retour du travail. «Merci, ça paye le mois qui vient de finir, c'est mieux que rien.»

L'inévitable éclatement du couple eut lieu ce soir-là. Sans crise ni éclats. Une rupture morne comme le prononcé d'une sentence à l'issue d'un procès truqué. Sophie revenait du travail avec ses habituels maux de tête, de jambes et de genoux, additionnés cette fois de crampes prémenstruelles. Elle regarda la vaisselle sale, les taches de jus d'orange séché sur le linoléum de la cuisine, la pile de vêtements à côté du lit, la poussière sur les tablettes, les bibelots, les cadres, les canettes vides sur la table basse du salon, la litière puante, grumeleuse. Elle regarda sans amour le corps mâle affalé sur son sofa, le nez fiché dans un livre au titre repoussant, trop concentré pour souligner son arrivée de la moindre salutation. «Ça peut pas continuer.» Sam interrompit sa lecture, posa son livre entre deux canettes vides sur la table basse, repoussa le chat couché sur ses tibias. Il chercha une trace d'amour dans les yeux de Sophie. *Un éclat, une lueur, n'importe quoi...* Sophie restait debout dans le milieu du salon, les bras croisés contre sa poitrine. «Écoute, je préfère que tu partes.» Sam ne savait quoi répondre, hésitant entre la peine de perdre cette femme et celle d'être contraint de revenir auprès de sa famille. *Entre deux peines, on reste pris avec le silence.* «Avant, c'était correct, mais là, j'étouffe. Tu m'étouffes. J'suis plus capable.»

Son sac à dos rempli de livres, un sac-poubelle contenant les vêtements qu'il portait depuis le début de janvier, Sam sortit de l'appartement, marcha, tête basse, jusqu'au restaurant du coin, commanda un café, téléphona à sa sœur à frais virés.

Ça doit être elle... Sam allonge le cou. Sally balaie le restaurant du regard à partir de l'entrée. «Ici.» Sam règle la note avec sa dernière poignée de monnaie, enfile son manteau d'hiver sans prendre la peine de monter la fermeture éclair. Sally est venue seule, comme il avait demandé. «J'ai dit à papa que t'avais pas lâché l'université. Ça l'a fait sourire.»

Lui pis la vieille... ils ont gagné.

Tu vas pas me brailler dans la face... C'était pas une fille pour toi, *that's it.* Autrement, elle t'aurait pas mis dehors. C'est la vie.

Sam regarde la nuit découpée par les lumières d'une ville où il ne viendra plus. Il songe à son père qui lui fera la leçon, à la grand-mère acrimonieuse qui viendra danser sur ses malheurs. Sally diminue le volume de la musique alors qu'elle immobilise la voiture à un feu rouge. «Il y a eu un conseil de famille avant que je parte. Papa est prêt à revenir comme avant. La vieille est d'accord. Elle dira rien à propos de ce qui s'est passé. C'est elle-même qui l'a dit : "Finie la guerre". » Sam regarde Sally au visage toujours impassible. « C'est certain qu'elle est finie la guerre, elle a eu ce qu'elle voulait. »

C'est seulement l'expérience qui rentre, petit frère.

Je peux savoir ce que t'en sais, au juste.

T'as pas idée à quel point j'en sais.

Sam préfère se réfugier dans le silence une fois de plus, le front plaqué contre la vitre de la portière. Il doit préparer deux examens pour la semaine qui vient. *Ça me fera une raison pour rester dans ma chambre.* Il regarde Sally du coin de l'œil, concentrée sur la route, les mains sur le volant. « Merci Sally. »

Tu m'en dois plusieurs. Oublie-le pas.

Sam voit un type dans la pénombre, debout sur l'accotement. Il tient une pancarte blanche avec « Montréal » écrit au feutre noir. « J'oublierai pas. »

CE QUI RESTE

Émile avait réservé de nombreuses surprises à son ami. D'abord ce testament olographe dont l'authentification avait demandé trois mois, ensuite cette Alfa Romeo GTV Bertone 1973 jaune ocre, comme neuve. Il y avait eu le régime de retraite qui valait plus de soixante mille dollars, les comptes bancaires bien garnis, l'assurance-vie qui rapportait cinquante mille. Pour compléter le tableau, un condo, sans hypothèque. *Tout ça pour moi... voyons, ça a pas d'allure.* Le testament était clair. « Toutes les possessions de Monsieur Émile Thibaudeau sont léguées à Monsieur Roger Dupuis, sans restriction. »

Roger terminait son assiette de macaroni à la viande quand il apprit la nouvelle. Un policier à la voix grasse l'avait joint, avait parlé d'un testament trouvé dans le portefeuille d'Émile. L'officier avait demandé s'il y avait un lien de parenté entre eux. « On est juste des amis. » Roger raccrocha le combiné. Sa femme demanda ce qui s'était produit, certaine d'entendre des mauvaises nouvelles. Roger raconta ce qu'il savait. Le testament devait arriver par fax d'une seconde à l'autre. Sa femme récupéra le papier. « Ben voyons donc. Roger, ça s'peut pas. Il pouvait pas être tout seul de même... pauvre homme... »

Personne n'avait contesté le testament. Mais dans l'absence d'autres légataires, le notaire avait contre-vérifié l'ensemble.

Roger a reçu un appel en début d'après-midi. Il devait prendre les clés du condo, celles de la voiture, signer les derniers papiers. « Savez-vous ce que vous allez faire avec tout ça, si c'est pas trop indiscret ? »

Justement, c'est pas mal indiscret.

Roger ferme la porte du condo d'Émile. Il se trouve dans l'entrée. Une lointaine odeur de pourriture empeste. *Doit être les poubelles, le frigo...* Roger était déjà venu dans ce condo, il y a quelques années. Montréal avait gagné ce match retransmis à la télévision. *3 à 2 en prolongation, c'était une bonne game.* Sans s'y attarder, Roger avait trouvé l'endroit vaguement lugubre, alourdi par la paperasse et les livres. *Il y en avait moins, me semble.* Roger fait une dizaine de pas dans le salon. La pièce est remplie de livres, de coupures de presse sur les ovnis et les attentats du 11 septembre. Une affiche au mur illustre une soucoupe volante lumineuse dans un ciel de fin de soirée. En lettres blanches y est écrit : *« I BELIEVE ». Me semble que j'ai déjà vu ça dans une émission...* Une couche de poussière recouvre le moindre centimètre carré d'espace. Roger se retient d'éternuer. Parmi les multiples bibliothèques et tablettes de mélamine jaunie, un téléviseur plasma de grand format reflète difficilement la torchère au néon du salon. Cette lumière était déjà allumée quand Roger est entré. *Ça dure vraiment longtemps ces néons-là.* À même le salon, derrière l'unique sofa, un bureau encombré de mille et un papiers supporte un ordinateur. *Oh boy, c'est vieux ça.* Roger regarde le tapis de souris. Émile y avait fait imprimer la photo d'il y a huit ans, celle où les deux amis se trouvent devant le nez d'un autocar. Émile a les cheveux plus longs et une moustache en croc. Roger a trois fois moins de cheveux blancs et son ancien dentier, celui qui descendait sans prévenir. C'est l'été. Ils portent des chemises à manches courtes, la cravate enfouie dans la poche du devant. Roger se souvient de cette journée, ils étaient allés au Stade après la photo, les Expos avaient perdu. Ils s'étaient soûlés à la Labatt 50 à six rangées de l'abri des joueurs. Émile avait capté une fausse balle d'une main. *On dirait que ça fait cent ans.* Roger tend la main pour approcher le tapis de souris de ses yeux vieillissants. «Voyons?» En agitant la souris, l'ordinateur s'est extirpé de son mode de veille. L'écran couvert de poussière matérialise une page qui indique 17 302 RSS non lus. Les dix premiers ont des titres qui font écho à ceux des livres des bibliothèques du salon. Ovnis, complots, vérité. *Il trippait vraiment sur ces affaires-là... maudit Émile... je pouvais ben l'appeler E.T.*

Roger se dit qu'il ferait bien de vider le frigo et de sortir les poubelles. Cheminant vers la cuisine, il prend son cellulaire, joint sa femme. «Ouin, y va falloir faire un gros ménage icitte... ... ... Panique pas, on va le faire ensemble... ... ... Écoute, si on veut le vendre, y va ben falloir qu'on le mette propre... ... ... c'est ça... ... OK, j'vas acheter du lait en revenant.» *Maudit qu'est superstitieuse... c'est pas parce que c'est le condo d'un gars mort que ça porte malheur...* L'odeur de pourriture gagne en concentration dans la cuisine. D'instinct, Roger ouvre la poubelle. *Ah...* Son contenu est desséché. Idem pour le frigo, ne renfermant que des pots de condiments et un litre de lait solidifié. Le four est vide, le garde-manger ne dégage aucune odeur. Roger ne remarque pas le bol vide posé au sol. Il retourne au salon, balaye la zone du regard. À l'écran de l'ordinateur, quatre nouveaux titres RSS se sont ajoutés. «Qu'est-ce qui peut ben puer de même?» Roger songe à la chambre qu'il n'a pas visitée, certain de ne pas y trouver l'origine de l'effluve. Il se dirige plutôt vers la porte coulissante menant au balcon. *Au moins, ça va faire entrer un peu d'air frais. Pas mal comme vue...* Roger regarde le bas de la ville. Il y a le terminus d'autocars et sa cour illuminée. Plus loin, le marché Bonsecours vole la vedette avec le pont Jacques-Cartier en arrière-plan. Il songe à la voiture qu'il gardera même s'il n'a jamais su conduire avec une transmission manuelle. *Jamais trop tard pour apprendre.* Roger repense au corps de son ami sur le plateau de la morgue. Un mélange de tension et d'avachissement. Sa peau bleuie par la congélation. Le sang épongé. Les blessures. Des nombreuses qu'il avait vues, l'entaille profonde à la gorge et l'œil crevé lui avaient torturé l'esprit pendant près d'un mois. Depuis, Roger ne peut s'endormir sans avaler un comprimé d'Ambien. *Je préfère ça que pas dormir... vraiment pas mal comme vue... ça doit être beau pour les feux d'artifice...* Roger remonte la fermeture éclair de son manteau. La nuit sera fraîche, à cheval sur le point de congélation. D'ici cinq minutes, il retournera à l'intérieur, encore impressionné par l'imposante collection de livres de feu son ami. L'odeur sera meilleure. Roger laissera la porte coulissante du balcon légèrement entrebâillée pour faire aérer pendant la nuit. Il n'ira pas dans la chambre, pas ce soir. Ce sera sa femme qui découvrira le petit cadavre desséché d'un jeune chat, collé à la couette d'un lit défait, au milieu d'une chambre sans miroir où elle sera obsédée par une patère supportant casquette, veston, chemise et pantalon de chauffeur, comme un mannequin à qui on aurait enlevé l'apparence de chair.

LES EXPLICATIONS

Il reste une opération pour revenir au visage normal, cette configuration autrefois déterminée par Lydia dans un cabinet de chirurgie esthétique de Boston. *Il était certain que ça reprendrait pas à la première opération...* Chaque arrêt devant le miroir le confirme. Le nez pointe sur la gauche. Une narine reste plus petite que l'autre. *Au moins, le partiel paraît pas, j'ai même les dents plus droites qu'avant. D'ici un mois, ça ira mieux.*

Lydia n'a pas travaillé depuis le carambolage. Ses clients ont été transférés à une collègue moyennant une part non négligeable de commission. L'argent n'a presque pas baissé dans son compte. *La prochaine opération va faire le vide assez vite.*

Justin dort depuis trois heures. Lydia l'entend ronfler depuis la mezzanine du salon principal. Ils iront à Boston dans trois jours. Elle laissera de nouveau Justin conduire le FX45 remis à neuf. *J'ai encore envie de regarder le paysage.* «J'ai pas la pièce qui faut... falloir retourner au magasin.» C'est Justin, il parle en dormant. Lydia ne peut s'empêcher de sourire. À la télévision qu'elle ne regarde pas vraiment, un reportage analyse les variations de prix du pétrole. La maison est calme. Lydia aime ce moment. La pendule indique que le jour a changé de nom il y a une heure.

Cela fait quatre mois que Lydia reste à la maison. Elle a cessé de fumer sans prendre de poids (goutte de teinture de cataire sous la langue pour calmer les nerfs, augmentation des doses de Paxil), mis fin à sa relation avec Peter (elle ne l'a plus rejoint, a bloqué son adresse courriel ainsi que son numéro de téléphone), renoncé à s'acheter un condo (sans Peter, l'idée ne tenait plus ; sans travail, mauvaise idée). Le premier mois avait été terrible. *Une torture.* À part les vacances, Lydia n'a jamais passé plus de cinq jours consécutifs avec Justin et les enfants. *Au moins, les vacances, c'est à l'extérieur.*

Un soir de mi-janvier, devant un reportage sur les techniques douteuses utilisées par certains agents immobiliers, son mari s'était dit heureux qu'elle ne travaille pas de la sorte. « Comment tu saurais ? » Justin avait tourné ses yeux vers elle, une expression paternelle au visage. « Je te connais. » Lydia avait éclaté. Une colère alimentée par le manque de nicotine. Elle avait regardé Justin, affalé dans son fauteuil inclinable. Ne pouvant vociférer – les enfants dormaient –, elle durcit sa tonalité, découpa les mots au scalpel. « Si tu me connais aussi bien, eh ben, tu sauras que j'ai jamais arrêté de fumer. Je fumais dans mon char. » Justin fit mine d'être étonné.

Pendant trois ans ?

Oui, pendant trois ans.

Pourquoi tu me l'as pas dit ?

Si tu savais ce que je t'ai pas dit pendant trois ans.

Lydia s'en était aussitôt voulu d'avoir ouvert pareille porte. Sa colère se mua en crainte agressive. Justin la regardait sans bouger, toujours calé dans le confort du fauteuil, le visage faussement neutre, les yeux illisibles. Le téléviseur glissait des phrases inintelligibles parmi ce monstrueux silence. Lydia replaça son toupet, glissa la langue sur ses incisives cassées. « J'vais prendre une marche, j'ai besoin d'air. »

Ce que Lydia ignorait, c'était que Justin savait tout depuis longtemps. Avec une discrétion appliquée, son mari consultait ses relevés de cellulaire, s'était créé un accès fantôme à ses courriels, avait installé une minuscule caméra avec micro sur une bibliothèque du bureau pour surveiller ses activités. Peter n'était pas un secret pour Justin. Pas plus que Georges, Larry, Payton, Bill, Wilson. Justin savait que Lydia le trompait depuis cette nuit chez les échangistes. Ses amants partageaient un profil similaire : grands, en bonne forme, dans la jeune quarantaine, avec les cheveux courts et foncés, à l'aise financièrement, anglophones. Le premier avait été un hasard : une visite de chalet à Fitch Bay. L'histoire avait duré trois semaines. Le second, Larry, avait inondé son courriel de déclarations d'amour pendant trois mois. Lydia lui répétait sans cesse qu'elle ne quitterait jamais son mari. Les trois autres, des agents de la Ville de Mont-Royal et de Westmount, faisaient figure d'occasionnels. Justin tolérait ces aventures avec quelques grimaces et beaucoup de vin. Afin de ne pas être en reste, il reprit contact avec une femme du voisinage qui avait eu le béguin pour lui. Sans succès. Il tenta de séduire la gardienne des enfants. Succès moyen; il l'embrassa, palpa ses seins, éjacula dans son caleçon sans faire de bruit. Pire encore, la jeune fille ne rendit plus ses appels. Faute de pouvoir séduire par ses propres moyens, Justin trouva une femme sur Internet. Une sexologue diplômée qui offrait des cours pratiques pour les éjaculateurs précoces. Il fréquenta cette femme ainsi qu'une de ses collègues pendant six mois, à raison d'une rencontre par semaine, jusqu'au carambolage. Depuis, il lui arrive de tenir presque cinq minutes. Mais le secret de ce succès, Lydia ne l'apprendrait jamais.

Quand arriva Peter, Justin n'avait pas pénétré Lydia depuis près de quatre ans, ayant préféré les jouets érotiques aux déceptions répétées. Ce Peter était plus menaçant que les précédents. Ses courriels faisaient foi d'une complicité dérangeante entre lui et Lydia. Le nombre et la durée de leurs appels téléphoniques dépassaient la moyenne. Justin s'était convaincu que cette histoire s'essoufflerait comme les autres, sans faire de vagues. Mais après quelques mois, aucun signe de relâchement ne se manifestait. Mêmes courriels peuplés de phrases à double sens, mêmes appels affreusement longs. C'est à ce moment que Justin bricola l'appel téléphonique. Une tâche plus exigeante qu'il ne l'avait anticipé. À partir des bandes audio de ses surveillances vidéo, il échantillonna la voix de Lydia pour construire des phrases. Un «bonjour» par-ci, un «Lydia» par-là. Il prit une trentaine d'heures pour monter la phrase importante, celle qui allait troubler Lydia. «J'ai pas beaucoup de temps, Lydia. Je te dis juste ça… ne quitte pas Justin, ne le quitte jamais.» Le «J'ai pas beaucoup de temps» avait été facile à trouver, presque présent sur chacun des enregistrements. C'était la dernière partie qui avait été complexe, montée mot à mot. Pour uniformiser l'ensemble, Justin ajouta une bande de bruit de fond, des parasites qui gommaient l'imprécision de ses coupures et les variations rythmiques. Il utilisa l'accès Skype de Lydia, fit jouer ses phrases une à une à partir de son logiciel de montage lors de l'appel. Justin sut que ce plan avait fonctionné dès le retour de Lydia : elle l'avait embrassé.

La nuit qui précédait le carambolage, Justin profita de l'ouverture occasionnée par l'appel pour faire l'amour à sa femme. Sans jouets ni artifices. Il garda l'érection quatre minutes. Plus émue qu'excitée, Lydia pressa la main de Justin contre son cœur. Elle s'endormit en cuillère sans retirer le sperme chaud qui coulait sur sa cuisse, hantée par le souffle de Justin sur sa nuque.

Le soir de mi-janvier où Lydia explosa de colère, elle passa à un cheveu d'avouer ses infidélités. Au bord de l'eau, prenant de très grandes respirations pour calmer son envie de fumer, elle pensa qu'il valait mieux ne rien dire, laisser le passé à sa place. De son côté, Justin craignait ces aveux. S'il ne réagissait pas, il abandonnait sa femme aux amants de passage ; s'il réagissait, Lydia se braquerait comme la femme d'affaires qu'elle était, sans pitié. Lydia revint à la maison, les joues rougies. Elle avait marché à vive allure. Justin l'attendait dans le vestibule. « On peut-tu se foutre du passé ? » Justin focalisa son attention sur les yeux de Lydia. Sous la couche d'effroi, il ne voyait qu'un amour coupable. « OK Justin. On se câlisse du passé. »

Lydia s'apprête à rejoindre son mari dans leur grand lit. Ils ont fait l'amour ce soir. Justin a été surprenant, presque aussi doué que Peter. *Un jour, il va falloir qu'il m'explique comment il a fait pour régler son problème.* Lydia regarde sa grande maison éclairée par les images de l'immense téléviseur plasma. La lectrice de nouvelles parle d'une possible attaque en Afghanistan. Lydia ne s'en préoccupe pas. *Il me semble qu'on serait dû pour un peu de changement. Les murs... en beige... ça serait vraiment plus à la mode. Je suis certaine que Justin serait d'accord.*

LE SABLE

Trois semaines. C'était le temps restant à la mission des occupants de ce véhicule blindé léger assigné au ravitaillement d'un poste avancé. Ils étaient cinq, des *boys* de Trenton. Le véhicule pouvait en contenir onze, mais vu la quantité de marchandises à transporter, le répartiteur avait assigné la relève aux deux autres véhicules. Fiona s'était assise du côté droit, comme d'habitude. Smithson s'occupait de la tourelle, un type dont elle oubliait toujours le nom conduisait le véhicule, Lajoie et Penfield roupillaient d'un œil sur le côté gauche. La route de terre avait été déminée la veille. Malgré tout, la vitesse du convoi ne dépassait pas les 30 km/h. Le plus clair des troupes était situé dans les véhicules de tête et de queue. Fiona n'aimait pas voyager avec ces dizaines de boîtes de munitions à un bras de distance.

Le convoi roulait depuis trois heures. Ils se trouvaient à mi-chemin. Fiona avait rejoint ses compagnons dans le sommeil. Elle rêvassait. Son grand-père, le chalet, la forêt, sa roche, le bruit de la neige sous les skis. Le chauffeur annonça qu'il ralentissait pour traverser un goulet d'étranglement. Sans ouvrir les yeux, Fiona serra la crosse de sa C9A1. Elle revoyait sa roche, grise et lisse sous un ciel d'été. Elle s'y couchait pour prendre un bain de soleil, pour respirer l'odeur de la forêt à côté, pour entendre le bruissement des centaines, des millions de feuilles, le grincement des arbres, le froissement des blés. Fiona souriait quand le véhicule blindé léger roula sur une mine télécommandée.

Il y eut un bref vacarme. Du métal chauffé, tordu par un souffle prodigieux. Fiona perdit l'audition peu avant de perdre conscience. Lorsque son esprit s'éteignit momentanément, elle ne touchait plus rien, elle volait dans la poussière.

Fiona ouvre les yeux. Elle est couchée sur le dos. Le sol est sablonneux, déjà réchauffé par le soleil matinal. Les oreilles n'envoient plus d'information. Elle tourne ses yeux vers la gauche. Le véhicule blindé léger a capoté, le ventre ouvert comme une fleur de métal. Plusieurs roues sont manquantes. Deux corps impossibles à identifier sont étendus, face contre terre. Fiona croit qu'un d'entre eux a été coupé en deux. À droite, elle voit le véhicule de queue qui riposte en direction d'une crête. Les tireurs se sont déployés. Aucun signe du véhicule d'en avant. Fiona tourne la tête vers la droite. *Lentement, lentement.* Elle n'a pas mal. Son corps n'est qu'un gigantesque engourdissement. Elle ne peut constater qu'il lui manque une jambe, salement arrachée à mi-cuisse. Elle n'a pas conscience du sang qui s'échappe de son artère fémorale. Elle ne voit pas le morceau de blindage qui a percé le kevlar et entaillé son foie sur quatre centimètres. Fiona respire difficilement. Du sable couvre ses lèvres et son visage.

Des soldats tentent un mouvement vers la position du véhicule touché. Rien à faire. Les talibans ont posté des mitrailleuses pour leur couper le chemin. La proximité des flancs de montagne ne permet pas d'utiliser le canon de 25 mm. *Mauvaise bataille.* Fiona garde sa tête inclinée sur la droite. Le soleil, déjà haut, inonde la route d'une lumière crue. Elle n'entend rien du bruit des armes, du sifflement des ricochets, des cris des *boys* coincés dans cette embuscade. Fiona regarde la poussière levée par les rafales ennemies. Elle a sommeil. L'air s'épaissit dans sa gorge. *Ils me tirent pas dessus. Je dois avoir l'air morte...*

Fiona ne ressemble pas encore à un cadavre. Sa tête oscille, sa main droite gratte le sable du bout des doigts. Si l'ennemi ne l'achève pas, c'est qu'il garde ses balles pour les cibles menaçantes. *Je dois être foutue... c'est ça...* La poussière irrite ses yeux. Ses paupières se ferment, quelques secondes.

Devant, il y a sa roche. Dans sa main, un caillou. Fiona trace son nom sur la surface, à côté d'une partie de tic-tac-toe nulle. Une chaleur se fait sentir. Elle devient brûlure. Fiona ouvre les yeux, porte une main à la source du mal, touche le kevlar ouvert, sa chair à vif, son foie exposé. La douleur lui fait serrer les dents. Son cœur bat une mesure arythmique. Ses yeux ne perçoivent plus la bataille au loin. Le champ de vision se limite à sa main droite, étendue dans le sable. La gauche palpe le foie. Un cataplasme de chair empoussiérée noyée dans le sang. *OK... OK.*

Ce n'est qu'une question de secondes, une centaine, peut-être deux. Fiona sait qu'elle doit garder les yeux ouverts jusqu'au bout. Fiona songe à son mari, à l'autre bout du monde. À son grand-père et sa main tremblotante. Un autre élancement à l'abdomen. La bile ronge et perce les chairs environnantes. Fiona se crispe. Gonfle ses poumons au meilleur de ses capacités. Laisse filer l'air entre ses lèvres ensablées. *Ça va aller.*

Le sang se fait rare. Le flot de l'artère fémorale s'est réduit. Fiona s'est acclimatée à ses douleurs. Sa tête est une tornade lente et vaporeuse, l'air n'entre qu'en infime quantité dans ses poumons. Fiona baisse les paupières et tressaille. *Non. Pas tout de suite.*

Les doigts qui grattaient le sol se replient sur la paume. Fiona voit sa main pleine d'un sable rugueux, grossier. Elle soulève la main, utilisant son coude comme un levier. Sa tête s'embrume rapidement. *Laissez-moi les yeux... les yeux... les yeux...* Elle relâche la pression des doigts, laisse couler un mince filet de sable. Fiona regarde cette main relâcher les grains qui regagnent la terre. Ses yeux restent ouverts. Ses pensées prennent la forme de l'oubli. La main retombe. Le sable s'est arrêté.

ROMANS, RÉCITS, NOUVELLES ET JOURNAUX

Germaine Beaulieu	*Sortie d'elle(s) mutante*
Claude Bertrand	*Le retrait*
Louise Bouchard	*Décalage vers le bleu*
	Les images
Monique Brillon	*La fracture de l'œil*
Nicole Brossard	*Journal intime* suivi de
	Œuvre de chair et métonymies
Marie-Geneviève Cadieux	*Ne dis rien*
Hugues Corriveau	*Les chevaux de Malaparte*
Bianca Côté	*Carnets d'une habituée*
	Cher Hugo, chère Catherine
	Faux partages
Carole David	*Histoires saintes*
	Impala
Michael Delisle	*Drame privé*
Jean-Simon DesRochers	*La canicule des pauvres*
Roger Des Roches	*La jeune femme et la pornographie*
	Le rêve
France Ducasse	*La double vie de Léonce et Léonil*
	Le rubis
	La vieille du Vieux
Jean-Pierre Guay	*Bungalow*
	Le cœur tremblant
	Démon, la voie royale
	Flâner sous la pluie
	Fragments, déchirures
	et déchirements
	François, les framboises et moi
	Le grand bluff
	J'aime aussi les bisons
	Maman
	Le miracle
	Mon ex aux épaules nues

	La mouche et l'alliance
	Où je n'écris plus rien
	La paix, rien d'autre
	Seul sur le sable
	Un certain désemparement
	Un enfant perdu dans la foule
	Un homme trop bon
Charles Guilbert	*Les inquiets*
Jean Hamelin	*Un dos pour la pluie*
Lise Harou	*Exercices au-dessus du vide*
	Un enfer presque familier
Pauline Harvey	*Les pèlerins*
	Un homme est une valse
(Danielle Roger)	*Lettres de deux chanteuses exotiques*
Louis-Philippe Hébert	*Buddha Airlines*
	La bibliothèque de Sodome
	La séparation
Corinne Larochelle	*Ma nuit est sans épaule*
Luc LaRochelle	*Ada regardait vers nulle part*
Monique LaRue	*La Cohorte fictive*
Luc Lecompte	*L'ombre du chien*
	Rouge Malsain
Michel Lefebvre	*Les avatars de Bertin Lespérance*
	Le changement comme passe-temps
	Le double et son notaire
	La douceur du foyer
	On va gagner !
Jeanne Le Roy	*La zébresse*
David Macfarlane	*L'arbre du danger*
Roy MacSkimming	*Coups de cœur*
Roger Magini	*Saint Cooperblack*
	Un homme défait
	Un voyageur architecte
Alain Bernard Marchand	*C'était un homme aux cheveux et aux yeux foncés*

	Le dernier voyage
	L'homme qui pleure
	Lettres d'un cracheur d'étoiles
Carole Massé	*Dieu*
	L'ennemi
	L'existence
	Hommes
	Nobody
	Qui est là ?
Albert Martin	*Knock-out*
André Martin	*Crimes passionnels*
	Darlinghurst Heroes
Dominique Robert	*Chambre d'amis*
	Jours sans peur
Danielle Roger	*Est-ce ainsi que les amoureux vivent ?*
	Le manteau de la femme de l'Est
	Petites fins du monde et autres plaisirs de la vie
	Petites vies privées et autres secrets
	Que ferons-nous de nos corps étrangers ?
(Pauline Harvey)	*Lettres de deux chanteuses exotiques*
Pierre Samson	*Arabesques*
	Catastrophes
	Il était une fois une ville
	Le Messie de Belém
	Un garçon de compagnie
Elizabeth Smart	*À la hauteur de Grand Central Station je me suis assise et j'ai pleuré*
Jean-Yves Soucy	*La buse et l'araignée*
	Les chevaliers de la nuit
	Le fruit défendu
France Théoret	*L'homme qui peignait Staline*
	Huis clos entre jeunes filles

	Laurence
	Nous parlerons comme on écrit
	Une voix pour Odile
François Tourigny	*Le technicien*
Lise Vaillancourt	*Journal d'une obsédée*
W. D. Valgardson	*Un visage à la Botticelli*
Guy Verville	*Crever mon fils*
Yolande Villemaire	*Ange amazone*

Éditions Les Herbes rouges
C.P. 48880, succ. Outremont
Montréal (Québec) H2V 4V3
Téléphone : (514) 279-4546

Document de couverture :
Sans titre, photo de l'auteur

Distribution : Diffusion Dimedia inc.
539, boulevard Lebeau
Montréal (Québec) H4N 1S2
Téléphone : (514) 336-3941

Diffusion en Europe : Librairie du Québec
30, rue Gay-Lussac
75005 Paris (France)
Téléphone : (01) 43-54-49-02
Télécopieur : (01) 43-54-39-15